杀人评传之刘邦与韩信

奎文阁 著

当代世界出版社
THE CONTEMPORARY WORLD PRESS

图书在版编目（CIP）数据

杀人评传之刘邦与韩信/奎文阁著．—北京：当代世界出版社，2020.6

ISBN 978-7-5090-1430-1

Ⅰ.①杀…　Ⅱ.①奎…　Ⅲ.①长篇历史小说－中国－当代　Ⅳ.①I247.5

中国版本图书馆 CIP 数据核字（2018）第 176139 号

书　　名：杀人评传之刘邦与韩信
出版发行：当代世界出版社
地　　址：北京市复兴路 4 号（100860）
网　　址：http：//www.worldpress.org.cn
编务电话：（010）83907332
发行电话：（010）83908410（传真）
13601274970
18611107149
13521909533
经　　销：全国新华书店
印　　刷：北京欣睿虹彩印刷有限公司
开　　本：710 毫米×1000 毫米　1/16
印　　张：16.75
字　　数：210 千字
版　　次：2020 年 7 月第 1 版
印　　次：2020 年 7 月第 1 次
书　　号：ISBN 978-7-5090-1430-1
定　　价：55.00 元

序　言

我不是在写历史，因为历史已经在那里。历史不会因为任何人的评说而改变，改变的只是后人的观感。无论是历史还是现实，的确曾经或者正在面临多种可能性，这或许就是人们讨论这些事情的兴趣所在。

一个有能力的人，未必会是一个成功的人；一个有成就的人，未必会是一个得到善终的人。世间事善始容易善终难，不如意之事十之八九，但总该有个为什么。

韩信这位中国历史上的战神，大汉帝国的建勋柱石，刘邦因何必欲除之而后快？韩信为何逃不脱身死功灭的宿命？所谓“飞鸟尽，良弓藏；狡兔死，走狗烹；敌国破，谋臣亡”，这是无人能违的法则，还是一个失败者痛苦的怨恨，抑或物伤其类者的同情与怜悯？

韩信自从出世就如同一个追逐烈日的夸父，以生命中最宝贵的锲而不舍的动力，在广阔的天空舞出绚丽的光华，伴随韩信追逐之舞进入高潮，终于在他迫近烈日时，被熊熊的太阳之火烤焦、吞噬，幻化成千古的传奇。

那个群雄并起、乱象丛生的时代，博弈着变幻莫测的谋略与权术，激荡着铁马金戈的光荣与梦想，塑造着荣辱浮沉的人生与际遇。弱肉强食、成王败寇与道德操守上演着一幕幕惊心动魄的大剧、险剧、悲喜剧。

命运的轨迹有多种可能，看你如何选择与取舍。

目　录

一、我不想虚度年华，但我真的无事可做

中国历史上第一个大一统的封建帝国——秦，仅仅存在了十几年便分崩瓦解，国土、制度、人心、基石似乎在一夜之间崩塌，天下陷入一片混乱之中。老百姓还未体会到“分久必合，合久必分”的深意，还没懂得所谓的“大乱之后必然大治”的宏观道理，人们还不清楚历史上这第一个封建帝国的发轫意义，它倒塌之后，什么模式能够代替它？既没有现成的答案，更没有人知道答案。

一统帝国的覆灭与新一统的重建，列国诸侯的消失与列土分封的残局，旧士族妄图恢复领导地位的分争与平民机会主义式的崛起，这些交织混杂在一起。于是天下真的乱了。

乱，是一次重新洗牌，但比洗牌复杂得多，破坏力巨大得多。这是一个封闭系统在演变过程中的阶段性形态之一，是能量与资源交互冲撞、重新配置的过程。乱，也是社会机体免疫力更新的过程，但谁又愿意为免疫力的更新付出太大的代价呢？社会从蛮荒中走来，人类还没有学会掌控乱的尺度与规模，于是每次乱的直接结果是灾难深重、万物凋敝，只能在废墟上一次又一次艰难地重建。乱，似乎不可避免，在造成巨大破坏的同时，也会带来新生的机会。那谁会把握住机会呢？答案是具有机会意识的人。

王侯将相，宁有种乎？这是出身平民的陈胜、吴广的呐喊，是将机会意识理论化的一个步骤，有了理论依据，办起事来会容易些。雷电交加，斩蛇起事，是刘邦将机会意识同时赋予了理论与行动的双重

内涵，大有天命神授之意。尊崇怀王，恢复六国，这是项梁、项羽叔侄摇旗鼓动的檄文。在这个乱糟糟的洪流里，鱼龙混杂，各逐其利，一幕幕大戏就此上演，但没有人知道自己是不是谢幕者。

韩信就是成长在这种历史大环境里。韩信何年何月出生在何地无法考证，按生辰八字来推演他的命运已无可能。但有一点可以肯定，他是在大秦帝国建立之前出生的，走进历史视野的时候他十五六岁，到秦亡的时候他二十多岁的年纪。

史载，韩信“始为布衣时，贫无行，不得推择为吏，又不能治生商贾，常从人寄食饮，人多厌之者”。短短三十一个字勾勒出我们的主人公韩信初始的生存状态。韩信似乎是个孤儿，从什么时候开始成为孤儿的没人知道，其出身还不如苏秦，苏秦至少还有哥哥嫂子，虽然也是吃白饭，但于情于理似乎可靠些，不至于吃了上顿没下顿。如果将“始为布衣时”五个字隐去，如果不是指明主角为韩信，“人多厌之”似乎顺理成章，当时的韩信的确是个令人讨厌的家伙。大伙看看，小混混一个，品质上没有当官吏的资格，技能上既不会生产也不会经商，谋不来生路，怎么办？只有靠蹭饭吃，蹭来蹭去，蹭的频率高了，蹭的人多了，脸皮再厚也该蹭得发亮了，给饭吃的人心肠再软也该腻烦了，所以他身边的人都厌烦他。

韩信一贫如洗，但身上有两件物件，第一件是把破剑，不亮也不锋利的剑；第二件是箫，黑色金丝箍边的箫，似乎这支箫贵重些。秦国的法令禁止民间私藏、私用兵器，韩信的这把破剑估计只具有象征意义，保不齐都是木头削的，只具有精神玩具的作用。但是韩信所有的精神、信仰、抱负与理想都凝聚在这把破剑上，这是他的寄托。他就像一匹逡巡独行的狼，保持着本能的警觉，时刻嗅着可能的机会。

有三件韩信密切相关的事可以从不同侧面看出他的性格特点，也注定了他不平凡的一生。第一件是关于吃饭，确切地说是关于蹭饭的态度，韩信经常到他们亭长家蹭饭，为什么经常到亭长家而不太经常到其他人家呢？或许是由于亭长家日子好过些吧，也或许是对这个孤儿地方组织总要负点责任吧，反正是经常性的。就因这经常性的蹭饭举动终于有一天让亭长的老婆忍受不了了，拒绝再为韩信继续提供食物。不过亭长老婆处理问题的方式还是比较委婉的。到了开饭的时间，韩信照例又来了，可饭桌上、灶台上、门槛上都没有韩信的碗筷，这意思明摆着是不给韩信饭吃。韩信见此情景，便一赌气调头而去。不仅今天不吃了，而且永远不来了。这是韩信在强烈自尊心的驱使下的表现，吃饭事小，失节事大。尽管蹭饭与讨饭在形式上差不多，但在精神上对于韩信来说差别却是巨大的，蹭饭至少应该两相情愿才可以继续蹭下去。否则，即刻终止。

第二件事是关于眼前亏于理想与现实的距离。韩信是个名人，是个让人不太顺眼的名人，又是个没有什么能量的名人，随便什么人都有可能找他的麻烦。有一天，街上的小混混无赖青年没事找碴欺负韩信，由头是他的那把破剑。其中有个壮汉名叫蔡兴故意激怒韩信。蔡兴双臂交叉抱在胸前，一脸轻蔑地说：“韩信，你腰里的破剑中看不中用，只是个摆设而已。”韩信长年累月游荡于街市，受的冷嘲热讽不知有多少，也就没把他的话放在心上，但是韩信回避对方的方式被对方理解成了怯懦，蔡兴啐了一口在地上，说：“韩信，你要是不能仗剑伤人，那你就不是武士，就是绣花枕头，就是孬种！是孬种就要从我胯下钻过去，认服之后，我们就不难为你了。”让我们想象一下，韩信为了一顿饭都能翻脸，今天又遭此大辱，是可忍孰不可忍！韩信此时此刻一定是涨红了原本菜色的脸，额头青筋暴跳，修长的手紧紧握住剑柄，眼睛里充满了血丝，胸膛愤懑起伏，韩信一步一步地逼近了对手。所有人都屏住了呼吸。就在这时，韩信居然俯下了高大的身躯从对手胯下钻了过去。除了韩信，所有人先是怔住，继而哄然大笑，并混合着污言秽语的嘲笑声。韩信没有用剑劈伤对手，但韩信自己心里却在流血。韩信为什么没有出手，胯下之辱难道不比一饭之辱更严重吗？的确，但还有更严重的。韩信如果不忍了这一辱，那就会血溅五步，流血的人也许是对手也许是自己，但结果只有一个，韩信所有的理想都将因此而彻底毁掉。理想是支撑韩信顽强活下来的唯一动力，韩信绝不能失去它，韩信将理想深深地埋在心底，用那颗滴血的心培养理想，呵护理想。

第三件事是他和一位洗衣女的故事。韩信自遭受拒食、胯下之辱后，“名气”更大了，生活也更艰难了，由于物质的极度匮乏，精神也会极度郁闷。

一天，韩信懒懒散散地来到了河边，坐在水畔石头上，从袖管里抽出了那支箫吹奏起来，曲声幽咽，韩信的眼睛出神地望着波光晃动的水面。不知什么时候，一缕饭菜的味道忽然刺激了韩信的饥饿神经，他已经好几顿没有吃上饭了，肚子叽里咕噜地又在叫唤，韩信收起箫，本能地四处搜寻饭菜味道的来源。顺着饭菜的香气看去，在离韩信十步之遥的石阶上，几个女人正在浆洗衣服，互相之间有说有笑。她们身边摆放着几只篮子，篮子里有钵有盆，饭菜的香味就是从钵盆里散发出来的，这是洗衣女的午饭。她们要劳作到下午才能回家，所以每天随身带着午饭。人是铁饭是钢，韩信抵抗不了饥饿，不由自主地挪动脚步凑了过来，其中一个姓关的洗衣女认出了韩信，也看出了他饥饿的神情。关氏叹了口气，放下手中的棒槌和浆洗的衣服，双手在围裙上擦了擦水，取过自己的篮子，拿出一个黑色的粗陶碗，把钵盆中的饭菜分出一些在陶碗中，然后，将这碗饭递给韩信。韩信接过碗，三口两口就吃光了，这才回过神儿来，对关氏腼腆地笑笑，诚恳而羞怯地说：“谢谢大姐。”

韩信没想到在河边会遇到好心人，于是一连十多天都来到这个地方等着，其他洗衣女都窃窃私语地取笑韩信，关氏没有顾忌这些，每次仍将饭菜分一部分给他。韩信心里既庆幸也感激，对关氏说："大姐，如果有一天我发达了，一定会好好报答你。"

没想到一连几天给他饭食的洗衣女关氏闻听此言后，竟勃然大怒："你一个男人，挺大个子，自己不想办法谋生，总这么闲逛，我真为你可怜羞臊，还指望你回报？你好自为之吧。"

韩信被洗衣女劈头盖脸地一通训斥，一阵面红耳赤、无地自容，韩信从来没有感到受过如此刺激，以前也遭人冷嘲热讽，怎么没有这么强烈的耻辱感呢？韩信低头走了，边走边自言自语："是啊，自己空怀大志，可是怀才不遇啊，再这么下去自己就麻木了。不行，不能坐以待毙，要主动去寻找机会，要出去闯荡。"韩信不仅为理想而活着，更要为了理想去奋斗！就这样，洗衣女一番话惊醒了韩信，韩信自此走上了风云变幻、起伏跌宕的中国历史舞台。

二、即便是天才，历练之路也是漫长的

在一个初春的早上，韩信背着他那把破剑，揣着一颗火热的心背井离乡，奔向了不可知的明天。

天下大乱之际，进取之道无非文武二途，从军当兵似乎比幕府文吏更容易出人头地。对于韩信来说最紧迫的不是出人头地，而是填饱肚子，获得基本的能量，维持两条腿的正常工作才最要紧。韩信早已被判定缺乏刀笔吏的资格，言行举止也不像文士，靠舞文弄墨吃饭是不可能的了。投军，只有投军，因为手里有一把剑表明自己还属于武人一类，也只有投军才有可能发挥自己积蕴已久的才华。

投军，到底投谁？这之中大有说头。跟错了人不仅难以施展才华，很可能一生都要搭进去了，甚至累及九族。

始皇驾崩后秦二世胡亥即位，暴戾的国政仍在继续，胡亥在皇座上的屁股还没坐稳，天下已然大乱。原来被始皇帝压制住的各种势力，如壶中汤水，经过火烤之后，早已沸腾翻滚。始皇帝这个千古强人一旦离世，胡亥这个不中用的壶盖子马上就被壶中的沸汤顶得粉碎，各种势力汹涌而出，四处奔溢，溅起火光无数。秦二世元年注定是个多事之秋，始皇驾崩、朝局不稳、阿房宫重新修建，骊山陵工程吃紧，北地边警频传，关东连遭暴雨，各种矛盾交织在一起。

终于在七月，陈胜、吴广两个阳城（今河南登封市）籍奴隶一般的贱民揭竿而起，在屯戍渔阳的路上，席卷了成百上千的戍卒民夫南向征战，攻城略地，并自立为楚王，如急风暴雨般为秦二世上了一堂

生动的警示课。后来的历史证明，这次发自最底层的农民起义开启了中国封建王朝兴废往替的总闸门，打开了历史进步动力系统的另一个发动机。在当时，陈胜率农民起义的深刻意义显然还没有这么大，至少没有人会相信有这么大。但是其传染示范作用还是立竿见影的。八月，赵国遗族武臣在原赵国都城邯郸起兵反秦，自立为赵王。九月，齐国大族田儋在原齐国故地称王反秦。韩广跑到远在北方的燕地称王反秦。魏咎在陈称王反秦。一时之间，在秦统治力量相对薄弱的东部，或大或小的多股势力顶着名目繁多的旗号造反，来势汹汹，大有烽火燎原之势。

与此同时，还有两股不同的力量。在沛县（今江苏省徐州市）的一个小镇上，作为镇长级官吏的刘邦，已经用他特有的敏锐双眼，冷冷地观察了很久，用他那特有的魔力之手，悄悄酝酿了很久，机会终于来了，刘邦带着他的班底兄弟趁着一个雷电交加的日子，斩杀一条大蛇，聚众造反。但是刘邦的造反进程并不急躁，也没有什么声势，一切似乎在温温吞吞中进行。因此刘邦没有吸引秦帝国统治阶层的多少关注，关注他在短期之内没有成为众矢之的。

另一股力量则声势浩大，且一开始就旗帜鲜明，号令天下，这就是楚地原楚国的贵族项燕遗族。项氏后人项梁避祸吴中（今江苏苏州市），一方面沾了贵族先天优势的光，另一方面项梁干练有智略，短期内就赢得了地方上的认可。项梁见秦失其势，群雄争之，于是趁机杀掉太守起事，四方归集者日益增多，力量迅速膨胀，但同时也立即引起了秦帝国的注意。朝廷派出宿将章邯前往吴中去消灭项梁。项梁虽然在短期内聚集了六七万人，但大多为乌合之众，战斗力不强。为了提高战斗力，更为了赢得政治上的主动权，项梁打出了追悼楚怀王的旗号，不知从哪里找来了楚怀王的孙子，奉为领袖。从此项梁基本草创了武装力量和传檄天下的名望与资本。短短数月，在各路造反势力中，项梁成了最强大的一个派系。

那韩信投奔谁呢？此事说来既复杂又简单。

之所以说复杂，是对于不明就里的人来说的。对于消息灵通、具有健全判断力的人来说就不太复杂。那韩信这样一个无所事事、游荡闲逛的青年如何进行判断与选择的呢？人生就是一次又一次的选择，选择就是升级打通关。那么韩信是否掌握了有关局势的信息，是否具备健全的判断力呢？韩信虽然天天无所事事，到处游荡，但这也为他获取大量信息提供了便利的渠道。因为韩信不是漫无目的地游荡，不是醉生梦死地度日。他是一匹寻找机会的狼，所以游荡为他提供了广泛的信息来源。造反这类爆炸性的新闻资讯一定会在第一时间传播开来，虽然未必详细备至，但已足以描绘出天下局势的概貌了。至于判断力，韩信具备健全的判断力是毋庸置疑的。从现实考虑，韩信选择了一个力量最强大、最有格局、似乎最有前途的派系，他决定投奔项梁。那他为什么不投奔秦帝国的正规军呢？这是个大是大非的问题，韩信具有的意识和理想还是进步的，明白暴秦必亡的天下大势。

“及项梁渡淮，信乃杖剑从之”。韩信投奔了力量最强大、政治主动性最明显的项梁一派。当时，项梁正率领起义军向西渡过淮河，谋求主动出击的机会，与秦展开了第一次正式交锋。而此时的陈胜在卷起起义的旋风后不久，就在一次战败中被叛徒所杀，其原本凝聚力就差的队伍顷刻之间迅速解体。

韩信投奔项梁只能从最底层做起，在后来七八个月的时间里没有人知道他都干了什么，但有一点可以肯定，也值得庆幸，在一次次恶战及兵乱之中，韩信没有被敌人杀死，也没有被自己人误杀，或发生车祸、溺水之类的意外，性命安然保住。也难怪，赫赫有名的陈胜出战不利及彻底失败后，所属部分力量投奔了项梁，有万人之众的江洋大盗英布也投奔了项梁，其他所谓有能无能的人投奔者不可计数。同样是投奔，效果可大不同。韩信出道之始可不是战神，即便是神，也没有携带光彩夺目的标签。离开了家乡，韩信只是一个籍籍无名的青年，无论如何也不会被雄心万丈的项梁发掘到。

在职业军人中，能够成为高级将领的，都是身经百战，历经艰险，从鬼门关前打过来回儿，自死人堆儿里爬出来的，能够活下来本身就是值得骄傲的本领。只不过当成为高级将领后，人们更多的是关注其谋略勇武，早已忽略了最初级也最根本的一级考试——作钟离眜为士兵或下级军官要保住性命。韩信通过了初级考试，说明这青年人还真有两下子。

在一次兵败撤退的过程中，有一个楚军骑兵的战马中箭而死，那骑兵从马上跌落在地，正巧摔在韩信跟前。韩信紧急止步，向尘土中的骑兵伸出手，将他拉起来，两个人继续跑。跑了很长时间，在确信脱离危险后，两个人坐在一处土岗上，大口喘着粗气，你看看我，我看看你，都不禁哈哈大笑起来，两个人浑身上下衣服破烂，满是泥土和血污，脸上都是汗水划出的痕迹。

韩信仔细打量这名骑兵，见他面色黝黑，中等身材，身材匀称结实，浑身上下散发着力量。

骑兵先开口问道："你叫什么名字？今天谢谢你。"

韩信说："我是韩信，你呢？"

骑兵回答："我是钟离眜。"

韩信将怀里揣着的一块烤馍拿出来，掰开，递给钟离眜一块，问道："你为什么来当兵？"

钟离眜接过韩信的烤馍，边吃边说："项家军在我家附近起兵，我有一身武功，好男儿当驰骋四方，建功立业，所以我就加入了义军。"

韩信看看钟离眜，又看看远山，说道："我不会武功，但我和你有一样的理想，暴秦必亡，我等身逢乱世，有必要做些什么。”

钟离昧将自己腰里的水葫芦解下来递给韩信，韩信仰头喝了几口，干裂的嘴唇感觉好多了。在夜色降临之前，两个人找到了失散的队伍。

这次见面，韩信和钟离昧都觉得对方身上有什么东西深深地吸引自己，彼此留下了深刻印象。

有一天韩信正在磨剑，钟离昧来找韩信。钟离昧对韩信说：“韩信，我要随项羽将军向西出征了，听说你们也要行动。”

韩信说：“我们昨天夜里得到命令，项梁将军要带我们去东阿迎击章邯。”钟离昧握着韩信的手，两人同时郑重地说：“兄弟，珍重!”一个月之后，项梁和项羽都打了胜仗，项羽斩杀了李斯的儿子李由，项梁联合诸侯击败了章邯。钟离昧和韩信都活着回来了，这是很重要的事，两个好朋友又能平安见面了。

打了胜仗，自然要犒赏三军，项梁给军士放假一日。

晚上，月朗星稀，凉风习习，韩信和钟离昧带着分到的酒肉，跑到营帐背后僻静的地方，席地而坐，看着天上如钩的明月与遥远的星星，诉说着理想与抱负，大块吃肉，大口喝酒。几碗烧酒下肚，钟离昧兴致勃发，抹了抹嘴，高亢地唱起了歌：“男儿出门兮，仗剑求功名；男儿驰骋兮，热血洒沙场；男儿如流星，光华破长空；男儿如鸿雁，行阵要留名。”韩信被钟离昧的豪情感染，端起一碗酒敬钟离昧，两个人一饮而尽。

钟离昧对韩信说：“我这次随项羽将军西征，听说朝廷的丞相李斯死了，被朝廷治罪判了腰斩。”

韩信听后，沉默了一阵子没有说话，钟离昧问道：“怎么啦，韩信?”

韩信说：“我在东边的战场也听说了这一消息。李斯一死，秦朝很快就会土崩瓦解。”

钟离昧问道：“有这么严重吗?”

韩信说：“嗯，李斯是大秦国的柱石，连他都被杀，说明朝廷内部矛盾很激烈，如此下去，朝廷将不攻自破。”

秦朝的政局的确如韩信所言，内部斗争激烈而残酷。

赵高这个后世专权大宦官的开山鼻祖，也是沙丘之谋的主角，可没有这个心情。做了坏事的人总免不了惴惴不安，心怀鬼胎，人在天天心惊肉跳之余也就比较容易走极端。赵高为了消除自己惴惴不安的诱因，做出了一个决定——杀！杀掉一切可能的威胁。决定是赵高做出的，必须假以皇帝的诏令才可以执行下去，秦二世那个糊涂蛋哪里有智商配合赵高如此复杂的思谋措施。赵高只好不厌其烦，循循善诱，耐心地将秦二世一步一步纳入其中。

赵高先把秦二世吹捧一番，把他夸得找不着北了，再对秦二世说：“圣贤的皇帝都会及时行乐啊，昏庸的皇帝想做都做不到，但是您现在还缺乏一些条件，制约您行乐。”秦二世一听就晕乎了，胃口也给吊起来了，顺着赵高立起的竿子爬了上去。赵高接着为二世“竭智尽忠”，知无不言：“陛下，您刚刚得了帝位，但是还有很多贵戚大臣不服啊，他们时刻都在找机会想推翻您，另外，民间舆论对您也很不利，必须让他们消停下来才行。”秦二世一听言之有理。

于是一场腥风血雨的大幕揭开了。胡亥这个旷世暴君一口气杀死了十二个公子、十个公主，这些人可都是血亲的嬴氏族人，可以想见，胡亥身边都剩下了些什么样的“自己人”。其他一些位高权重的大臣以及始皇帝的子侄动辄获罪被诛杀。

自此，秦朝的刑法更加严苛了，老百姓在路上相遇都不敢交换眼神，更不敢胡言乱语。这下胡亥可高兴了，终于有闲工夫忙自己的事了，至少那个讨厌的赵高不来唠唠叨叨个没完没了了。

这时候，远在东方发生了惊天动地的大事，陈胜、吴广造反，第一道情报说是大规模民众谋反，胡亥听说有人造反后大怒，让人再探再报，结果再次报来的消息只是盗贼尔，听到这次复核过的情报，胡亥放轻松了，原来是小事一桩，不会浪费他宝贵的娱乐时间。很明显，这第二次的情报被人过滤加工篡改了，那这个人是谁呢？最有可能的是赵高。因为赵高要想让秦二世胡亥拥有宝贵的时间，就必须减少对秦二世的干扰信息；赵高要想让秦二世安心娱乐，就必须自己忙得团团转。这时候，赵高也的确很忙，忙的目的是掩饰自己的倒行逆施，消除与自己二心的政敌，巩固自己的权势地位，忙的结果却是把大秦帝国迅速送上了穷途末路。

中国的封建历史证明，一个昏庸皇帝不一定能很快把帝国搞垮，但是再加上一两个奸佞重臣，毁掉一个帝国就容易得多了。

赵高毁掉秦帝国的标志性举动之一就是扳倒了李斯——这个大秦帝国的最后一块柱石。李斯被冤杀又标志着秦帝国在政治上彻底输掉了一切底牌。不过以赵高的地位和能量尚不能一击而置李斯于死地。

沙丘之谋，李斯也是参与其事的主要人物，无论当时他与赵高的目的、手法存在多少差别，但结果是一样的，废掉扶苏，拥立胡亥。但也就在这件事情上，体现了李斯与赵高的一个巨大分野，李斯老了，功高禄厚，子孙繁盛，进取征伐的锐气退去，贪恋既得利益的暮气增长。而赵高正处于全盛之前的上升阶段，野心勃勃、势不可挡。一个上升曲线与一个下降曲线相遇的交叉点，才促成了沙丘之谋。这个交叉点注定是短暂的，两个曲线还会沿着既定的趋势发展，且渐行渐远。

秦帝国的最高官吏是丞相李斯，而且似乎只要他不死就没有离职的迹象，李斯的健康状况似乎也没有不良的迹象。丞相可不单单意味着一个人，一个职务，它代表着朝中最大的一派势力。作为皇帝身边的红人赵高，其工作职责表面上只不过是替皇帝收收发发、整理整理文件资料什么的。但官场上的工作职责表往往是写在纸上，挂在墙上，却不一定照此执行，官场上讲究的是影响力，而不是职责。赵高以自己的博闻强记曾获得始皇帝的器重，但影响力再大也仅仅是影响力，不是主导力，赵高并不满足于有限的影响力，他要的是无限的主导力。既然是主导就不能出现双峰甚至多峰并峙的局面，更不能容忍他山更高的局面。赵高是个行动力极强的人，主意拿定就要下手，而且从不手软，不击则已，击则必杀。

赵高的步骤是先把胡亥糊弄住，成为他可操控的傀儡。如此即可造成扯虎皮做大旗的虚张声势，这种声势的效果是巨大的，事实上在中国宫廷政治中屡试不爽。赵高的手段把李斯这位政治老手都唬住了。

赵高通过实施隔离策略，掐住了朝局的命门，把乐得悠闲的秦二世关在宫禁之内，朝臣要想与皇帝见面或者上书非得通过赵高不可，这时候，赵高就成了稀缺资源。即便在这种情况下，赵高还是不敢贸然对李斯下手，他先是离间秦二世与李斯的关系，致使秦二世屡次责难李斯，李斯这时候已经是战战兢兢，生怕一朝失势。但赵高步步紧逼，并且已经为李斯设计了一个完整的圈套。

由于函谷关外形势日益恶化，李斯作为朝廷首席大臣深觉政治责任重大，有必要向皇帝言明应对之策，同时也是为了自保，于是决定上书。但是皇帝天天不上朝，连众臣之首的丞相也见不到一面，李斯正在束手无策、搓手顿脚的时候，赵高笑盈盈地来拜见李斯。

赵高说：“丞相，现在天下形势很不好，你职责所在，是否应该向皇帝献计献策呢？”

李斯说：“我正有此意，但苦于见不到皇帝啊。”

赵高眼睛一翻说：“原来是这样，我有个主意，丞相你看是否可行。明天皇帝会有空，到时候我通知你，你来见皇帝，当面向他陈述你的平乱之策。”

李斯听赵高这番话，将信将疑，因为这两年，李斯对赵高早有猜忌，只是避其锋芒，不愿与赵高正面冲突。事到如今，也只好采用赵高的建议了。

焦急地等了一个晚上之后，第二天一早，李斯接到了赵高的消息，说皇帝正有空，李斯整一整衣冠，急匆匆地进入皇宫拜见皇帝。此时，胡亥的确有空，而且空闲得很，因为没有什么政务可以处理，赵高已经替他打点了一切。但是皇帝也正忙着，忙着左搂右抱地与妃子们喝酒猜拳，在酒精和视觉作用的双重影响下，想必年轻皇帝的荷尔蒙能量正达到顶点。就在这个时候李斯来了，正经八百、威严庄重地来了，来到皇帝面前。

李斯扑通一声跪倒在地，严肃且神情凝重地大声说道：“皇上，现在关东多难，请释放骊山及阿房宫的奴隶，抓紧剿抚各路叛逆！”李斯的到来，无异于一大盆冰水迎头浇在秦二世胡亥热烘烘的脑袋上，这盆冰水的作用不是让胡亥清醒了，而是让秦二世突然觉得泄气，心里十分不爽。一瞪眼把个可怜的李斯给打发走了。

待李斯走后，赵高从屏风后转出来，做谦卑状，对秦二世说：“皇上，在拥立您登基这件事情上，李斯是有功劳的，但是您却没有升他的官爵，他这是在找碴表达不满啊！另外，他的儿子李由是三川郡守，三川郡盗贼猖獗，似乎有父子串通逼宫之嫌，现在李斯丞相一人之下万人之上，在朝廷内一手遮天，权势大得不得了。”秦二世闻赵高此言，觉得有道理，于是决定治李斯的罪。

治李斯的罪谈何容易！李斯所属力量盘根错节，况且这几年，李斯小心翼翼，没有表露出明显的不轨行为。但是这件事难不倒精于算计的赵高。

赵高唆使皇帝先拘押了李斯，再派人查李由通匪的证据，力求从外围突破。

李斯耳目众多，至此已完全明白了赵高欲置他于死地，遂决定绝地大反攻，在狱中连续上书皇帝为自己申冤，并揭发赵高的种种罪状。这些状子都没能够直接呈递给皇帝，就先被赵高截留了。

赵高对症下药，支使酷吏严刑拷打、日夜逼供，李斯终于顶不住了，也认为皇帝是不可能明白或相信真相的了，只有向赵高屈服，以求活命自保。李斯的申辩书并不是没有递达皇帝，只是迟了些，不过耽误的这些天已经足够赵高把李斯的精神催垮。

胡亥终于要亲自升堂审讯李斯了，李斯毕竟是先皇重臣，不得不重视。但是临到皇帝亲自问话的时候，李斯的精神已经被摧毁了，已经习惯性地屈服了。这是李斯犯的错误，这个错误的后果是严重的，皇帝立即判定李斯腰斩之刑，夷灭三族。

李斯在临死前拉着小儿子的手说："我们再想如平民般遛狗打猎，还有可能吗？"这就是李斯最后的期望，但是这小小的愿望也会压断赵高紧张的神经，所以赵高必欲杀李斯而后快，他知道只有死人才永远不会再威胁他。这个时候，李由早已经被楚兵击杀了。

李斯因为自己的迟暮之贪、妇人之仁导致了悲惨下场，大秦国这个风雨飘摇的大厦也因此而失去了最后一根顶梁柱。

李斯这根顶梁柱垮掉后，秦帝国之所以还没有立即坍塌，是因为它还掌握着军队这个强大的国家机器。

秦兵素来是虎狼之师，南征北战，东征西讨，所向披靡。无论是秦国还是秦朝的军队都是战斗力极强的，其统帅都曾是叱咤风云的军事强人。远的如白起，近的如王翦、王贲、蒙骜，无不是敌人闻风丧胆的战将，当世的章邯等人也都是身经百战位列九卿的名将。而陈胜、吴广的起义军不过是些奴隶和民夫，兵器不过是木棒和刀叉，既没有受过严格的军事训练，也没有统一的号令组织，其战斗力全凭一时保全性命的反抗精神，其军事会战的战斗力就可想而知了。即便如项梁这样的贵族子弟、军事世家，在初期带出的队伍也不过是拼凑起来的乌合之众，徒有数量的声势，实际没有多少攻击能力。遍地烽烟四起的义军之所以能够势如破竹，攻城略地，一则是因秦朝关东地区统治力量薄弱，二则是老百姓积蓄已久的反抗力量一触即发，一呼百应。在最初的一年里，各路义军几乎没有与朝廷正规军发生遭遇战，所以，陈胜、项梁有轻敌之意。此时的韩信未必对天下政局尽收眼底，但有一点可以肯定，咸阳城发生的大事件即便没长翅膀也会传入他的耳朵里，会丰富他这颗不停思考的脑袋，但韩信此时的地位与能力还不能向义军的领袖进言献策，他对改变战局几乎起不了什么作用。

秦朝的军队不是纸糊的，秦朝也开始重视起这帮“盗贼”来，派遣了多路正规军出击剿杀。这些血与火的战役使韩信有了零距离接触实战的机会，也亲身经历了行军打仗的种种具体细节，亲眼见识了大将主帅指挥千军万马的气势，他胸中的奇谋诡计在汹涌澎湃，伺机待发。在这些一连串的战役中，义军与官军的力量对比发生了变化，从根本上改变了天下的军事局势。同时，也为韩信创造了一次新的机会。

陈胜过于轻视了秦朝的力量，其手下大将周文率战车千乘、兵卒几十万西征潼关，在潼关之东的地方被秦朝大将位列九卿的章邯率骊山劳役一举击破。请大家记住章邯这个名字，他是秦朝最后一位名将，就是他一次次重创义军。这是义军第一次与秦朝官军发生会战。这次战役双方的兵卒大部分都不是训练有素的正规军，战斗力差别不悬殊，关键在于主帅和核心精锐，章邯率领的少数精锐让义军第一次见识了正规秦军的厉害。

秦二世二年年底，周文在云南被章邯击败，自杀身亡。接下来义军开始了接连的噩梦，李斯的儿子李由坚守荥阳，陈胜派出的能代行王事的吴叔围荥阳久攻不下，被手下素不服气的田臧所杀，田臧留下少数人马围荥阳，自率主力向西迎击章邯，结果兵败被杀。章邯乘胜进击，不仅解了荥阳之围，而且连续击败了郏城和许昌的两支义军。在年关之前竟然在陈胜督战的情况下，章邯击杀了陈胜的大将张贺。至此，陈胜义军已被章邯震慑了心胆，呈溃败之势。

陈胜在秦军正规军前吃了败仗，领兵世家的项梁也不例外。在江苏溧阳，项梁别将朱鸡石被章邯击败。在之后的几次拉锯战中，章邯军无往不胜，项梁等新自立为王的几支力量已经不敢与章邯单打独斗，只好共同发兵迎击章邯。在东阿一役中项梁终于击败章邯，项羽在雍丘打败了李由，擒获并斩杀之。

当此之时，李斯被腰斩。

项梁打了胜仗后开始膨胀，有轻视章邯之意。骄傲是自杀的利器。不久，骄傲的项梁就重蹈了陈胜的覆辙。秦二世三年夏天，项梁于定陶被章邯打败，楚军兵败，项梁被杀。章邯击破楚军主力后达到了全盛期，一举追亡逐北，致使关东各派势力畏惧自保，不敢出战。

月盈则亏。在这一年多时间里，义军与官军发生了力量的消长。义军经过血与火的历练逐步强大起来，攻防战守也逐步有章有法，而且力量在向几个强势集团相对集中。没有了李斯的秦朝军队，虽然不是纸老虎，但也失去了虎狼之师的迅猛凌厉，秦国几百年的兴起、开疆拓土的过程中，百里奚、吕不韦、范雎、张仪、李斯这些人向来是与军队两线作战，呈表里互援之势，且他们的作用对于军队的支撑更是必不可少。缺乏政治力量的军队是瘸腿的军队，秦军开始走下坡路了。

项梁死后，韩信获得了一次接近权力核心的机会。

韩信在这近一年的时间里，跟随部队如潮水般到处征战，虽然没有什么战功，但是由于脑袋好使，不仅解决了温饱问题，而且保住了性命，更重要的是逐步接近了项梁，进入亲兵中军的范畴，远离了先头作战部队和底层士兵。不过有一点可以肯定，韩信并没有表现出勇敢顽强、拼死一搏的性格品质，如果他想表现，遍地都是机会，看来他不想这么表现，或者他不具备这种品质，这与甘受胯下之辱的心态一脉相承，遥相呼应。项梁死后，韩信很自然地跟随了项梁的侄子项羽，自此之后数年间，韩信与项羽之间结下了一连串的恩怨情仇。韩信跟随项羽后，项羽安排韩信做执戟郎，也就是主帅仪仗队成员。挑选仪仗队员，并不需要在万马千军中进行海选超男，只要在主帅周围的军队中选一选也就够了，对于这个令人羡慕的差事，一般兵卒是可望不可及的。韩信能够从籍籍无名的底层士兵进入中军，说明他付出了一定的努力。

不在基层岗位上逗留盘旋，尽快接近权力中心，这本身就是韩信实现理想的策略与途径。韩信的谋略终于有机会浮出水面。这里有一个谜一样的问题，走入人们视线的韩信，其谋略似乎一出手就是高手，就具有旷世罕有的震撼力。韩信是军事天才吗？可能是也可能不是，至少在仗剑闲逛时还没有表现出所谓的军事谋略。韩信也没有半真半假如张良得军事秘籍的奇遇。我们只能试着推测，韩信的军事天才来源于超凡的潜质加后天的历练，这一年的实战历练或许激发、印证、梳理了他的军事天才潜质。从另一个更重要的方面说，军事也是人情世故，道理相通，特别是在冷兵器时代，主帅的谋略勇武对于战争特别是战役的决定性极大，而谋略中的大部分内容都不是军事领域独有的专业性技术，在外交、政治、经商等其他领域通用。因此，韩信的军事才能并不一定要通过长年累月的军旅生涯来积累历练。

接近了权力中心的韩信，如同一张满弦的弓，蓄势待发。

三、找份工作不容易，找个好老板更不容易

韩信的新老板项羽可不是庸碌之辈，他甚至被后世很多人誉为楚汉时期第一英雄。项羽出场伊始就光彩夺目。此人大有来头儿，在那时，有背景、有来头儿可是不得了的资本，具有不可忽视的先发优势。项羽是军事强国楚国的贵族后裔，又出身军事世家，项家门生故吏遍布吴楚，派系实力雄厚，声望极高，基础扎实。项羽身形高大威猛，是少见的大个头儿，自幼不喜诗书喜棍棒，力气大得能轻易举起几百斤重的鼎镬。项羽性情果决勇武，项梁起事时，他在门外把风，曾一人击杀几百人，后来征战中屡次攻坚屠城。优势基因、优秀的个体素质加上慑人的舆论，项羽像一块威力强大的磁铁一样，具备了独立鲜明的形象及能量。

项梁在世时，项羽作为下级军官，其职责是率领偏师作战。项梁死后，原来扶持起来的楚怀王政权内部发生内讧，楚怀王欲以新人代替项氏力量，摆脱项氏的控制。或许是这个傀儡楚怀王觉得木偶戏不好演，项梁“挟天子以令诸侯”的做派过于露骨。项梁一死，楚怀王终于等到了机会，认为削弱项氏力量的时候到了，就提拔了素有谋略之名的大将宋义，委以上将军的职务，同时封授项羽为次将军，还封授了范增为末将军。楚怀王在军事指挥权上分化项氏集团的同时，还给项羽穿“小鞋”。

此时的楚军力量的确不小，多股力量汇集到楚怀王旗下，其中就有后来大名鼎鼎的刘邦。不过此时的刘邦只是个小角色，领着一万多

人跟着楚军打游击。楚怀王为了激励士气，与各诸侯王盟约，谁能够抢先攻入潼关，谁就代替秦朝老巢在关内称王。这是个极大的诱惑，尽管现在称王者遍地，但都是自立为王，缺乏公信力，如果能够抢先攻入潼关，则意味着在反秦战争中立下头功，不仅可以名正言顺地称王，而且位列诸侯王之首，相当于武林盟主。当然，楚怀王能够提出如此大胆的赌博式诱饵，源自他认为在反秦力量中他这一支最具有抢先入关的实力。

在部署西征攻秦的任务时，楚怀王动了小心思，派遣刘邦走南路西向攻秦，并带走了原来项梁的部分队伍，派遣项羽走北路攻秦。表面上看是双线作战，迫使秦军首尾不能相顾，但其中大有玄机，因为章邯的主力秦军在北线，楚怀王想通过章邯来削弱项羽。

项羽在此局面下，做出了一件惊人之举——火并宋义。从此，项羽以独立完整的形象闪亮登场。

秦二世三年十月，楚怀王派宋义率楚军主力救赵，驻扎在安阳。这时候，秦故名将王翦的后人王离率军围赵王歇（此时，原赵王武臣已在乱兵中被杀）于巨鹿（今河北省邢台市），章邯率主力驻扎在巨鹿西南的棘原接应。上将军宋义的主张是，先坐山观虎斗，待秦与赵两相疲敝之后，再吞并赵国攻击秦军。宋义的主张无疑是稳扎稳打的策略，况且项梁新败，对秦军不得不小心谨慎。另外，反秦联盟本就是同床异梦，能趁此机会吞并赵国也是顺道拣的便宜。但项羽不这么看，项羽认为劳师袭远，供给匮乏，应该速战速决。项羽还用政治舆论弹压宋义，说："我们与赵本是同盟军，来救人怎么能坐视不管呢？况且秦赵力量悬殊，没有什么两败俱伤的便宜可乘。"

第二天宋义升帐议事，宋义在帅案后刚刚坐定，还未说一句话，突然项羽跨步走出班列，拔出长剑，冲到宋义面前，手起剑落，随着一道寒光，血影崩现，宋义在没有任何准备和反应的情况下，项上人头已经落地，尸体扑通一声栽倒在帅案上。项羽杀死宋义，转过身向惊呆的众将佐宣布："宋义暗中勾结齐国谋反，我奉怀王密令把他杀了。"任何人都看得出来，但忌惮项氏的力量，只好屈服，支持项羽。项羽以典型的项羽方式直截了当地吞并了宋义的军权。

前敌骤变的情况以十万火急的速度报给了身在大后方的楚怀王，这时候楚怀王才意识到项氏之强已经无法撼动，如此看来自己都危如累卵，弄不好也会引来杀身之祸。当今之计只有委屈隐忍，或可求全自保。至于如何对付项羽这个新兴的强人，只有待日后慢慢图之。楚怀王脑子还算转得快，没有任何质疑，立即颁发诏令，任命项羽代替宋义为上将军，辖制诸侯各路兵马。

在那个混乱的局势中，实力决定一切！

项羽既然已经主动登场，站在了聚光灯下，就必须演出，而且必须成功，否则他的下场可能比宋义还惨。此时的秦军实力仍很强大，王离日夜轮番攻城，几次险些破城，巨鹿城里负责军事的赵相张耳在重压之下快要崩溃了。与张耳为刎颈之交的陈馀驻扎在巨鹿之北，也逡巡不敢进，更要命的是，齐、燕等各路救援部队都靠近陈馀扎营下寨，不敢主动攻击秦军。这时候的反秦盟军虽然数量甚众，连营铺天盖地占据了巨鹿的南、东、东北方圆几百里，但各路兵马离心离德，萎靡不振，不要说主动与秦军会战，假如秦军首先来攻，很可能第一波冲击就把联盟军打得落花流水，一败涂地。

事后证明，这一战使项羽独立的军事才能焕发了夺目的光华，也成为名震古今中外的战例，成就了项羽不可撼动的霸主威名。

章邯排兵布阵很有章法，也很有效。章邯命王离率七万兵马将巨鹿团团围住，对核心目标造成巨大军事压力，自己则率八万主力驻扎在王离军队的西南方，作为后盾接应，军需物资源源不断供给攻城的王离，整个战阵如哑铃型，进可攻，退可守，能够迅速调整变换攻防力量。面对强大的秦军，项羽首先派出手下悍将当阳君和蒲将军作为先锋部队挑战王离，目的也是摸一摸敌情。这时候的项羽已意识到非全力以赴，不足以决战秦军，不仅没有希望战胜秦军，而且有可能失利，产生不良的连锁反应。

项羽决定先攻击围城的王离，与张耳内外夹击，破王离军会比较容易些，如果王离军破，将对章邯军造成很大威胁，再战章邯也会有心理和地利的基础。于是项羽做出了一个空前的决定，率领四万楚军全部北渡漳河，并且在过河之后立即命令砸烂锅碗瓢盆，凿沉战船，烧毁帐篷。

命令一发布，楚军将佐和士兵个个感到巨大的心理压力，彻底断绝了后退撤离的念头。这道命令比大刀队督师还恐怖。恐惧会覆灭人的意志，也会激发人的潜能。在项羽的率领下，楚军的潜能被无限地激发了出来，没有经过宣战、射箭布阵、击鼓助威等预热阶段，两军刚刚相接，楚军人人就直接进入了疯狂亢奋状态，如虎狼一般杀入秦军队伍，横冲直撞，只有一个动作——杀人，只有一个念头——破敌，只有一个目标——活命。

由于秦军训练有素，战阵扎得稳固，楚军的冲击只是将秦军阵营撕开了一个个缺口。这时候如果其他联军一举掩杀过来，秦军便会遭受重创，然而这仅仅是个可能，此时其他联军几十万人作壁上观，看楚军孤军奋战。

城外的诸侯冷眼旁观，城内的张耳也趴在城头不敢出来，无论项羽如何呼喊，巨鹿城中的守军就是不往外冲，根本无意与项羽里应外合。项羽的心彻底凉了，对诸侯绝望了，也在刹那间，项羽明白了一个道理，诸侯根本不可信！项羽知道此时只有自助加自救才会有活路。于是跃起乌骓马，奋力举起画戟，如离弦之箭率先向秦军主帅中军冲杀过去，项羽玄衣黑马如龙卷风一般在秦军阵营中冲杀驰骋，所到之处秦军倒下一片，楚军的主帅竟然也疯狂了。楚军立即如注射了超量的兴奋剂，以一当十，四散冲击。秦军也知道这一战只许胜不许败，几十万大军对峙屯扎在这么个小地方，不动则已，如果搅动起来将是怎样一种壮观的乱象，只有勇者才可能取得胜利，占据狭小战场的空间，失败者只有被挤压窒息死掉。战斗十分惨烈地进行着，喊杀声动彻九天，激起的尘土遮蔽了太阳和天空，密不透风的刀光剑影淹没了秦军和楚军。

这场恶战一直持续到下午日落时分才结束。

黄尘逐渐消散，战场陷入了一片宁静与死寂之中，只有成群的兀鹫在低空盘旋。楚军蹒跚着搬运堆积如山的同伴的尸体，而秦军尸体更是满山遍野，把山冈与黄土都堆积掩埋了，土地被鲜血染成红色，空气中飘散着浓重的血腥味。这一战，项羽俘获了秦军主将王离，击杀了副将苏角，另一个秦军副将涉间拒降自杀，章邯痛苦而无奈地率秦军缓缓退去。

这一仗项羽胜得很艰苦，很惊险，也很侥幸。

战后升帐，项羽坐在中军大帐的帅案后，努力将自己的情绪平复下来。各路诸侯实在承受不了这种可怕的压抑感，个个心脏狂跳，两腿发软，头皮发麻，宋义血溅厅堂的一幕从每个人的脑海里闪过，这些不可一世的诸侯几乎同时跪倒在项羽面前，表示愿意唯项羽马首是瞻，从此追随上将军绝不怠慢。项羽以惨重的代价获得巨鹿之战的胜利，收编了各路诸侯，声望如日中天，声势威震四海。

虽然项羽赢得了巨鹿战役的胜利，并且收服了诸侯，但是问题也暴露出来，只有一个人冷冷地看清了这个问题，这人就是韩信。

在整个战役的过程中，韩信一直不离项羽左右，目睹了这次战役的奇伟诡异，见证了楚军以少胜多的壮举，洞悉了天下各路势力的虚实布局，了解了诸侯们的心思与目的。韩信以他特有的冷静、理智和宏观的思维头脑认识到，现在秦军主力在章邯手中，而项羽带领所谓的诸侯军与章邯对垒、相持、会战，承担了关东战场的主要压力。

钟离眛兴冲冲地来找韩信，由于钟离眛作战勇猛，一人击杀秦军士卒一百、校尉三人，被项羽提拔为都尉。钟离眛拉着韩信来到巨鹿城中的一家酒楼，钟离眛招呼店小二上五斤牛腱肉、一只炖乌鸡、一份竹荪、两坛上等烧酒。

钟离眛对韩信说："上将军真是用兵如神，置之绝地而后求胜，我们四万人打败秦军十五万人！这一仗真过瘾！"

韩信说："是啊，上将军以寡敌众，在极度不利的处境下，破釜沉舟，孤军奋战，破数倍之敌，的确千古罕见，这是个巨大的胜利。"两人举起酒碗一饮而尽。韩信又举起一碗酒，说道："祝贺你升职，兄弟，这是你凭能力赢得的。"钟离眛豪爽地将酒喝干。

韩信喝完两碗酒，就没什么情绪了，低头吃菜不吭声。

钟离眛拍了拍韩信的肩膀，安慰道："不要急，韩信，你的才能终有一天也会得到上将军的赏识。"

韩信叹了口气，缓缓说道："我现在不过一执戟郎，即使有想法，上将军也未必听得进去。"

钟离眛疑惑地问道："为什么？"韩信说："现在我们与秦军主力纠缠游斗，难分难解，以至于几乎难以向西寸步。而此时，沛公刘邦却已经抄小路，避开秦军主力，径直奔秦朝大本营杀去。秦军主力在外，巢穴空虚，刘邦很有可能抢先占据咸阳。占据咸阳意味着什么？这是整个战局的政治核心，先前楚怀王与诸侯约定，先入咸阳者称王，这个王可不是田儋、张耳、韩广那样的王，而是可以号令天下的王，也就是未来的共主，非同小可。"

钟离眛听韩信这么一说，瞪着眼，说："那我们岂不是费力不讨好？你赶快跟上将军说说啊。"

韩信举起酒碗喝了一口，说道："我昨夜已经跟上将军说过这些话，劝上将军不必寻找秦军主力会战，应该抓紧时间火速入关，拿下咸阳城。但上将军不以为然，他热衷于如火如荼的会战，念念不忘为叔父项梁报仇雪恨，必欲击破秦军主力再西进。"

钟离眜追问："你认为还有谁有实力会抢在上将军之前进入咸阳呢?"

韩信说："赢得第一的人不必是最强的人。依我看，刘邦就是上将军潜在的竞争者。但由于上将军太强大了，他打心眼里看不起土包子刘邦，不相信刘邦有入关击秦的能力。上将军极度自信，认为自己完全有时间击败秦军主力之后仍然可以从从容容地抢先入关，到那时就可以名正言顺地稳坐天下第一把金交椅。"

钟离眜挠挠头，说道："韩信，你未必有些杞人忧天了，上将军自有胜算，来，我们吃肉喝酒。"

韩信说："但愿如此吧，我们不说这些了，今天是你高兴的日子，来，我再敬你一碗。"

上将军项羽对于韩信的建议置若罔闻，这使韩信极度郁闷。韩信郁闷的原因不仅仅是他理性的判断得不到认可，更重要的是，谋略见识是他的命根子，是他从军的资本，从情感上也不能接受项羽对他的视而不见。

"项羽啊，一介武夫!"韩信从心底里发出了痛苦的嘶喊。这是韩信以自己的见识第一次与三军主帅站在同一高度，他不仅在平视项羽，而且是在平视天下。

章邯所率领的秦军主力被彻底摧毁。

巨鹿之战后，章邯采取了守势，与项羽相持不战。章邯的保守策略引起了深居咸阳宫的秦二世的不满与猜疑，他屡次下诏催促章邯进攻。章邯乃宿将，并且秦帝国朝局混乱败落如此，他了然于胸，但自古“文死谏、武死战”，身为武将只有督师征战之责，没有干预朝政的权力，干着急没办法。

为了缓解皇帝的猜疑，章邯派出长史司马欣去向皇帝做些解释汇报工作。司马欣办事谨慎，知道此行责任重大，处处留心留意。司马欣到达咸阳后被赵高滞留了好几天，硬是见不到皇帝。司马欣觉得情况不妙，越想越觉得赵高不可靠，有一种不祥的预感袭上心头，似乎危险正慢慢逼近，司马欣决定立即动身离开咸阳回军中。

司马欣回到军中后，向章邯报告了他在咸阳的所见所闻，并提出了自己的看法。他认为赵高专权用事于内，为了逃避责任，赵高拼命挤兑排斥内外重臣，愚弄皇帝。这样的秦朝政局已经混乱不堪，朝廷不再是我们的大后方，不仅不可信赖，而且随时都会有杀身之祸降临。司马欣见章邯频频点头，觉得时机成熟了，就进一步向章邯建议：“以将军威名实力，如果被赵高污蔑害死是很不值得的，即便战死在疆场也改变不了秦朝腐朽覆灭的结局，还不如与东部各路诸侯合纵缔约，一起攻打秦帝国，或许可以裂土封王，保全实力。”

章邯决定先试探一下项羽的意思。

就在秦楚互通音讯谈判的过程中，项羽在汙水大破章邯军，但这个时候，项羽的部队后勤供给也出现了吃紧的情况，相似的需求加速了双方谈判进度。终于，在洹水之南的商朝旧都殷墟故地，项羽与章邯歃血为盟，项羽借楚怀王的名义授立章邯为雍王，暂时跟随楚军作战，其实是削夺了兵权，封司马欣为上将军，做西征的先行军。

在楚军西进的路上，一场意外发生了。原来曾经为秦帝国做劳役的诸侯兵丁，为了发泄心中的怨恨，经常侮辱殴打章邯的降军，章邯的军队多为正规军，心高气傲，哪里受得了这些侮辱。更重要的是，章邯迅速降敌，对于基层士兵来说看不到实际的利益，思想上也转不过弯来，天天处于缺乏安全感的恐惧中。恐惧令军情骚动，部分秦军打算离队逃亡。这个情报传到了项羽的耳朵里，项羽素来憎恨秦军，收编受降只不过是权宜之计，且项羽担心变生肘腋，发生哗变。在到达新安时，项羽决定趁一个月黑风高之夜，派亲卫部队分割缴了章邯降军的械，并挖了个大坑，将这二十万降卒在谩骂、哀号、痛哭声中集体活埋。二十万人！这是惨绝人寰的事情。

以韩信的性格，在第一时间获知项羽的动机后，曾极力劝谏项羽："不可如此，降军旧军不合本是常情，关键是不要将降军旧军编制在一起，应该另行安置降军，并宽大待之，合理使用。"项羽生性暴躁，哪里会采纳韩信的意见，即便老迈睿智的范增出面也没有拦住项羽。

章邯投降，秦军如决堤河床，一败涂地，项羽以英布为先锋，势如破竹，一路打到潼关。

这时候，秦二世被赵高逼迫自刎而死，子婴继位。

刘邦先于项羽十日到达咸阳，接受了秦王子婴的投降。刘邦知道项羽不好惹，没敢贪功，自己驻军霸上，等待项羽来裁决一切。

项羽带着诸侯浩浩荡荡入关，大家请示楚怀王接下来怎么办。忍了很久的楚怀王踢出了一个不硬不软的球，下旨说："按照原来的约定办！"这下可惹恼了项羽，项羽本就对刘邦先入咸阳一事耿耿于怀，如果按照原定的说法，那应该由刘邦论功行赏、分封诸侯。

项羽哪里肯答应，便找碴说："我们大家冒着枪林箭雨、拼着身家性命决战秦军主力，推翻了暴戾的秦朝，而楚怀王没有做任何贡献，就坐享其成，有什么资格发号施令？"

各路诸侯自从巨鹿之战后，就已经看出了项羽的实力，而且项羽与楚怀王貌合神离已尽人皆知，于是诸侯们齐声说："对，我们听将军您的！"项羽这才满意地点点头，决定自号为西楚霸王，位在各诸侯王之上，把楚怀王架空，尊称其为义帝，不久之后便将他迁到地处偏远的湖南郴州去了。为了堵住人口，项羽把刘邦封到了关中偏僻的巴蜀，封号为汉王。

在对待义帝这件事情上，韩信又一次忍不住了，向项羽进谏：“大王，从全局战略看，义帝虽然虚有其名，但通过挟义帝之名号令天下的政治意义非同一般，请大王三思。”

项羽此时气贯长虹，不可一世，不仅听不进韩信的话，而且呵斥道：“小小执戟郎，虽有忠心，但胡言乱政，还不退下！”

韩信血往上撞，憋足劲抗争道：“大王，现在裂土分封，重新回到了战国时代，天下免不了重陷于混乱征伐，大王若想平定各路诸侯，利用义帝这个旗帜再好不过。流放义帝实非明智之举。”

项羽一听韩信斥责他，勃然大怒：“大胆韩信，妄议天下，诽谤君上，推出去重责五十军棍！”

此时，站在一旁的范增看出了门道，心知韩信所言有理，也过来对项羽说：“籍儿，放过韩信，将他交给我，我去教训教训他。”项羽怒气未消，一挥手把众人赶出大帐。项羽目光短浅，自以为是西楚霸王，一声号令，便会天下臣服。

事实上，项羽错了，而且很快得到了验证。咸阳分封，罢兵息战，诸侯王虽然各自奔赴封地，但各怀心腹事，各有不平事，各有要办的事。有的诸侯王还在去封地的路上便起了二心，齐之田荣就首先反了，原因是项羽把齐国拆成了三部分，并且让田荣的主公田市去做胶东王。

韩信对项羽绝望了，他认清了项羽不是成就天下的材料，继续跟随他就是浪费青春，于救济天下毫无裨益，如果再一意孤行地与项羽政见不一，很可能会招来杀身之祸，于是韩信决定离开项羽。韩信的判断是正确的，如果你老板的见识与度量还不如你，继续下去的结果只有两个，要么你被自己改变，要么被他改变，所谓被他改变就是被他打压，甚至肉体消灭。

四、为了光明的前途，你的头必须比墙要硬

炒掉项羽这个旧老板并不难，难的是下一个新老板选谁呢？天下之大，茫然四顾，一股莫名的悲凉涌上韩信的心头。

在淮阴街市，人人都知道韩信是个名人，虽然名声不怎么好，但毕竟有名气。现在出来闯荡已经两年有余，在热火朝天的推翻大秦帝国的征战中，满腹经纶的韩信竟然寸功未立，壮志迟迟难酬，在原本最有希望最有前途的主力军楚军中居然没有韩信的立足之地，更找不到上升的路径，自己的竭忠尽智、远见卓识，被荒唐地判定为雕虫小技和哗众取宠，到现在仍然是个不入流的郎官。

至此，韩信毅然决然地扔下西楚霸王的画戟，趁着夜色溜出了楚军大营，回望军营的篝火渐渐远去，营寨的轮廓渐渐模糊，韩信放慢了脚步，躺在一处山坡上，仰望着黑夜中的点点繁星，思绪翻滚，心潮澎湃。做点有意义的事情怎么就这么难呢？

这时候，突然一阵马蹄声由远而近，顷刻间，一人骑马驰到跟前，原来是钟离眛。韩信站起身问道："钟离眛，你怎么来了？"

钟离眛没有下马，沉声说道："亚父范增察觉到你逃跑后，命我火速来追你，希望你能够回去。"

韩信摇摇头，钟离眛无奈地苦笑了一下："韩信，你这是何苦呢？霸王是天下最强大的，你不要总冲撞他。你若是不回去……"

韩信一惊，问道："怎样？"

钟离眛说："奉亚父之命，如果你不回楚军，命我杀掉你。"

韩信追问："那你怎么想?"

钟离眛叹口气伤感地说："你走吧，祝愿你能找到用武之地，但愿我们不要沙场相见。"钟离眛说完拨马而去。

冷风吹来，韩信打了个寒噤，继续趁夜色逃离楚军。不知道走了多远，韩信累了，坐在一块青石上，拢拢心神，从袖管里抽出那支黑色金丝箍边的箫，呜呜咽咽地吹奏起来，箫声悠悠，随着夜风飘向远方。

韩信把天下局势一一在脑袋里分析梳理了一番。现在的局面与三年之前已经大不相同，楚军仍然最强大，但缺乏一位英明且胸怀天下的领袖；其他诸侯王大多为机会主义分子，既缺乏征伐天下的能力，也缺乏稳定鲜明的政治主张；倒是原来的沛公，现在的汉王刘邦有些与众不同，这几年，他没有打过像样的硬仗，但是队伍却从几百人扎扎实实地发展到了几万之众，在西进的路上不以攻城杀敌为主要目标，而是通过威抚并用，收拢了不少秦朝的地方力量，在进入咸阳后更是破天荒地与老百姓约法三章秋毫无犯，这种政治韬略与恢宏气度的确非关东诸侯可比，只是军事力量弱了些，又被项羽排挤到了蜀川那个窄地方。从表面上看，诸侯罢战各归封地，似乎天下从此息兵，殊不知，暗潮涌动，诸侯王各怀心思，有的已经明显表现出对楚霸王项羽的不满，摆开架势，展开了挑衅活动。要不了多久，天下还会混乱起来，而且将会是没有共同目标的混乱，比反秦过程可能要漫长得多。我韩信还是会有用武之地的，自己立山头儿单干的时机已经成为过往，当务之急是要找个好老板，假借他人力量成就我韩信的丰功伟业。那投奔谁呢？诸侯王还不如项羽，不值得我韩信辅佐，还是去投奔汉王吧。

韩信不像张良、骊食其等人善于炒作包装，又没有实力派人物引荐，这次投奔汉王，韩信还是只能走老路子——应募底层兵吏。

那时候，士兵逃亡、易主、改编是经常的事情，所以韩信从楚军投奔汉军，并没有遭到排斥，在汉军中谋了个连敖的差事，由于刘邦军中乏粮，部署之间时常互相掠夺，韩信也带着属下几个人抢了本军军粮吃，结果韩信等人这次抢劫行为被逮住，按军法当斩首，此案牵扯到十三个人。

行刑的时候，刽子手已经斩杀几人，寒风吹过旗幡，发出鬼哭的声音，昏黄的太阳摇摇欲坠。轮到砍韩信的脑袋了，韩信心中窝火，原本是来投奔汉王的，这倒好，不仅没有混出名堂，反而这么不明不白地给处以极刑。难道我韩信忍辱负重熬到现在，却就此草草结束了性命?！想到这里，韩信胸口憋闷，一怒冲冠，破口大声喊出："本来是想投奔汉王，为汉王扫平天下效力，结果汉王却要斩杀壮士。"

韩信的这番叫喊被监刑的夏侯婴听到，夏侯婴走过来端详了韩信半天，见韩信人长得高大，气势雄壮，觉得这个年轻人有些与众不同，于是下令释放了韩信及其他人。

夏侯婴把韩信叫到跟前，问他有什么打算。韩信对夏侯婴很感激，表明了自己的志向，并大致谈了对天下局势的看法。夏侯婴觉得韩信谈吐不凡，分析得很有道理，马上向汉王刘邦进行了推荐。但刘邦并没有拿夏侯婴的话太当回事，碍于夏侯婴的面子，给了韩信治粟都尉的职务（也就是管粮草的官）。这事也就这么过去了。韩信当上了治粟都尉，天天守着粮仓，吃饭是不发愁了，可一天到晚虽然忙忙碌碌，但忙的都是些柴米油盐的事情，实在无聊。

在刘邦军中，负责筹办粮草军需的官员是萧何，萧何是韩信的顶头上司，几乎隔三岔五韩信就有工作要向萧何请示汇报，在工作过程中，韩信与萧何逐渐熟络起来。萧何这个人可不简单，是刘邦沛县起事之前的铁杆兄弟，曾是沛县县衙的吏篆，负责写写算算的事情。在刘邦入关之前，萧何协助刘邦做些督办事务，刘邦做汉王后，封萧何为丞相，一人之下万人之上。萧何素来对刘邦恭恭敬敬，对刘邦的喜好又拿得准，深得刘邦喜欢。例如，在刘邦刚刚发迹时，别人向刘邦孝敬送礼不过三百串钱，而萧何却奉送五百串钱，因为他知道刘邦喜欢钱，就凭这五百串钱，十年以后萧何换回了三千户的封赏。

还有个例子，刘邦抢先进入咸阳后，军兵将校忙着在皇宫里抢金银财宝，而萧何却径直搜集保存了秦朝的典章制度、图书典籍，后来刘邦屡次反攻关东，对于天下关隘、地理形势的了解掌握也多靠了萧何收集的这些资料。刘邦对萧何不仅放心而且非常信任。

韩信还是和以前在楚军时一样，总是抑制不住谈论时局和用兵作战的冲动，只要有人起个头儿，他就滔滔不绝，兴奋异常，在一定意义上说，韩信具有非凡的演讲才能。

有一天，韩信与几个低级军官正争论得面红耳赤的时候，萧何丞相来视察工作，见他们吵吵闹闹的，就询问这些人在议论什么。大家说在听韩信讲的关于天下局势的高论，韩信让大家不要畏惧楚军的强大，楚军只是外强中干，不会长久，现在汉王虽然力量弱小，但一定有办法打败项羽，争霸天下。有些人不服气，因为这段时间汉王虽然雄心勃勃，屡次为拓展地盘作战，但总不顺利，大伙跟着也吃了不少苦头，连巴蜀荒蛮之地的部族都摆不平，何谈打败关东项羽，韩信不过是在痴人说梦而已，是在发泄对楚军的私愤，满足口头快感。萧何听完大家对刚才情况的报告，略作沉吟，说："你们接着谈吧，但要尽快把资粮筹备妥当。"萧何又高声对韩信说："韩信，你晚上到我营帐来一下。"

韩信不明所以，到晚上掌灯时分满腹狐疑地来到萧何营帐。现在韩信态度谨慎多了，礼数也比较周到，不似以前心高气傲，说话不讲究方式方法，单刀直入，锋芒太露。萧何很客气，示意韩信就座。萧何没有立即发问，而是仔细地端详了韩信一小会儿。只见韩信身材颀长，面目俊朗，神色凝重，嘴角微微后抿。

萧何对韩信说："韩信，请你将日间与大家争论的话题详详细细地再对我说一说，不要着急。"韩信开始时还有些紧张，等说起来之后就滔滔不绝，纵横捭阖，博古通今，语气连贯，逻辑清楚。萧何静静地听韩信讲着，不时地颔首或在案几上击扣几下手指。不知不觉夜已子时，萧何像是听入了迷，最后韩信终于说完，在等了片刻之后，萧何才缓过神儿来，连连击掌说："说得好！说得好！韩信你文韬武略皆通，对天下局势的分析也很精准啊。改天，我一定向汉王推荐你，把你的韬略向汉王说一说。"韩信听萧何这么说，眼睛竟然有些潮湿了，这是第一次遇到知音啊，终于有人能够听懂我的话，重视我韩信的才能了。

韩信对萧何的知遇一再拜谢之后，便返回了自己的营帐，等待汉王的召见。

第二天，韩信并没有等来汉王召见的消息，第三天、第四天，一连几天过去了仍然没有消息，韩信的心又凉了半截，难道萧何丞相没有向汉王推荐，还是汉王没有空，或是汉王对我的建议不感兴趣？日子就这样一天天地过去了。

刘邦行军到达南郑的时候，部队减员厉害，由于军事上接连失利，队伍士气十分低落，有些将官对汉王的前途产生了怀疑，在半路上纷纷逃离部队，另谋出路去了。

在这些日子与萧何的接触中，韩信能感到萧何对自己越发尊重和关心，经常找韩信攀谈。问题似乎出在最高长官那里，汉王刘邦没有认识到我的才华，不打算重用我韩信。韩信心里像开了锅，胡思乱想地推测着各种可能性。韩信终于受不了这种没有预期的煎熬，最后决定出逃，与其他将官一样脱离刘邦的队伍。

在一个月朗星稀的夜晚，韩信骑着马溜出刘邦大营，信马由缰，他自己这次真的不知道要去哪里了。这已经是第二次跳槽，不是越跳越有经验，越跳薪水越多职务越高，而是越跳心里越没底。韩信开始怀疑自己的命运，将来该何去何从？他低头陷入了沉思，而此时忽然听到身后一阵急促杂乱的马蹄声，几匹快马从身边掠过，马上之人急忙拢住丝缰，战马立地打个旋儿，马头调转过来拦住韩信去路，马上之人高喊：“对面可是韩信都尉？”韩信闻言以为是来追杀他的人，犹豫了一下没有马上回答。

这时来人认出了韩信，大声说：“丞相，的确是韩信都尉！”

萧何拨马来到韩信近前，翻身下马，一把抓住韩信坐骑的笼辔，喘着粗气抬脸对韩信说：“韩将军，你这是往哪里去啊？”

韩信见是萧何，在马上没有动，只是平淡地说：“不瞒丞相，我在此地已经没有用武之地，不能为汉王尽绵薄之力，我打算另谋出路。”

萧何说：“韩将军此言差矣，以韩将军盖世英才，项羽愚鲁自负，不识英雄，难以相融。现遍观诸侯，皆庸碌之辈，朝夕尚不能自保，哪有将军一展雄才之地？且将军胸怀天下，大鹏之志，如何委身下投诸侯？我汉王刘邦，自斩蛇举事以来，宽大仁厚，念念不忘救黎庶于水火，食不甘味，夜不能寐，求贤若渴，想一统寰宇，共致天下太平。然我辈驽钝，虽有愚忠但无智略，致使我主颠沛流离，屡遭败亡，偏居一隅。近日以来，我知将军深矣，屡向汉王保举，然汉王踌躇未有显当爵职可符将军者，正忧虑间，不想将军另有高就之念，实乃萧何之罪也，疏于向将军致意汉王心思，请将军见谅。若将军肯留，与汉王一同驰骋疆场，则无往不利，可建不世之功。请将军三思！”

韩信听完萧何这番话，沉吟良久，甩蹬离鞍，对萧何施礼说：“丞相，我本籍籍无名之辈，幸赖汉王收留，丞相相知，感激不尽。

非我韩信心高气傲，无奈人生如白驹过隙，大丈夫当建功立业，不愿虚度光阴。韩信随丞相回营不难，然汉王欲王天下，必请韩信负专征之责，韩信定当效死马前，荡平诸侯。若仍为末吏，非韩信不愿，实非韩信所长，于汉王毫无裨益。请丞相熟察。”

萧何一听韩信肯回去了，终于将心放到肚子里。萧何对于韩信的才能是深信不疑的，他也认为汉王了解韩信后，一定会重用韩信。所以，萧何拍了拍自己的胸脯说：“请韩将军放心，此事萧何勠力以成。”

既然萧何打了保票，韩信只有再相信他一次，于是韩信跟随萧何返回了刘邦大营。

此时月已西斜，萧何将韩信安置周到，并派人仔细伺候，待明日一早自己去拜见汉王，向汉王禀报韩信之事。

这几天，刘邦正为连连败北之事愁眉不展，又屡屡发生将领离去的事，刘邦情绪更加低落。昨天夜里有人报告说，萧何居然也跑了，刘邦破口大骂：“萧何这个混账东西，忘恩负义，竟然如势利小人一般也离我而去！”

第二天早上，刘邦一听萧何来见，气儿就不打一处来，怒气冲冲地说：“让他进来！”

萧何泰然自若地走进大帐，站在下面向汉王刘邦行礼，刘邦斜着眼睛盯着萧何，说：“萧何，你还有脸回来见我？你不去谋你的荣华富贵，还回来干什么？”

萧何说：“主公，我昨夜是为了追一个人去了。”

刘邦漫不经心地问：“追谁去了？”

萧何回答说：“韩信。”

刘邦一听差点从床上蹦起来，一只脚踏在床沿儿上，满脸嘲讽地说：“韩信？这个名字好像夏侯婴对我提过，一个治粟都尉而已，那么多将领跑了你不替我追回来，反倒追什么韩信？”

萧何不急不忙地说：“主公，一般的将领不算什么，但这个韩信非同一般，像他这样的人，天下难以找出第二个来啊！”刘邦听了本不以为然，萧何接着说：“主公如果打算以居汉中为满足，没有他图，那韩信对于您也没什么用处。但您要想图天下霸业，统一四海，除了韩信没有人能够助您成功。就看汉王您到底是怎么想的了。”

刘邦听萧何话里有话，也认真起来，说道：“这还用问吗？我当然是要扫平关东，一统天下了。”

萧何见刘邦动了心，就进入了正题，说：“主公您既然决定向东征战，那就应该重用韩信，那样韩信才会留下来，否则，他还会跑掉。”

刘邦明白了，原来萧何绕这么大个圈子，是为韩信要官来了。刘邦清了清嗓子说：“那好吧，看在你的面子上，那就给韩信一支人马，与其他将军并辔出征。”

令刘邦诧异的是，萧何说：“尽管您封韩信为将军，但韩信还是不会留下，这个职务对于他来说太低。”

刘邦这下有些上火了，他也马上品出了萧何不仅仅是在为韩信说项。萧何素来以干练忠诚著称，他如此不遗余力地保举韩信，看来里面大有文章，这个韩信也非同小可。算啦，军事上的事情我也弄不明白，既然有夏侯婴保举在先，萧何力挺在后，那就依了萧何，给韩信个大将军干干，不信他还能翻了天。用人的权力不是还在我手心里攥着呢嘛。想到这里，刘邦说：“那好吧，在众将之上的武职就是上将军，不过项羽曾经做过上将军，这个称呼不吉利，还是叫大将军吧。”

萧何一听刘邦许诺，长出了一口气，说道：“太好了，这是汉王之福啊！”

刘邦说：“那就把韩信找来，我当着大家的面把大将军军衔封给他。”

萧何赶忙说：“主公且慢，您向来不拘小节，现在要设置大将军这个军中最高的职务，却像对待小孩子一般，韩信心高气傲，他万万不会接受的，弄不好还会离去，到时候您多没面子。主公您要是真心想封授韩信大将军之职，请挑个良辰吉日，斋戒沐浴，修筑祭坛，摆设礼仪器具，再举办授衔仪式才行。这样也在众将中树立韩信的威信，表达您知人善任，举贤任能的胸怀，逃亡的将士听到后也会再回来的。”

刘邦一听觉得言之有理，就答应了萧何的要求，并交给萧何去操办此事。

韩信经过了一次次的碰壁，总算有了出头之日。

五、跟随老板简单，弄懂老板可不简单

大家不禁要问，刘邦为什么这么容易就把军中第一要职授给了一个他不了解的人？韩信耍派头儿，就能收到欲擒故纵、钓大鱼的效果吗？萧何就那么独具慧眼，别人都看不上的人，他偏偏认为是将才，而且敢冒死向刘邦保举？韩信是否了解这位慷慨的新老板呢？对老板的了解程度决定了与老板的关系，以及互动的效果。一个人要想在老板手下得到最大程度的扬长避短，必须要了解老板的理想、兴趣、习惯、技能和知识结构。当然了解得多并不意味着要说出来，更不意味着直接向老板去了解。距离等于安全的警惕性时刻不能放松。

从刘邦坎坷的征战经历可以看出，刘邦最缺乏的就是军事将帅，特别是他面临项羽这座几乎不可逾越的大山时，这个劣势尤其明显。用病急乱投医来比喻虽不太恰当，但当时刘邦对人才的渴求境况也差不太多。

在秦末的起义中，有两类力量：一类以是六国没落贵族为首的所谓复国力量，另一类是来自社会最底层的平民反抗力量。陈胜、吴广首倡黔首欲为王侯将相之天下先，而真正成功登上帝王宝座的黔首是刘邦。刘邦的出身不比韩信好，也是社会底层的平民，所不同的是，他有父母兄弟、妻儿老小，也有亲戚朋友，相对生活环境比较完整，这或许在很大程度上造成了刘邦与韩信性格的差异。无论后世有意或无意、一而再再而三地美化刘邦，刘邦的确是出身微末，最初也没有什么与众不同的突出表现。要说有些不同也就是喜欢酒肉吃喝，呼朋

唤友，交际能力比较强，为人处世不拘小节，花钱大手大脚，能够结交容纳多种脾气禀性的人，说话办事见识长远广阔。这些特点说起来容易，做起来难，特别是集中到一个人身上就更罕见。看看我们周围似乎也有类似的人，在群体活动中，这种人比较突出，很容易受到拥戴，当然有难事也需要他去顶着。

刘邦四十多岁时在家乡沛县为亭长，这个职务现今没有与之级别相类比的，担任亭长之职大部分时间用来执行摊派赋税、通报消息、宣传政令，因此免不了与县里衙门和村市里坊打交道。县城的干部里除了县令是正式官员，其他如衙役、狱吏等都算不上正式官员，有些半官半民的色彩，所以像负责县衙写写算算的萧何、负责看守监狱的曹参、负责驾驶县衙马车的夏侯婴等人在地位上不比刘邦高多少。

所谓“物以类聚，人以群分”，这些人三天两头儿混在一起，趣味相投，打打闹闹，互相交往。

还有一个樊哙，不过是沛县街市上一个杀狗的屠夫，估计刘邦这些人经常一起吃吃喝喝，少不了光顾樊哙的生意，所以也颇熟络。大家一定要记住这些名字，这几个人不仅构成了日后刘邦征伐天下的班底，而且在大汉朝身居高位，生前显贵，死后余荫不绝，其中玄机值得玩味。

话说有一次刘邦按照县里要求执行任务，向骊山陵墓工地输送劳役。在路上这些劳役一有机会就伺机逃跑，刘邦觉得如此下去到不了骊山这些人就会跑光了，到时候怎么交差啊？肯定按律处死。据《史记》载，刘邦为此忧心忡忡，出沛县不远向西，到了丰西休息时，刘邦索性把这些劳役都放了，对他们说：“你们都走吧，我也逃跑，从此隐姓埋名。”劳役中有猛壮的几十人表示愿意跟随刘邦一起逃跑。到了晚上，刘邦喝醉酒之后，就发生了斩蛇举事的一幕。这里既有神化刘邦起义造反得到天命神授的动因，也有美化刘邦仁厚爱人的意图。在西行路上，劳役逃亡现象是可以理解的，但刘邦由于宽仁而索性将劳役全释放掉，并自己主动承担全部责任，实在值得怀疑。很可能是刘邦此时已经听到陈胜吴广声势浩大的起义消息，而且他对秦朝风雨飘摇的局势了然于胸，跃跃欲试久矣，只是在等待合适的机会举事。这次押解劳役的任务是一次不可能完成的任务，劳役逃亡、路途遥远、潜在的暴动等不确定性因素都会造成这次任务的失败，与其失败受罚，不如主动释放劳役，并用情感激起劳役们对秦朝积蓄已久的愤恨及反抗意识，让这些劳役及囚徒认识到，横竖都是死，不如就此起事学学陈胜，铤而走险，或许会有生机。这些劳役囚徒认识到四散逃亡不是好办法，到头来被通缉逮住还会变成囚徒，现在有个领头儿的官儿一起造反，大家一下子有了主心骨。人在走投无路的时候，一根稻草也觉得能救命。因此，刘邦被拥戴造反就成了顺理成章的事情。

刘邦初期造反的形式其实是落草为寇，带着一帮亡命徒躲在芒砀山里，与在县城里的萧何、曹参等人保持联系，酝酿进一步的行动方案。而萧何、曹参也加强了对县令的政治攻势，说服他不能自行起义呼应陈胜，理由是担心县令不能服众，发生意外可就不好办了，萧何、曹参建议县令召集已经在外起义的山头儿力量一起举事，这样一来，地方豪强就不敢不从了。此时慌了神儿的县令，觉得萧何、曹参说的有道理，就稀里糊涂地同意了他们的意见。县令委托樊哙（后来成了吕后的妹夫）跑到芒砀山通知刘邦，县令居然派了一个杀狗的屠户执行这么重要的使命。樊哙进山后向刘邦汇报说，城内局势已定，萧何、曹参已经说服县令请刘邦出山进城举事。

那个擅长装神弄鬼的刘邦岳丈吕公伙同萧何、曹参等人在民间散布刘邦顺天应人的神话故事，为刘邦制造舆论。

一切准备停当之后，刘邦率领着几百号山匪来到沛县城下，此时县令猛地醒悟过来，临时反悔改了主意，下令关闭城门，不让刘邦进城，并打算杀了萧何、曹参这两个蛊惑人心、蒙蔽主上的家伙，这可把萧何、曹参两人吓坏了，赶紧从城墙上顺根绳子跑出来。

形势紧急，人命关天，特别是刘邦、萧何、曹参等人的一家老小还在城内，刘邦用弓箭向城里送了一封信，大意是说："咱们老百姓在秦朝时受的苦已经够深的了，现在各位父老爷儿们虽然为县令守城，但是诸侯已经群起造反，很快就会来攻打沛县，到时候城池陷落，抵抗的人都会被屠杀，这么做不值得啊！请你们挑一个有出息的年轻人做领袖，主动呼应各路起义军，这样才能保全身家性命。"

城里的老百姓顿时恐慌起来，再加上刘邦家人及亲信在里面活动与鼓噪，于是大家一起倒戈将县令杀死，打开城门把刘邦迎入城内。

进城之后，大家推举刘邦做县令，刘邦马上推辞说："现在天下大乱，诸侯并起，此事如果处置不妥当，将会一败涂地，连累大家。我不是珍惜自己的性命，而是担心自己能力有限，不能保全父老乡亲啊。这么大的事情，还是请大家选择能够胜任的人吧。"

事实上可选择的范围很有限，萧何、曹参都是文化人，胆小怕事，况且早与刘邦心气相通，不肯出任这个头头儿。推来推去，众人还是推举刘邦，其他人更没有敢出头挑这件事的。这时候谁都明白，这不是什么富贵差事，没有必要抢着干，弄不好夷灭九族。最后选来选去，大家还是推选刘邦作为首脑。刘邦假意推却再三，看实在推不掉，才接受了这个"民选加直选"的结果。不过刘邦放弃了县令这个危险系数比较大的职务，因为县令既有可能被平民自发造反所杀，也有可能被嫉妒的派系力量篡杀，更有可能被陈胜的起义军攻杀，所以刘邦另起了个中性的名号——沛公。

大家不要小看了这个矫情假意的推让，尽管从释放骊山劳徒、占山起义到进城整个事件都在刘邦策划之下，尽管从刘邦进城那一刻起，也只有刘邦适合做这个头儿，无论是在拥戴力量上还是心理准备上，其他人都没有足够的条件。但是刘邦深知自己还没有得到普遍的认可，也缺乏足够的威信，必须得到众人的信任，刘邦才有可能成为名正言顺的领袖，不至于日后一盘散沙，或者瞬间倒戈，这就是权术。而刘邦深谙此道。

从刘邦夺沛起义这件事，我们可以看出两点：一是刘邦不仅洞察时局，而且通晓人情世故，权谋术势娴熟内敛，深藏不露，要比陈胜他们有头脑。二是秦朝地方防务力量薄弱，县级行政组织形同虚设，对付如火如荼的起义力量无异于以卵击石。

刘邦成功建起了自己初步的基础力量，为下一步或急或缓地进取、参与诸侯联盟构建了独立的形象与保障。

刘邦最初的发展策略不是自己单干，而是避开滚动式原始积累的方式，采取了依附强势力量、借鸡生蛋的战略布局。

刘邦深知自己虽号称沛公，也有一干弟兄跟着，手里有了千八百人，但这些人马的作战能力似乎连盗贼土匪都不如，同时缺乏组织纪律性，没有受过专业训练，一旦与秦朝的正规军或其他强势力量遭遇，必定一触即溃，弄不好自己的性命都难保。所以，刘邦先是依附陈胜代理人所立的假王（相当于代理王）景驹，后来又依附于项梁。从他们那里获得了断断续续的支持，有时候是几员战将，有时候是两三千人马，有时候是一两个守备力量薄弱的中小城市（不过要自己攻取）。

由于力量有限，刘邦在最初的一年里几乎没有独立打过什么像样的仗，更没有打过胜仗，一般情况下是跟着当时已经崭露头角的小伙子项羽打打杀杀，趁机捡点战利品，补充补充军需。最有名的一次战绩是与项羽一起攻打雍丘，大破秦军，斩杀了李斯的儿子李由，这一役估计仍然是项羽出力居多。难怪后来项羽一直看不起土包子刘邦。

这之后不久就发生了项羽火并宋义、破釜沉舟的巨鹿之战。

正常来说，沛公刘邦应该跟着项羽去救赵，解巨鹿之围，但楚怀王先听了宋义的意见，把刘邦从项羽身边调走，并调拨了原本属于项梁的部分军队给他，派他执行另一项任务。自此，刘邦走上了独立发展的轨道，不仅不再依附于项羽，而且与项羽先是分道扬镳，到后来发展成势不两立，直至取而代之。

楚怀王为了自己出头，开始对项羽实施限制，措施之一是送给刘邦一个大礼包，壮大刘邦的力量，以打破项羽一军独大的失衡局面。楚怀王派给刘邦的这项独立任务是走小路，西向攻秦，早日入关。这可不得了，刘邦名正言顺地当上了二路元帅，几乎和项羽平起平坐，能够调动一切可能的资源。这个从天而降的大馅饼，差点把刘邦砸晕了。单靠刘邦自己，料想也争取不来这种好事，不过我们绝不能忽视一个人，一个跟随刘邦左右已经一年多的一个人，这个人就是张良。有张良这个大谋略家跟随左右，不可能不想办法促成刘邦的独立发展。一个办法不成，就使出一套组合拳，侧面对宋义、楚怀王等人施加影响，或者主动请缨略地西进，或者敏锐地抓住了这次机会，并趁此撬走项梁的部分军队。张良是楚汉时期的第一高人，此人之高日后再表。

刘邦西进之后战斗力明显提升。先是在成阳打败两支秦军，又袭取陈留，获得了秦朝的国家粮仓储备库，补充了巨量的军需物资，接着在黄河白马津大战秦将杨熊，大破之。但即便如此，刘邦的战斗力还是很有限，诸如开封、洛阳这些大城市由于秦军守备防务较强，刘邦往往是攻不下来，只好绕道避开。到了南阳的时候，在张良的劝说下，刘邦从争取时间早日入关的战略目标出发，调整了攻城略地的策略，改变过去强攻屠城的单一做法，加大了招抚劝降的力度，而且十分奏效，这大大加快了西进的节奏。直到临近咸阳的东大门武关时，才与秦的正规军发生恶战，所谓恶战并不是对垒混战，也不是强攻坚城，而是相对于刘邦的十来万人的军队力量而言，秦军负隅顽抗的力量仍很强大。刘邦用张良计策，在思想上麻痹秦军的同时，部署奇兵突然袭击，连续攻下武关、蓝田、霸上等要地。此时，咸阳的所有防护外衣都被扯掉，已经裸露在了刘邦大军之前。

此时，秦朝中央内部也已土崩瓦解，秦王子婴擒杀了大宦官、大奸臣赵高也没能挽回人心，无法重振纲纪，外部军队也败的败，降的降，老百姓更是人心惶惶。所谓哀莫大于心死，子婴见大势已去，顿时心灰意冷，不得不素服白马、持节出降，以此希望能够保全宗庙家族和自己性命，殊不知，亡国之君求善终安可得乎？

几百年前偏居西部荒野贫瘠之地的秦国，经过世世代代励精图治，上上下下坚忍不拔的努力，终于称雄于西戎，纵横于诸侯，争霸于列国，并在始皇帝嬴政的带领下，并吞六国，一统海内，开创了中国历史上第一个封建大帝国，但也可能是最短命的帝国了，存在了仅仅十五年，帝国的大厦就坍塌了。秦帝国的迅速毁灭源自秦始皇的急于事功，更没有充分考虑到帝国的承受能力与国民的承受能力，于是帝国这驾马车一路狂奔，最终的结果是辕断轴裂、辐辏解体，留下了第一个封建帝国败亡的案例。

偌大帝国的崩塌，罪责却要子婴一人承担，似乎子婴既可怜又无奈，既屈辱又愤怒。秦国的太子制度在中国历史上还是比较优秀的，无论嫡长庶幼，择优秀者而立之，教授之策也以强国执政为要务。故秦国君多能奋发有为，自励自强，雄图伟略，致使秦国力量累世不堕，越积越厚。往往那些以孝顺、友爱、恭谨、仁厚为标准选择的太子，多没什么建树，庸庸碌碌已算是不错的表现。以立嫡长为首要标准的就更是良莠不齐，盲目性太大，结果也难以预料。子婴不是太子，连成为太子的想法都没有，就稀里糊涂地被人推上了布满针毡的皇座，又稀里糊涂地投降了两回，最后稀里糊涂地被砍了头灭了族。

出人意料的是，贪财好色的刘邦这次十分清醒。

刘邦面对巨大的胜利和利益诱惑，心在胸腔里狂跳，激动得一晚上都没睡着觉。大清早，走出卧室的刘邦召集手下文臣武将开了个预备会，刘邦说："我们历尽千难万险，大家提着脑袋反秦征战，历时三年，终于推翻了暴戾的秦王朝，老百姓终于可以过上太平日子了，我们大家也圆满完成了楚怀王交给的任务。一会儿，秦王子婴出城来投降，我们举行受降仪式，今天进咸阳城，各部要服从指挥。"

说到这里，刘邦深沉地扫视了面前的众班文臣武将，他们个个脸上洋溢着兴奋的光芒，眼睛里闪烁着明亮的欲火，刘邦知道他们在想什么，也知道他们需要什么，但刘邦更知道自己需要什么。刘邦需要的是安全感，需要树立威信与名声，需要完全属于自己的强大力量，自己捡了个便宜抢到项羽之前进入咸阳，指不定项羽怎么想呢。现在只有项羽才是说了算的人，是最后拍板定事的人，自己要争取民心，笼络诸侯，如何受降进咸阳是个双刃剑，是个万众瞩目的事件，如果处理得当将会获取巨利，如若处置失当，可能会成为众矢之的。

想清楚这些后，刘邦接着说："大家出生入死，殚精竭虑，为了什么？难道仅仅是为了腰包里揣满金银财宝？不是，我们应该有更远大的目标，每个人都应该论功封赏，封爵拜官，封妻荫子，那我们就要认真对待子婴的投降，认真对待咸阳城里的黎民百姓，不能胡来。当然，皇宫里的东西、秦军的东西你们可以自便，但是百姓民宅不可掳掠，官家府库是属于上将军项羽和怀王的，我们也不能私自开启动用。明天受降，都要约束好部下，不得骚扰地方，不得无理于子婴，要吸取章邯降军哗变的教训，绝不能激起民变或兵变。如有违反者，格杀勿论！"

日上三竿，子婴已经白绫系颈跪在咸阳东门外的寒风中等待多时了，刘邦骑着马，身后是文武百官和亲兵卫队，缓缓来到城下，刘邦低头问道：“可是秦王？”

子婴回答：“是戴罪之人子婴。”

刘邦看了一会儿子婴，怎么也找不出始皇帝东巡时身上的气概，这是那位气吞山河的始皇帝的子孙吗？刘邦说：“子婴，你可知罪？秦朝政令暴戾，秦二世荒淫无度，君臣离心离德，文官不思进取，武将贪生怕死，纲纪败坏，道德崩毁；民力劳苦，徒役积尸于骊山，百姓贫困，饿殍遍布于荒野；灾祸频仍，耕织废弃，生灵涂炭，官逼民反，这都是秦朝败亡的根源啊！”

子婴痛哭流涕，不敢抬头睁眼看刘邦，唯唯诺诺地轻声说道：“罪人子婴，万死难赎，只求将军网开一面，保全我宗庙和家眷！”

刘邦面向挤在咸阳东城门外黑压压的民众大声说：“各位父老，我已经与关东诸侯缔结盟约，先进入函谷关的就在关中称王，治理关中，现在我与大家约法三章：第一，杀人者偿命；第二，伤人者治罪；第三，偷盗者治罪。其他秦朝法令全部作废，大家照常生活，我们来这里是为了救民于水火，除暴安良，不会伤害大家，都不要怕。我们进城张榜安民之后，就撤出咸阳，驻军霸上，等诸侯到齐再定下一步的举措。”

刘邦话音刚落，大家欢呼声一片，高喊“沛公万岁！”

咸阳老百姓车拉肩扛地带着猪牛羊三牲、大坛大坛的酒、成筐成筐的菜品果蔬来犒赏三军，迎接刘邦。

刘邦挺直腰杆，不断挥手致意，按辔徐徐入城。

入城后，刘邦迫不及待地径直来到秦皇宫，抬头看到气势非凡、巍峨壮观的宫殿楼台，看到极尽巧思、雕梁画栋的廊檐轩榭，看到曲折回环的红墙，看到连绵起伏的碧瓦，看到肃穆宽敞的议事朝堂，看到高高在上的皇座龙床，刘邦不禁暗叹：“这就是皇宫啊！”

站在一旁的张良看了看刘邦，见他留恋之色流露于心神，于是往前靠了靠，低声对刘邦说："沛公，此地不宜久留。"

刘邦立即醒过神来，下令："你们各位抓紧时间参观，晚上还军霸上。"

刘邦没有杀子婴及其家眷，但是皇宫内的金银财宝、宫女嫔妃可都被刘邦的部下掳之一空，因为除此之外的国库、民财都不许碰，物资匮乏的大军只对皇帝老巢下手，刘邦估计老百姓不仅不会对此反感，而且还会感到解恨，所以纵容部队掳掠。

傍晚，刘邦的队伍带着鼓鼓囊囊的财宝和严严实实地藏在车里的美女，还军霸上。一路上刘邦心神不宁，眼皮也突突地跳个没完。

这个时候的韩信正因为对项羽大失所望而在思想斗争："项羽啊，你不听我的建议，终于成就了刘邦的功业与美名。"让韩信失望的事情在逐一上演，项羽似乎故意将好戏留在后面。

六、军中无大将，处处遭人欺

由于刘邦没有能够统率三军的大将，作战时总感到底气不足，战役布局也缺乏章法，队伍缺乏凝聚力和士气，这令刘邦十分焦心。

刘邦攻陷咸阳外围城池的时候，项羽也打败了秦朝的主力大军章邯，正挥师西进，派遣大将英布为先锋官，一口气打到要塞函谷关城下。在过去几百年里，关东六国自始至终都没能攻克函谷关，多少名将策士在此城下铩羽而归，秦国也以此为屏障控扼关内，遥制关东。虽然此时的秦国气数已尽，但函谷关仍由重兵把守，英布率军日夜强攻，付出了损失一半兵力的代价才破城入关。

攻下函谷关后，项羽率四十万百战精兵进驻新丰鸿门，距离霸上仅有几里之遥。项羽听说刘邦已经绕过函谷关抢先进了咸阳，顿时气得大叫："刘邦匹夫，贪天之功，绕道袭取咸阳，算什么英雄？要阴谋诡计，逃避秦军守敌不战，让我项羽率弟兄们苦战秦军主力，伤亡惨重，历尽艰险，简直是不仁不义，小人一个，待我明日整军教训教训你。"项羽手下众将也是聒噪附和，义愤填膺。项羽嘴上这么说，其实是在找碴，此时，项羽已意识到失去了入关先机，也因此开始重新审视刘邦。

曾被项羽收买，并一直潜伏在刘邦军中的间谍曹毋伤偷偷跑来给项羽通报消息，对项羽说："上将军，现在刘邦已经说了要在关中称王，让子婴做丞相，一举就把秦朝的财物宝库全部据为己有了。"

项羽的重要谋臣范增趁机进言："上将军，刘邦在老家时，贪财好色，喜欢占便宜，这次入关以来，居然秋毫不犯，既不抢财物，也不霸占美女，这说明此人真实志向不可小看。我已经请人对刘邦的气象进行了占卜，结果显示都是龙虎之象，呈现黑白黄红蓝五色聚齐的富贵，这是天子的气象啊，一定要抓紧时间剿灭他，杜绝后患啊。”项羽听后陷入沉思，当初不听韩信之言，犯了战略上的错误，使不起眼的刘邦抢了先机，现在不能一错再错，这次一定要扼杀刘邦。

范增在项氏集团中是个重量级人物，在项梁起事初期就追随项梁，其建议都颇有见识，项梁对他很尊敬，且多采纳他的主意。项梁死后，项羽接受项梁的临终遗言，尊称范增为亚父，可见此人地位之重要。

在战国至秦汉时期战争中，间谍战是很普遍且有效的，如秦国的尉缭就专门培训领导间谍，为秦击败六国从另一条战线上做出了巨大贡献。刘邦军中有项羽的间谍，项羽军中也有刘邦的耳目。项羽的叔父项伯在早年与张良交好，得知项羽要讨伐刘邦的决策后，担心正在刘邦军中效力的张良的安危，连夜骑快马跑到刘邦大营，以私人身份偷偷去见张良，对张良诉说了白天项羽厉兵秣马欲击刘邦的决定，请张良赶紧和自己一块逃亡，免得项羽搂草打兔子，把张良一块给杀了。张良闻听此言大惊，但表面仍保持平静地对项伯说：“我作为韩国大臣的遗族，受韩王嘱托跟随沛公，沛公待我知遇深厚，现在沛公有难，我若临阵逃脱是不义之举，将会被天下人耻笑。即便走也不能不跟他打个招呼。”

显然，“义气”二字对项伯起了作用，项伯只好在张良营帐中等候，张良自行一路小跑去向刘邦报告。

此时刘邦正和众美女饮酒作乐，从秦咸阳宫中掳来的宫女的确标致，歌舞身姿楚楚动人，一看就是受过专业训练的。几坛陈年美酒摆在一旁，酒樽中飘散出醇郁的香气。刘邦哪里享受过这样的待遇，从来没有机会尽情享乐，甚至是闻所未闻，见都没见过。刘邦心想：这秦朝皇帝真会享受，把天下最美的女人和最好的酒菜都弄到宫里来了，难怪会有那么多人想当皇帝。

张良进来的时候，刘邦正一手端酒樽，一手搂着咸阳宫女的腰，嘴里念念有词地调情。张良咳嗽一声，向刘邦报告："沛公，我刚接到密报，项羽已进兵新丰，不日将整兵来攻击我们。"

刘邦一听，大惊失色，慌了手脚，把正搂在怀里的咸阳宫女推到一边，光着脚丫子在地上来回踱步，说："这可如何是好？"

张良问刘邦："谁给您出的主意要称王关中？"

刘邦说："别管他是谁了，反正是个不值一提的角色，他建议我以函谷关为天险，拒纳诸侯，原秦国故地都可以据为己有，而后称王自立。我对这些话也就是姑且听他说说，没有当真啊！"

张良接着问刘邦："沛公，您估计您的军队能够抵挡项羽吗？"

刘邦低头沉默了，随后嘟囔了一句："当然不能，但当务之急该怎么办啊？"

张良说："项羽的叔父项伯与我是好朋友，特来向我报信，此时还在我营中，我去对项伯说，沛公您绝不敢背弃项将军，仍甘愿做上将军的从属。"

与人打交道是刘邦的强项，这时刘邦脑子转得飞快，问张良："你怎么会与项伯有这么深的交情？"

张良说："早些年项伯与我一起游历，曾失手杀人，我想办法保全了他的性命，现在我有急难之事，幸赖他念及旧情来通报消息。"

刘邦又问："你和项伯谁的年龄大些？"

张良有些没明白，回答说："他比我大。"

刘邦说："你把项伯请过来，我以待兄长的礼节招待他。"

张良明白了，以刘邦的交际能力一定能说服项伯这种直来直去任侠尚义之人。

张良把项伯领到刘邦营帐，刘邦已经安排人重新布置妥当，酒肉菜品丰盛之极。

见项伯到来，刘邦抢步上前，握着项伯的手说："久闻项伯大哥侠义威名，今日得见，三生有幸！"刘邦双手举着一杯酒来到项伯面前，向项伯敬酒，"恭祝项伯大哥健康吉寿，刘邦先干为敬！"说完刘邦仰脖喝完樽中酒。双方各自入席，张良在下手陪酒。

刘邦说："项大哥，我刘邦本来是沛县小地方的农民，被秦朝逼迫得没有活路，才领着几个弟兄造反起义，投奔了你先兄长项梁将军，先兄长对我屡屡帮助，我也跟着先兄长南征北战，后来又跟随贵贤侄项羽上将军，一直忠心耿耿，心怀感恩之情。这次按照怀王的命令，我作为辅助力量走南路向西攻秦，所幸没有遇到秦军主力，得以顺利进入关中。入关以来这几天，为了维护上将军的威名，我申明楚军号令，严格约束部下，不得骚扰百姓，不得掳掠财物。在第一时间将秦朝国家府库封存保管好，一分一毫没敢动用。对官吏民众进行登记造册，勘察安抚地方民情，日夜盼望上将军尽快到来。现在天下纷乱，盗贼时常出没，而且担心兵变民变，我在主要关口上都加强了守备，为的是保境安民。我现在盼上将军已经望眼欲穿了，哪里敢反叛上将军啊？请求项大哥帮我对上将军解释说明，我绝不敢失约背反，做出无德不义的事情。你是上将军的叔父，他一定听你的，你劝他不要相信小人谣言，离间我们的感情。"

项伯两杯酒下肚，面红耳热，豪情万丈，听完刘邦这番话，觉得言之有理，频频点头。

张良见气氛良好，马上在一边加把火，说："项大哥素来豪侠，这次冒着危险来给我和沛公通报情况，太够兄弟交情了，这份情意我和沛公都会铭记在心。"说着，张良向项伯敬酒一樽。

项伯也举杯回敬刘邦和张良，说："其实，我原也不相信沛公会做出对不起怀王的事情来，沛公这些年与我项氏叔侄如至亲一般，同生死共患难，这些友情不会因为小人的煽动就动摇的。"

刘邦此时脸上才露出些许笑容，起身走到项伯席前，拉住项伯的手，说："项大哥，你的到来，为我和上将军化解了一次没有必要的危机，真乃义士，让我刘邦铭感五内。我有个提议，不知项大哥是否同意，我们干脆做个儿女亲家吧。"项伯被刘邦一番诚挚温暖的话语感动得心潮澎湃，就痛快地答应了婚约，并提醒刘邦："我一定将沛公的意思给侄儿项羽带到，但你明天可要一早来拜见上将军。"

酒宴结束，刘邦亲自将项伯扶上马送出辕门。见项伯远去后，刘邦驻足良久才用手擦擦已凝结成霜的冷汗，回头拉着张良的手说："先生真乃神人啊，这样的朋友也广布天下，这可帮了我刘邦大忙了，我们回去好好计议一下，准备明天去见项羽的事。"

张良说："沛公言重了，其实还是沛公宽大仁厚，以挚诚感动了项伯。"

项伯带着刘邦的口信，当然也少不了刘邦馈赠的大量金银，连夜返回项羽大营。回来后的项伯反倒不遮掩自己私自出营泄露军机的行为，马上就去找上将军项羽。项羽还没有休息，一见是叔叔来了，赶紧说："叔父，这么晚了，您是有要紧事？"

项伯说："是的，白天谣言四起，说沛公刘邦与上将军你离心离德，大有反叛之意，我刚才为了摸清实情，直接去见了刘邦，发觉刘邦对你仍然是忠诚且畏惧的。他现在对咸阳的一草一木都没敢动，一直在向当地民众传播你的威名，为的就是等你。另外，如果不是刘邦首先肃清关中秦朝的抵抗力量，你能这么顺利地入关吗？现在刘邦立了大功，天下人都已经知道，你如果这时候攻击他，那是向天下人表明你上将军气量狭窄，不仁不义啊，还不如趁此机会对他封赏，笼络住他的人心和部下。”

项羽开始感到这件事情很突然，凝视了一会儿项伯，叹口气说：“叔父，你说的有道理，刘邦这匹夫是有些不可靠，但现在找个借口除掉他还真不容易。当务之急是进入咸阳，履行盟约，分封诸侯，我也不太愿意在这个节骨眼上发动战事。”项伯闻言放了心，舒舒服服地回去睡觉了，这一夜总算平静地过去。

项伯这个人很有意思，他虽然不是刘邦的间谍，但间接地起到了间谍的作用。项伯不仅头脑简单，缺乏政治意识，充满江湖义气，而且完全没有估计到项羽拟杀刘邦的战略意义，也没意识到他这么做对他侄子上将军项羽的前途意味着什么。他只想到了自己的自由自在，似乎他的随军打仗也心不甘情不愿，骨子里喜欢的仍然是浪迹天涯，我行我素。他以为张良也是这么想，但他不明白，游侠张良是迫不得已隐姓埋名，张良怀的是复国复仇大志，和他根本不是一路人。项伯在个人利益与项氏集团利益之间，优先选择了个人利益，不仅故意违反军纪，泄露军机要情，而且还主动为刘邦充当说客，破坏项羽的计划。这就是那个时代的侠，拥有自己独立独特的价值观和行为方式，司马迁在《史记·游侠列传》中对这类人有生动详细的记载和描述。

张良与项伯不是一路人，那张良究竟是什么样的人呢？张良是秦汉时期最具谜一样特殊性的人，集合了许多矛盾、特点于一身。

张良本是颍川人，其祖父、父亲都是战国七雄中韩国的相国，曾辅佐过五任韩国国君。在秦灭韩国时，张良由于年龄还小，并没有在韩国做官。为了报国仇家恨，张良散尽家财收买刺客，立志刺杀秦始皇。那时候张良的志向是复仇。张良在淮阳求学的时候，听说秦始皇要东巡，就与收买的大力士埋伏在博浪沙，大力士怀揣着一百二十斤重的链子锤，待秦始皇车驾临近的时候，张良大呼一声：“我乃韩国姬相国之子，今来报灭国之仇！”刺客同时奋力出击，铁锤落处血光崩现，血肉模糊，但是大铁锤并没有正中皇帝，而是砸在了驾车人身上，结果可想而知。

这次事件秦始皇既惊且怒，为了震慑六国残余势力，下了死命令，昭告天下通缉张良及刺客，要求限期破案。对始皇帝的命令无人敢怠慢，于是秉持着“宁可错杀一千不可漏网一人”的原则，捉拿刺客的活动天天处处发生，不知多少人做了刀下冤魂。

张良被逼无奈，只得将姓名由姬良改为张良，藏匿在下邳变成了游侠，过着半流浪半隐居的生活。张良喜好交游，生性爽直，结交了不少江湖侠客，其中就包括那位同在避难的项伯。

张良经常四处游荡，游侠嘛，总得到处游一游，才有可能发挥侠的作用。有一天，张良闲来无事，站在桥上手扶栏杆看风景。远处蹒跚来了一位穿黑衣服的老头儿，老头儿颤巍巍的，边走边咳嗽。来到张良近前，老头儿身子一歪差点跌倒，一只鞋子甩落到桥下去了。老头儿转头对张良说：“小伙子，到桥下帮我把鞋捡上来吧。”

张良有些哭笑不得，别别扭扭地到桥下把鞋子捡起来递给老头儿。没想到老头儿却说：“给我穿上。”张良心中有气，但也表现出自己的大度，蹲下身帮老头儿将鞋子穿上了。

老头儿穿上鞋子后笑了笑，一甩袖子走了，连声谢谢都没说。

正在张良犯嘀咕的时候，那老头儿走了一里路又折回来，对张良说：“小伙子有前途，值得教习，五天之后的黎明到这里来找我。”

张良更觉得奇怪了，心想：肯定遇到有意思的人了，就认真地答应了老头的话。

五天后一大早，张良奔那座桥而来，还没有上桥，就看见那黑衣老头儿已经来了。老头儿不高兴地说：“年轻人与老人家约会，怎么能迟到呢，五天后再来吧。”说完也不搭理张良，自顾自离去。张良心想：这可真有意思，看来这老头儿是盯上我了，非要逗我玩，那玩就玩吧，我倒要看你葫芦里卖的什么药。

又过了五天，鸡鸣时分，张良就赶往那座桥。那老头儿又是提前到了，仙风道骨地站在晨风里，显然还是一脸的不高兴，责怪张良迟到了，让张良五天后再来。张良也不说话更不多想，闷头回家，憋了五天。这五天把张良憋得难受，茶不思饭不想，觉也睡不好。

终于等到第五天，还没到午夜子时张良就往桥上跑，这次总算赶了个早儿。过了一小会儿，那老头儿也来了，张良这才见老头儿露出笑容说："嗯，就应该这样，这才是尊敬老年人嘛。"说着拿出一卷书递给张良说，"读懂了这本书，就可以作为帝王之师了，十年以后你当有大任，可以一展才华，纵横天下。"

张良且惊且喜，接过书一看，竟然是《太公兵法》！张良知道有了奇遇，问道："老人家何方仙翁？日后可有机会相见？"

那老头儿说："十三年后，你在济北谷城见到的黄石山就是我的化身啦。"说完再没有话，化作一道青烟飘然离去。

数年间，张良仔细研究学习这本兵书。

其实张良奇遇的故事疑点颇多，八成是张良自己虚构的一个营销策略。可人世间的事情往往如此，偏偏很多人都相信这种美丽的谎言。谎言重复一万遍就成了真理，奇遇高人就成了后世各种小人物奋斗发达的初始蓝本。

其实，以张良的阅历和聪明，在将近十年的游历生涯中，自己学习、收集或者琢磨出一些谋略奇计是完全有可能的，但若说是自己的心得体会，肯定没什么卖点。借助外力以张声势，事情就会有影响力得多。这也是张良与韩信的区别。

韩信固守的方式是"我能，一切就皆有可能"，这种区别决定了韩信要比张良多走很多冤枉路，多碰几次壁，甚至结局大相径庭。

后来，刘邦起兵路过下邳，张良就顺应大势跟随刘邦队伍加入项梁集团。

张良在萧何、曹参、樊哙这些人里，议论起行军打仗无疑是鹤立鸡群。尽管刘邦是土包子出身，但具有超强的理解力，明白张良说的颇有见地。所以，张良感慨自己的思想对很多人都说过，他们都听不懂，只有沛公刘邦能够听进去并采纳施行，因而张良对刘邦十分感念。

此时的张良经过一系列复仇挫折，意识到通过恐怖刺杀途径难以复仇复国，只有造反推翻秦王朝一条路。

这里有一个疑问，张良为什么在此后没有加入项梁的核心圈子呢？以项梁的水平肯定不会怠慢了张良，对此可以有两种推测：一是张良不愿意，认为项梁的格局气量有限，不够王者资格；二是刘邦从中作梗。

刘邦知道张良是高人，因此极尽笼络之意，以留在自己身边，不会将张良奉送给项梁。所以，后来张良一心跟着刘邦出谋划策，一直到入关，驻军霸上，并通过自己的私人关系给刘邦化解了一场有可能致命的危机。

项羽听信了项伯的说辞，当晚没有反应过来，但第二天他就清醒了，纳闷项伯怎么会私通刘邦呢？与刘邦有交情自然会帮着刘邦说好话。但碍于项伯是他叔父，也就不好发作追究。

接下来的一天发生了影响中国历史进程的、惊心动魄、风云诡谲的大事件——鸿门宴，这次饭局竟成了千古之谜，被人反复咏叹、假设、推理、演绎。

一顿饭的工夫使项羽失去了一次除掉刘邦的绝好机会，也使楚汉关系正式决裂，拉开了项羽下坡路的序幕。

见证鸿门宴的还有一个人，他就是韩信，当时他不用买票就免费观看了这出大戏，几乎是零距离第一次接触到了沛公刘邦，刘邦给韩信留下了深刻的印象。韩信在这里还遇到了对他一生具有重要影响的另外两个人，张良与陈平。

鸿门，平平常常的小地方鸿门，从今天开始成为青史留名的鸿门。

天空万里无云，朝阳初上，东边的天空被映成了橘红色。韩信当时还是项羽的手下，当天有重要任务，因为上将军项羽要接见沛公刘邦，从昨天杀气腾腾的场面，韩信已经料到项羽对刘邦动了杀心，而且军中群情激愤，大谋士范增正神神秘秘地忙前忙后，指挥安排着什么。

一会儿，辕门值守将校来报："沛公刘邦前来拜见上将军，已到大营辕门。"

项羽今天一身戎装，左手按佩剑走出帅帐，带领一干文武来到辕门，两旁刀斧手盔明甲亮列队夹道站立，韩信手持画戟紧跟在项羽身后。

刘邦带着百十来个人，骑马从远处走来。刘邦见项羽站在辕门口，老远就下了马，疾步走上前，对项羽深施一礼，大声说道："上将军鞍马劳顿，过关斩将，敌人闻风丧胆。自我与将军分别之后，不曾想竟然能够在上将军之前进入关中，今天特意前来拜见将军。没想到有小人作怪，散布谣言，故意离间我与上将军的情谊，这让我心里很不安啊。"

项羽也有一年多没有见到刘邦了，说实话，在以前的战斗生涯中，刘邦一直对项羽言听计从，没有给项羽留下不良印象，项羽见刘邦这么客气又委屈，于是拍拍刘邦肩膀说："沛公你也很辛苦，都是你那左司马曹毋伤瞎说，妖言惑众，不然的话，我怎么会平白无故地责怪你啊，更不会要找你算账!"

刘邦赔着笑脸说："那是，那是，上将军英明神武，岂能受小人蒙蔽。”一扭头对张良说：“子房，赶紧把犒劳上将军大军的礼品带上来。”这时候几个壮汉军校抬着几口大木箱。张良吩咐人打开箱盖，里面是满满的金银。

刘邦对项羽说：“上将军，你主战河北，承担了秦军大部分压力，弟兄们也吃了不少苦，这是点小意思，请上将军作为给弟兄们的犒赏之用。”

项羽爽朗地仰天大笑：“哈哈哈，沛公你客气了，那我代表弟兄们收下，谢谢啦！”并吩咐身边人，“在中军设宴款待沛公。”说着，项羽拉起刘邦的手，两人并肩走进项羽中军大帐。

韩信跟在项羽身后，张良跟在刘邦身后，樊哙、夏侯婴、靳强、纪信等人只能等候在辕门口，显然中军大帐没有他们的位子。

项羽帅帐高大宽敞，很快酒席就摆了上来，项羽、项伯在大帐东侧向西就座，亚父范增在南侧向北就座，刘邦在北侧向南坐在范增对面，张良在门口面向东对着项羽就座。门口两侧各有一个军兵持矛把守，韩信仍然站在项羽身后，面无表情，但韩信感到屏风后面有强烈的杀气，那是范增安排的刀斧手，只待项羽一声令下，这几十个项羽的贴身侍卫会一跃而出将刘邦乱刃分尸，韩信心想：看来今天沛公在劫难逃。

大家落座后，项羽举杯向刘邦致意，欢迎刘邦的到来，并为在此会师而祝贺，项羽将杯中酒一饮而尽，刘邦慌忙端起酒杯用另一只手半捧半遮地仰头将酒饮下，其实只浅浅地喝了一小口，现在的刘邦哪里有心思饮酒，满怀的惴惴不安。

接下来，刘邦直起上身，捧酒向项羽致意，说：“上将军力战河北，收降章邯，大军势如破竹，秦王子婴早已吓破心胆，放弃了抵抗，没来得及等上将军大军压境，就闻风出城投降。我已责备子婴应该等上将军到来再举行投降仪式，临时之际臣下我才代上将军接受了子婴的投降，并向关中黎民宣告了上将军的威名，替上将军严格约束部署，张榜安民，把秦朝皇室及府库看管起来，等上将军到来之后再做处置。刘邦侥幸早一日入关，全是仰仗上将军的盛名啊，我刘邦敬您一杯！”

项羽闻言微微一笑：“沛公素来宽厚爱民，也是我项羽的好搭档啊。”说着，项羽再次一饮而尽，刘邦则喝了半杯。

推杯换盏之际，韩信见范增不时地向项羽使眼色，并用右手在几案内侧用随身佩戴的玉玦向项羽示意，估计是暗示项羽下令动手擒杀刘邦，不知为什么项羽仍保持微笑，用眼角扫视了范增一眼，装作没看见一样。韩信心里纳闷：“项羽在等什么，为什么还不动手？这可是消灭潜在大对手的良机啊。”

过了一会儿，范增起身出帐，片刻之后范增引项庄进来了。韩信认识项庄，他是项羽的叔伯兄弟，也是一员猛将。韩信还注意到项庄是带剑入帐的。

项庄走上前向项羽请示：“上将军，沛公远道而来，我代表军中壮士向上将军和沛公敬酒，军中没有管弦乐器，我请求表演剑法为酒宴助助兴，不知可否？”

项羽正在兴头儿上，立即双手击掌说：“好！”

于是项庄将一杯酒向在座诸人示意后，一饮而尽，接着抽出佩剑舞将起来。韩信此时看到刘邦脸色一阵红一阵白，神不守舍，根本没有心思看项庄表演。而项庄的剑法越来越快，化作一团剑光，呼呼的风声中夹带着杀气，渐渐向刘邦逼近。韩信心想：这次刘邦注定要命丧于此了。

韩信原本主张项羽尽早遏制住刘邦，但是项羽不听，现在刘邦性命危在片刻之间，韩信心里却有一种莫名的念头，希望项羽的刺杀行动不要成功。

这时候，坐在韩信附近的项伯也站起身，向项羽请示：“上将军，庄儿一人独舞不够热闹，我来一起表演如何？”

项羽说：“如此更好。”

项伯说：“请借用上将军佩剑一用。”项羽把佩剑抽出递给项伯。项伯接过项羽的剑，站在刘邦桌前上下翻飞舞将起来，化作一面剑影墙壁，任项庄左冲右突，就是突不破项伯的阻挡。此时情景险象环生，项氏叔侄正难解难分之际，张良起身出帐了，不一会儿又回来坐下。

张良刚坐下，突然大帐之外一阵喧哗，两个守门的士兵跌跌撞撞地倒飞进帐内。紧接着一道寒光劈断了大帐帷幔，伴着门口射进的强烈光影，闯进一个大汉，袒露着左胸，头发胡须如爆炸式奋张着，左手持盾牌，右手持剑，对着项羽怒目而视。项庄和项伯立即停下了，紧张地看着这名大汉。

项羽微微一惊，欠起身体，一条腿已经半蹲起来，手下意识地按住了剑鞘，佩剑此时还在项伯手上，项羽不怒而威地质问：“这是什么人？”

张良抢先答话说：“回禀上将军，这是沛公的参乘樊哙。”

项羽听后又重新坐下，眯着眼睛将樊哙全身上下打量一番，徐徐说道：“嗯，像个壮士，给他一杯酒。”有人给樊哙用大杯盛来酒，樊哙单腿跪下拜谢之后，站直身躯一口气将这大杯酒喝完，用手摸了摸钢针般的胡子。

这时项羽又说：“给他一块猪肩。”有人拿来一整块案板大小的生猪肩，樊哙也不答话，将盾牌放在地上，接过猪肉放在盾牌上，用剑边切边大口嚼吃起来。

项羽说：“好！够勇猛，还能再喝酒吗？”

樊哙鼓着腮帮子说：“臣死都不怕，一杯酒算什么？以前秦始皇虎狼之心，杀人不眨眼，刑罚无所不用，天下人都反叛起义，楚怀王与各位将军约定，先入关者立为关内王。现在沛公攻破咸阳秋毫不犯，管理好府库宫室，没有驻军城中，而是在霸上扎营，为的就是等待上将军，并加强守备，维持秩序，这么高的功劳，没有得到封赏，却因为小人的谗言，就招来杀身之祸，这是在继续暴秦败亡的做法啊，我认为上将军一定不会这么做！”项羽没有回答樊哙的话，只是示意樊哙坐下，樊哙气哼哼地挨着张良一屁股坐下来。

帐内陷入沉寂，刘邦尴尬地笑笑，起身表示内急要出去方便下，招手让樊哙跟着出去了。过了很长时间，见刘邦还不回来，项羽吩咐都尉陈平去找刘邦（后来这个陈平也跑到了刘邦那里，虽然同为项羽处转投刘邦的人，但陈平与韩信的结局却有天壤之别），陈平前脚刚出帐，张良起身说：“上将军我也去找找沛公，别是喝醉了。”

又过了一盏茶的时间，张良回来对项羽说：“上将军，实在抱歉，沛公不胜酒力，他喝醉了，难以向您辞行，委托我将带来的礼品敬献给您。现有白璧一双献给上将军，玉斗一双献给亚父。”

项羽显然感到有些意外，提高声音问：“沛公现在在哪里？”

张良不慌不忙地说：“听说大王有意责难，沛公已经先走了，现在估计到了霸上营中。”项羽轻哼了一声，接过张良奉献的白璧放在几案上。

范增一把拿过玉斗扔在地上，挥起宝剑将玉斗砍碎，怒气冲冲地对项羽说：“你这小子，没法和你计议大事，你等着吧，将来夺你天下的定是刘邦，我们这些人都将会成为他的囚徒！”说完长叹一声，摇头走了出去。

刘邦带着樊哙、夏侯婴、靳强、纪信等人抄小路跑回大本营，坐在帅案后喘了一阵子粗气，定了定心神，大声命令：“立即把曹毋伤抓起来。”刘邦把一肚子恶气都发在了这小子身上。

曹毋伤知道露馅了，像泄了气的皮球，耷拉着脑袋。刘邦二话没说，命人按倒曹毋伤，打了个皮开肉绽，然后捆在辕门旗杆上，杀掉示众。项羽就这么轻率地出卖了他叔叔项梁留给他的眼线。

此时，张良也安全回来了，因为项羽认为囚禁张良是没有什么意义的。

韩信对项羽摆下的鸿门宴思考良久，多年以后还心有余悸。为什么项羽在杀刘邦这个问题上摇摆不定、犹豫不决呢？这与击杀宋义的果决简直不可同日而语。这只能说明，项羽对于眼前的利害看得较重，出手果断，但对于潜在的危险却重视不足，难以下决心采取有效措施。再一次证明项羽缺乏长远的见识，没有深远的战略眼光。对于外界所说的妇人之仁，韩信不认为这是项羽的性格弱点，项羽屡次屠城，哪有半点仁慈之心?!

话说项羽自以为震慑了沛公刘邦，于是雄赳赳气昂昂地进入了咸阳，那个可怜的子婴不得不又一次投降，又一次挨冻，只不过这次受降之人换成了上将军项羽。项羽受降后，志得意满地站在秦皇宫大殿前，作为实质上的天下盟主，自封为西楚霸王，又代替楚怀王就地分封了其他诸侯。他将令人不放心的刘邦封为汉王，地盘在巴、蜀、汉中，都城安排在南郑。谁都知道巴蜀乃路途险远、原始不开化之地，刘邦听到这个消息后十分气愤，蹦着高儿地骂项羽："项羽这混蛋，嫉贤妒能，善恶不分，挟私害公，我和你拼了!"马上就要点兵攻打项羽。萧何、曹参等人赶紧拦住了刘邦，好说歹说，总算把刘邦给劝住了。

项羽不仅排挤刘邦，还在范增的指导下做了进一步的战略部署，将关中这块肥肉一分为三，把章邯、司马欣、董翳分封在此，作为项羽的看门狗，阻挡刘邦东出巴蜀，从而把刘邦困死在川中。

项羽安排好这一切之后，为了表达对暴秦王朝的痛恨，在一个月黑风高的夜晚派人坑杀了子婴及家族上下几百口，男女老少、宫人仆妇号涕之声响彻咸阳城的每条街巷。一把大火点着了富丽堂皇的秦皇宫，熊熊火焰月余不绝，整个咸阳城笼罩在滚滚黑烟与呛人的焦炭气味中。可怜天下之都化为焦土。然后项羽穿着鲜亮的盔甲，挽着美女虞姬的手，带领四十万虎狼雄兵，耀武扬威地班师东归，回彭城老家去了。

这就是刘邦窝窝囊囊的征战经历。几年前，从沛县老家辛辛苦苦拉了一众弟兄，苦心经营，到现在才不过十来万人马，既不敢拿去和秦军硬拼，更不敢和项羽发生冲突，生怕一下子把这点家底报销了。刘邦之所以怯懦，一个主要原因就是自己的队伍里没有帅才，没有能够指挥千军万马的大将军，曹参、夏侯婴、樊哙这些人只不过是三招两式的半吊子功夫，哪里应付得了章邯、英布这样身经百战的宿将。所以几次尝试攻城略地、扩大地盘都不顺利，连与那些二流诸侯争斗也没多大胜算。

刘邦就这么整日里当着这半咸不淡的汉王，这种诸侯王的日子哪里是刘邦的志向所在。特别是在咸阳享受过顶级消费之后，刘邦更是念念不忘要过上皇帝的生活。刘邦整天为此唉声叹气，困坐愁城。直到前段时间夏侯婴向他提起来，说是有个韩信，此人不简单，很有韬略。当时刘邦没太往心里去，因为项羽已经成了一座大山横在他面前，压在他身上，从内心里就没想到有人能够制服打败项羽，此时的刘邦碰壁远比韩信多得多，挫折感也大得多，孤助无援的感觉时常在半夜袭上心头。

眼前萧何又三番五次地给他推荐韩信，刘邦这才认真起来，为了弄清楚韩信的来历，刘邦另外悄悄派人调查了解韩信的情况。结果很多人带来的消息都说韩信喜欢高谈阔论，没有尺寸之功。

刘邦没有这么看，他对于这些信息中的事实和现象有自己的判断和认识，刘邦经过多渠道得到的信息互相印证，得出一个结论：韩信这个人的确不简单。

萧何月下追韩信后，又以三军之帅的职务强行推荐韩信，刘邦才下定决心，同时也决定赌一把，用一用这个“空降兵”韩信。刘邦吩咐萧何把韩信请过来，要亲自对韩信进行一番面试。

七、飞龙腾渊，终于可以放手大干了

韩信自被萧何追回来之后，基本上是被客客气气地软禁了，萧何担心一不留神这么个宝贝再跑了，就派了很多侍从照顾韩信，衣食起居周到供奉，冷热饱暖皆随其意。但是韩信哪有那个消费的心思，从早到晚盼着萧何的消息，一心想摸清楚汉王那边到底是什么态度。韩信当然相信萧何的能量，但也明白萧何与刘邦的差别，萧何答应的事情并不代表刘邦就会接受。

韩信按捺不住心里的烦躁，在房间里来回踱步，不知道走了多少趟，脑袋里胡思乱想，最后竟忘了到底在想什么。

黄昏时分萧何来了，韩信赶紧迎上去，握住萧何的双手问道："萧丞相，你见到汉王了吗？他什么意见？"

萧何看着韩信微笑着说："韩将军，恭喜你，但只是恭喜一半。我见到汉王了，并且向汉王荐举了你，汉王既惊喜也懊悔。他由于公务繁忙，琐事缠身，最近又军事失利，情绪不太好，所以忽略怠慢了将军。其实，汉王早就听说过将军的大名，但没有抽出时间与将军探讨国是。明天汉王将推掉一切公务，请将军过去一叙。"

韩信闻听此言，心里一阵暗喜，问萧何："丞相，你说的一半是什么意思？"

萧何说："汉王盼将军这样的人才如久旱期待甘露，寒冬希望暖风一样啊，但关于你的职务，汉王还没有明确表态，所以我说到目前只是成功了一半。"

韩信说："原来如此，感谢丞相知遇荐举之恩，韩信铭记五内，生死不忘。汉王能够召见我，这已足够，请丞相放心，我会认真准备，明天觐见汉王。"

萧何吩咐安排酒菜，与韩信两人小酌了几杯。席间韩信也向萧何了解了汉军整体状况的一些信息，以及汉王集团里的重要成员情况。

各位会奇怪，既然刘邦已经答应萧何封韩信为大将军，那为什么萧何不直接告诉韩信呢？其实原因有二：一是萧何的聪明之处，他明白这个消息应该留给汉王向韩信宣布，同时也考虑到军机大事需要保密；二是他要稳定韩信的情绪，免得节外生枝。

一夜无事，次日清晨，韩信洗漱沐浴刚毕，萧何带着汉王的亲军侍卫来请韩信，韩信随从他们到汉王议事大厅拜见刘邦。

进门后萧何禀报："汉王，此乃韩信韩将军。"

韩信跨前一步向刘邦深施一礼，朗声说道："韩信拜见大王！"

刘邦故作惊讶地说："韩将军一向可好？鸿鹄蛟龙藏在我军中，我刘邦居然耳拙目盲没有发现将军，刘邦罪过，刘邦罪过。"边说边请韩信走过去坐在他旁边，又说，"夏侯婴与萧何共同推荐将军乃盖世英才，国士无双，我刘邦愿听教诲，启迪心智。"

韩信正襟危坐，拱手施礼说："不敢，那是丞相他们过誉了。现在，大王欲向关东争霸天下，最大的敌人是不是楚霸王项羽？"

刘邦一听项羽气儿就不打一处来，脸一沉，无奈地说："是。"

韩信又问："大王你自我估计一下，在勇猛作战、强悍冲杀、仁善亲和、粮草兵马等方面与项羽相比，谁更占优势？"

刘邦不作声了，萧何则用担心的眼神看着刘邦，刘邦沉默了一阵子，脸色也是一阵青一阵红，才低声咕哝出一句话："这些我都不如他，不过我原来底子就薄。"

韩信平静地说："我并非仅仅了解这些情况，也不是故意拿这些话刺激您。由于我曾经在项羽手下效力，了解到一些项羽的为人及做法，我来向您解说一下。一者，看项羽的性格为人。项羽威风八面、叱咤风云，在他面前所有人都会黯然失色，但是他的弱点在于不能任用贤能的将领，什么事都是亲力亲为，这只不过是匹夫之勇罢了。项羽见到人往往会彬彬有礼，嘘寒问暖，如果手下人得病，他会把自己的食物分出来给得病的人吃。但是当将士们立了军功，需要封赏的时候，他却吝惜赏赐。

“二者，是项羽对待诸侯的态度。项羽虽然自命不凡，号称霸王，以诸侯为臣属，但他不在关中称王，却返回老家彭城定都，这不仅有悖义帝楚怀王当初的盟约，而且说明他地域观念狭隘。另外，项羽在分封诸侯时，对跟随自己关系密切的就封为诸侯王，对于虽有战功但与自己关系疏远的却不封王，这很不公平。诸侯大多愤愤不平，只不过忌惮项羽力量强大，一时不敢发作罢了。

“三者，是项羽对于义帝楚怀王的态度。项羽自以为功高盖世，天下无可匹敌，竟然目空一切，连楚怀王都不放在眼里，不仅不以礼相待，而且把楚怀王迁移到穷乡僻壤。更过分的是，竟然派人加害怀王，致使天下丧失共同盟主，诸侯一下子如散沙一片，纷纷跑回自己原来的好地盘，把项羽分封的新王赶跑。

“四者，是项羽对待黎庶苍生的态度。项羽大军征伐所过之处，每每屠城，毁屋破家，烧杀掳掠，老百姓对此怨声载道，对项羽离心离德。现在的项羽只是自高自大、自吹自擂的天下霸王，其实虚有其表，并没有收服天下的民心，仅靠威慑力量在震慑局面，所以他的强大缺乏持续力，很容易衰弱下去，更由于缺乏基础支撑很快会垮掉。”

刘邦周围的人也天天帮他分析，或者在他面前咒骂项羽的种种不是，刘邦自己也心知肚明，所以韩信说出这些话后，他并不感到新奇，但是比较受用，脸色有所转暖，欠了欠上身，示意韩信用茶。萧何也频频点头。

韩信自己很清楚这些言语是不可能打动刘邦的，充其量算是了解时局而已。要打动刘邦，必须提出解决问题的对策，所以韩信稍作停顿，接着说：

“从现在开始，大王您如果确实能够反其道而行之，任用天下勇猛有武略的将才，肯定所向披靡，战无不胜。如果能够将天下城池郡县公平地封给有功之人，肯定会人人归顺服从。如果能够高举天下大义的旗帜，调动关东士兵思归故土的情绪，肯定能够打得敌人四散零落。

“大王意欲东向争霸，首先必须占领三秦作为前沿阵地。现在把守三秦的是章邯、董翳、司马欣三人，他们虽然名义上得到了关中土地称王，但为秦朝将领的时候，率领秦朝军士苦战好几年，攻杀诸侯将士无数。突然之间，他们欺骗手下部队投降了项羽，后来竟然遭到项羽的猜忌，秦朝兵士二十多万人被坑杀，这三个人却活得好好的，关中父老乡亲对他们无不恨之入骨。尽管项羽强行封设这三人在关中称王，但关中百姓没有人拥戴他们，他们没有支持者和拥护者。

“与此形成鲜明对比的是，大王您自从进入武关以来，秋毫不犯，废除秦朝的残酷法令，与民约法三章，秦朝老百姓都希望您能够代替暴秦称王，治理天下。按诸侯盟约先入关的在关中称王，关中老百姓都知道这个情况，大王没有得到应有的爵职，却被项羽排挤到了巴蜀，关中老百姓都很失望。现在大王如果全力以赴攻取关中，三秦之地一纸飞书就能平定。”

韩信一席话说得刘邦心潮澎湃，听得入了神，不觉连续向韩信座席靠了两次。

等韩信说完，刘邦拍着自己的大腿，一时语塞，仄声连连，说：“哎呀，韩将军真乃孙武在世，乐毅重生啊，深恨未能早日得见将军，致使我刘邦奔波半生，屡屡败亡，几乎不能被项羽见容于世。从今以后，刘邦对将军当言听计从，请将军以拯救天下苍生为念，助刘邦一臂之力，驰骋疆场，荡平诸侯，收服四海，共致太平。”

韩信见刘邦被打动了，自己也有些兴奋，但鉴于以前频频碰壁，韩信现在心性上老练沉稳了许多。韩信并没有急于表态，徐徐说道：“承蒙大王垂爱，韩信愿效微躯，但不知韩信能为大王分担哪些忧劳？”

刘邦定了定心神，郑重地说：“韩将军乃匡世大才，堪当大任，项羽愚昧无知，不识英雄，委将军为末吏，我刘邦愿请将军出任我三军之帅，授任大将军之职，不知将军意下如何？”

韩信虽然有些心理准备，却没想到刘邦会授予自己如此之高的职衔，韩信被打动了，马上离席拜谢：“韩信乃一介平民，怀抱征战天下之志，然未得英主赏识，晋身无门，委屈至此，今幸被大王器重，韩信感奋非常，定当竭忠尽智，为大王驱驰马前。”

刘邦上前搀扶起韩信，挽着韩信的手说：“韩将军，为了表达我对你的认可，也为了向三军隆重推荐，我已做出安排，择吉日设坛拜将，为将军举行正式封授仪式。”韩信再度向刘邦致谢。

临告退时，刘邦吩咐萧何：“丞相，现在韩将军住在何处？一定要起居方便周到，给韩将军多派些侍从，韩将军如果有什么需要尽管说，萧何办不到的，你跟我说。”萧何连连称是。

韩信又感谢一番，说：“连日以来，多赖萧丞相关照，韩信寝食无忧，请大王放心。”

韩信告辞刘邦转身退出议事大厅，刘邦意味深长地目送韩信远去。

韩信回到住处，不一会儿，萧何又来探望。

少顷，萧何从袖中拿出一块晶莹剔透的玉璧说：“韩将军，你我一见如故，真乃天作之缘，汉王得将军你相助，定能扫平天下，成就霸业，我萧何也因为汉王和将军牵线而成就一段美名，这块玉璧希望将军收下，作为你与我相识相知的纪念。”

韩信闻言心情激动，收下玉璧后对萧何深施一礼说：“没有丞相，哪有我韩信的出头之日，有生之年韩信定当知恩图报。”

几经曲折，韩信的才干终于被发现和发掘出来，找到了施展才华的平台。刘邦也历经坎坷，至此才找到了自己班底中最稀缺的一员，补充上木桶的最短板。两个大人物在这个特定的历史条件下相逢合作，这既是历史的机缘巧合，也是封闭式大环境下各种因素复杂运行的必然结果。

两天之后就是黄道吉日。

汉军营中早已经传开了，说是汉王访求到了一位大将军，将来我们打仗可有了主心骨，有了能人领导将士们，不会总打败仗啦。这是近期汉军中上上下下最大的新闻，但不久这条新闻还会增添爆炸性元素。要说萧何之所以受到刘邦器重，其中一条就是这人的确会办事，两天之内就将“拜将台”修筑完毕。

拜将台高约丈余，周方五尺，台上高树大旗，迎风猎猎招展，台中央摆设香案供品，案侧左右各有朱漆木架支撑着一面牛皮大鼓，两个彪形大汉裸肩露背站立在鼓下。只听得三通号角声之后，三军集合完毕，按部署方阵列队于拜将台下，将士军校个个盔明甲亮，刀枪剑戟耸立如林，旗幡号带连绵入云，宣威呐喊惊天动地。

拜将台上，两面战鼓被两名彪形大汉擂得隆隆作响，交相呼应。鼓声中汉王刘邦摄衣健步拾级而上，身后跟着一人金盔金甲，黑色战袍，腰下悬挂三尺宝剑，身材颀长，挺胸昂头，两人一前一后登上拜将台。由于距离较远，看不清刘邦身后之人的面容，樊哙、纪信、周勃等人面面相觑，满腹狐疑，不知今天大将军乃何许人也。

刘邦走到拜将台中央，面对香案焚香祈祷，告慰上天，祭撒黄土，礼毕之后面向三军高声宣讲："众位将士，我刘邦自斩蛇起义以来，顺应天命，揭竿聚首，抗击暴秦，至此已三年有余，各位弟兄同甘共苦，勠力同心，出生入死。奉义帝怀王之命，西向攻秦，所赖上天保佑，三军奋勇，一举击溃强秦，破关入城，秦王子婴俯首系颈，暴秦覆灭，天下鼓舞，万民期盼太平乐业。然，项羽竖子，不识大体，违背天意，毁约背盟，废除义帝，攻陷诸侯，重新陷黎民于水火；天下四分五裂，诸侯混战，致使寰宇生灵涂炭。我刘邦不吝富贵，不忍坐睹丧乱频仍，愿奋起全力与三军将士荡平关东，还民太平，无奈力弱气薄，时运不济，三军无管乐之帅，将士乏作战之谋，屡屡出师，虽有小捷，但事倍功半，波折坎坷，为我刘邦及三军所痛恨。幸赖上天眷顾，今有经天纬地之志、文韬武略之才的大将军，愿助我刘邦扫平天下，共建不世之功。我向三军郑重命帅，今授予韩信为我汉军大将军之职，辖制各路兵马，调度各级将领，赋有专征之权。"刘邦说完，双手将大将军统率三军的虎符授予韩信。

这时候，拜将台下并没有爆发出欢呼与呐喊，而是沉寂得出奇。刘邦宣布："请大将军韩信训令。"

韩信走到台边，高举虎符，面向三军大声训示："三军将士，我韩信蒙汉王器重，超拔于微末，委托以重任，韩信定当奋勇竭智，不惜微躯，不辱使命，三军将士要一体同心，我汉军要军纪如山，赏罚分明，奋勇立功者封赏，怯懦逃亡者斩！自今天起厉兵秣马，严格操练，全力备战，寻机东征！"韩信话音刚落，两面战鼓再次震天响起，台下众军士高声威喝，经久不息。

韩信以如此强烈的反差形象登场，汉军上下一片哗然。

拜将仪式结束了，但新闻可就爆炸开来。汉军营在接下来的几天里像开了锅似的，关于韩信的议论沸沸扬扬，谁也不相信籍籍无名、走投无路、差点被杀，喜欢夸夸其谈、未有尺寸之功的韩信能够当上统率上万兵马的大将军。但这偏偏就是事实，普通军士议论纷纷，尽管不相信，但也不敢不遵守韩信新制定的一整套作息、操演、战守纪律。

此时，樊哙等一干高级将领很是不服，胸中郁闷，不断地找刘邦质疑。刘邦毫不客气地加以训斥：“你知道什么，努力办差就是!”樊哙等人碰了一鼻子灰，悻悻地回去了。

这就是刘邦以及与刘邦相似的，能够成就一流事业的大人物的厉害之处，他能够很快地感知到一个人的作用，判断出这个人在他事业体系中的角色与地位。而二流的所谓精英习惯于以自己所擅长和喜好的标准，戴着有色眼镜看人，于是错过和漏掉了很多原本对他们事业有帮助的人，于是他们的事业只能达到二流的水准。

筑台拜将前有古人，但从此之后再无来者。战国时期，燕昭王为招揽天下才俊，铸就黄金台虚席以待，终于吸引了大军事家乐毅前来投奔。

这次，刘邦筑台拜将与燕昭王的目的如出一辙，只是略有差异，燕昭王筑台在先，以遍示天下求贤若渴之心，刘邦本来没有这么“渴”，即便很“渴”也没有这份诚心，否则也不会屡屡发生将士逃亡的事情。

在韩信到来之前，刘邦面对的形势已经很严重了，外患无力除去，内忧暗潮涌动，刘邦困坐愁城苦无良策。现在突然冒出个军事奇才韩信，是否货真价实，一时也难以弄得很清楚，既然心腹萧何和夏侯婴联合举荐，刘邦又亲自暗中调查，并当面答对试策，对于韩信的才能基本是相信的。再加上韩信的矜持坚决，不搞个封授仪式看来是不行的，刘邦干脆一不做二不休，顺势把动静搞大，如此一来既能收抚韩信之心，也对外宣告自己重贤任能的诚意，同时树立韩信大将军在三军中的威信，否则，辖制三军谈何容易，初期必须施以高压。这是一件一举多得的事情，除了付出机会成本之外，几乎没有什么现实成本，却收到了巨大的现实作用及广告效应。

在这种猜忌、权术加供需的互动中，韩信登台拜将就成了千古绝唱。绝唱归绝唱，唱成什么样可并非千篇一律，韩信与乐毅的结局有天壤之别。

燕昭王死后，燕昭王的儿子燕惠王上台，乐毅面临被新国君怀疑和不信任的局面，乐毅为了保全自身，毅然离开燕国，最后获得善终。

韩信锲而不舍、百折不挠地坚持直给式的自我推销策略，尽管屡遭失败，成本巨大，最终在刘邦这里获得了成功，而从此韩信也踏上了一条凶险异常、诡异莫测的生死不归路。

深秋，刘邦认为是用兵的好时节。

汉二年四月，刘邦在蜀川憋了几天后，决定反攻三秦。

刘邦将韩信请来，向韩信问计，韩信对刘邦说："大王，攻陷三秦本非难事，但从损失最小、效率最高的角度考虑，我们应该采取突然袭击、速战速决的策略，以便于攻陷三秦之后尽快巩固战果，并永久站稳这块地盘，将其打造成我们向关东用兵的前沿根据地。"

刘邦点头，问道："那依将军之意，我们应该如何奇袭？"

韩信说："汉中蜀道艰险，通往三秦的路主要是自古以来的剑阁栈道，大王当初为了消除项羽的疑心，主动烧毁了栈道以示无意返还的决心，一时半会儿指望不上这些废弃的栈道。"

刘邦闻言，有些沮丧："早知今日，当初就不烧栈道了。"

韩信说："大王当初烧栈道是有道理的。现在我们要大张旗鼓地修复栈道，向章邯等人正面宣战，吸引章邯、董翳、司马欣的主要兵力来驻防。但这只不过是我们的障眼法，疑兵之计。在修栈道的同时，我们从另一条不太引人注意的废弃之路杀出陈仓，攻击三秦。如此战局可迅速而定。”

刘邦一拍大腿说：“此计甚妙，就这么办。”刘邦命令萧何抓紧组织巴蜀秋收粮草的征缴，调度后勤攻战装备物资。派专人选调工兵民夫，热火朝天地抢修烧毁的栈道。

三秦中以雍王章邯为首，刘邦征伐三秦的消息很快就传到了章邯那里。这一年多，章邯等人的日子并不像原来想象得那么好过，生怕手下兵士及三秦父老造反，整天提心吊胆，也许哪天早上起来自己的脑袋就不见了。章邯一听说刘邦要来攻打，立即紧张起来，因为项羽给他们的主要任务就是困住刘邦，不让刘邦咸鱼翻身，断绝刘邦东归的后路。

开始的时候，章邯还有些不相信刘邦会回关中，至少不会很快回来，因为刘邦在就封地的时候，前脚入蜀，后脚就把栈道烧掉了，决心很明显。现在刘邦突然要来开战，章邯还是半信半疑，为慎重起见，章邯马上派人去前方打探详情。

此时探马回来报告说：“汉军的确在修栈道，而且是在赶工期抢修，征调了很多劳役在昼夜施工，不出一个月，栈道将恢复通行。”同时从蜀汉来的客商说，汉军正在积极准备粮草、马匹、米面、肉干和盐巴，一场大规模的军事行动正在酝酿。老百姓也盛传汉王要报仇雪恨，不久就会出兵关中。

章邯听了这些消息及报告，觉得事态严重，这个刘邦的确不是等闲之辈，不会安安分分过蜀中王的日子，看来在过去的一年里他时刻惦记着我三秦这块肥肉。事不宜迟，章邯立即联络董翳和司马欣，把他们请来紧急会商对策，三个人反复讨论的结论是，必须调集重兵对栈道进行防范，并加紧修筑城堡工事，严阵以待。他们一边奏报楚霸王项羽请求支援，一边把三秦部队分梯队、成掎角互援之势逼迫栈道，安营下寨，挖深沟筑高垒，加紧修筑防御工事。

消息不断从汉军传来，说刘邦大军已经出发，说汉军已经离开南郑。战争能够刺激人的神经，等待战争的到来却考验人的抗压能力，战争前的等待更加让人难以忍受。章邯度日如年，可是等来等去，时间过去了半个多月，刘邦并没有来，确切地说没有从栈道杀来，而是如同天降，天崩地裂地从背后杀来。等章邯知道消息时已经晚了，刘邦亲率大军以韩信为先锋，从章邯根本没有想到的陈仓杀将过来。

陈仓虽然在章邯的地盘上，但是距离眉县还是太远了，无论地理距离还是心理反差都太远了，章邯的军心被这突如其来的攻击瞬间击溃。韩信在战前总动员时对三军将士号召："将士们，我们从老家出来，浴血奋战已经三四年了，不知道家中父老现在是否安好。都是项羽恶毒，将汉王封锁在汉中不得东归。致使我等久居他乡，现在汉王决意东征，这是我们打回老家去的好机会，也是立功的好机会，要人人奋勇向前，打败章邯！"

汉军再也不是以前军纪涣散、进退无章的汉军了，现在汉军在韩信的调教下纪律严明、群情踊跃、锐气十足。而章邯在迎战之前已经失去了心理和防务优势，来不及摆列阵型就仓促接战，抵挡了不久即败下阵来，怎么办？只有逃。刘邦一骑当先，指挥大军掩杀。

章邯毕竟是宿将，知道敌军的锐气会随时间的持续而衰减，但自己这么跑也不是个办法，跑了一阵子后，到达右扶风的一个县停下来。章邯决定列阵接着再战以争取些时间，等司马欣和董翳带领援兵赶来驰援。于是楚汉两军再战，但在很短的时间内就有了分晓，章邯又战败了，此时的军心实在不稳定，已经彻底丧失了战斗意志，没办法又接着跑，败走废丘。

刘邦一鼓作气占据了雍地，派樊哙去废丘把章邯包围起来，分别派遣其他将领攻城略地。

刘邦手下这些战将人人奋勇，将憋了很久的窝囊气一股脑倾泻而出，个个撒着欢儿地拼杀。塞王司马欣、翟王董翳根本来不及召回驻防在栈道的军队，本部人马已经失去了抵抗力，只好投降。

章邯在久困之下屡战不胜，坚持了不到一年，被樊哙引水灌城，无奈之下自杀身亡，大秦朝的最后一个军事强人以如此可惜的方式倒下了。

刘邦用韩信“明修栈道、暗度陈仓”之计，顺利地占据了关中三秦之地。实现军事占领之后，刘邦没有怠慢，马上对三秦进行了治理改造，首先改变地理名称为渭南、河上及上郡，同时分别派遣将领把守，更改暴秦政令，简化统一到汉制上来。

刘邦拊着韩信的臂膀说：“韩将军，计策果然精妙，一战而定三秦，首战告捷，你立了大功啊。”韩信腼腆地笑笑说：“大王，我们现在攻陷了三秦，更为要紧的是要据守住这个地盘，不能让项羽再夺回去。”刘邦马上冷静下来，频频点头。这时候，张良回来了。

原来，刘邦被项羽封为汉王的同时，项羽也将韩王成分封到了韩地，由于记恨张良的缘故，项羽不让张良的原主人韩王成赴封地就职，却将他带回彭城，这次项羽认识到了张良的非凡作用，因此将张良与韩王成一并捎上。

到了彭城后，项羽对韩王成曾协助刘邦作战耿耿于怀，最终将他暗杀。张良警觉机灵，抽机会潜逃了出来，这次潜逃估计又是托那位项伯大侠的福。

张良一路奔波才又回到刘邦这里，这次对张良来说才是真正投靠刘邦，以前只能算是帮忙援助。

张良对刘邦建议：“汉王，我们可以对项羽与关东诸侯施行纵横之计予以牵制，请汉王给项羽写封信，说我们本来只打算按照当初盟约的约定，以关中为封地，现在既然得到了封地，已心满意足，不打算再向东发展了。同时，把齐之田荣、梁之彭越的反书密信转交给项羽，让项羽东西不能兼顾，我们趁机可以休整巩固关中。”

张良这个办法果然很奏效，项羽在东部正忙得不可开交，根本无暇西顾。这也说明张良在政治势力均衡制约方面的确是个高手，能够洞悉各派势力之间的利益纠葛，并因势利导乘机用之。

韩信妙计，以极少的代价获取了三秦关中大捷的巨大胜利，顺利实现了他向刘邦提出的战略建议中的第一步，这是韩信上任大将军以来的第一次大手笔，以实际行动证明了自己存在的价值。

汉军中原来对韩信喧嚣不服之气已烟消云散，韩信这个空降司令也因此获得了刘邦对其军事才华的全面认可。

初战告捷使韩信的信心大增，精神焕发。韩信怀着无限的热情与对未来的憧憬，全身心地投入到研究汉军东征的军事方略中，决定自此要报效汉王知遇之恩。大有鲲鹏展翅搏击云天之势。

大家或许会问，张良熟读兵书战策，韬略非常，为什么刘邦没有让张良出任大将军呢？从张良的出身背景及行事特点推测，或许有两点能够解释此事。

一个可能的解释是，张良一贯的志向是光复韩国，他跟随刘邦不过是借助刘邦的力量，所以与刘邦的关系虽然同心但不是一体，只能算是同盟，故而刘邦不会把军权交给他。在韩王成被项羽杀死后，复国已然无望，张良此时的政治理念也逐步发生变化，不再以一国一家为念，意识到历史的进程不可逆转，大一统的国家形势已经成为必然，当时只有刘邦做皇帝的劲头儿比较足，因此张良又回来辅佐刘邦。但是张良不像韩信功利之心那么重，刘邦一时还搞不清楚如何收服张良。一个无所求的人，是很难降伏的。对无法降伏的人，刘邦绝不会授以军权。

另一个可能的解释，张良是个谋略家，但并不适合治军、领兵打仗、冲锋陷阵，带领一班行伍军人可不是谁都能干得了的工作，特别是在鹰瞵虎视、诡异叵测的混战时代，所以张良无法直接指挥军队独当一面，是由于自身素质条件所限。

八、胜败寻常事，效果大不同

刘邦顺利占据了三秦地盘，粮草军需大增，兵源也得到了补充。一直休整到了第二年春天。这期间，刘邦用张良之计挑拨东部田荣、彭越等与楚霸王项羽频繁征战，同时拉拢中原地带的诸侯，争取刘、项之间的中间力量。刘邦封赐原来的韩国太尉韩信为韩王，为与大将军韩信相区别，史书中称其为韩王信。说是封赐，其实刘邦在行政地位上并不比诸侯王高，也不具有封赐诸侯的权力和实力，这里的封赐是“支持、扶持、承认”的别称而已。另外，刘邦也没有现成的地盘送给他，只能是资助韩王信一些兵力自行攻取，韩王信很能干，通过一番苦战把项羽分封的韩王昌打败了，韩王昌被迫在阳城投降，于是韩王信自此跟随刘邦左右征战，屡立战功。

项羽分封的魏王豹、常山王张耳也相继来依从刘邦，这些小诸侯王之所以来依从刘邦，是由于他们地处楚汉争夺的夹缝里，自己的力量既不如楚，也不如汉，为了自保，他们的政治立场如墙头草随风倒，汉来了则从汉，楚来了则从楚。

项羽分封诸侯时，把原来魏国的地盘一分为二，自己霸占了东部，把魏王豹封为西魏王，占有另一部分，魏豹的实力被削弱，因此对项羽耿耿于怀。大家或许还记得张耳此人，项羽巨鹿之战营救的就是此人，巨鹿战役后，张耳与自己的刎颈之交陈馀产生了嫌隙。现在陈馀跟随了赵王歇，陈馀与齐之田荣联合起来攻打常山王张耳，张耳哪里打得过他们，只好逃走投靠刘邦，刘邦收留了张耳并且对他很客气。而陈馀在打跑张耳之后，把被项羽贬迁到代地的赵王歇迎接了回来继续做赵王，顺便把常山纳入了赵国版图。

到了三月间，刘邦自以为后方政治、军事、治安都得到了巩固，亲自督师几十万大军浩浩荡荡起兵东征。刘邦在东征之前，还做了一次非凡的动员工作，目的仍然是激励士兵的东归之心。这次采取的办法不是演讲，而是示范攻心。刘邦占据三秦后，派大将王陵到沛县老家接刘邦的父母老婆儿女，顺便把王陵的母亲也接来。此次行动被项羽发现，项羽派人阻拦王陵。刘邦的父母没有接来，王陵反倒把自己的母亲丢了，而且怀恨终生地丢了。项羽得知王陵从属了刘邦之后，将王陵的母亲抓捕囚禁，并以此要挟王陵，不料王陵的母亲见识非常，刚烈异常，支持儿子跟随刘邦，项羽恼羞成怒把王陵的母亲烹杀。消息传来，王陵痛不欲生，刘邦也为此动容，义愤填膺，除抚慰王陵外，更以此唤起士兵决意东归、誓死力战的决心。

刘邦从临晋向东渡过黄河，一路之上，韩信作为大将军率领三军，冲锋陷阵，拔营夺寨，连续攻下几座重要的城池。首战即攻下了河内，占领了几百年前大周天子的朝歌，俘虏了殷王司马卬。这个司马卬可不是等闲之辈，他原本只是赵王歇的一名战将，后来跟随项羽屡立战功，尤其在击败秦军平定河内之战中功勋卓著，项羽特意擢升他为诸侯王，封地在河内。

项羽有一条标准，即凡是跟随他有战功的，无论出身高低，皆能封王拜侯，反而对那些战国没落贵族，冒领王爵自立的，项羽一般都看不上。项羽分封诸侯并没有起到安抚天下的作用，从根本上说并非项羽不公平。诸侯仍然混战的根本原因，是由于天下大势已经不能通过分封诸侯王的办法来解决，关于这一点，张良在后来有十分精辟的阐述，这是项羽的政治局限性所致。

刘邦击败司马卬之后，势如破竹，接着从平阴向南渡过黄河，攻占洛阳。洛阳地盘上的三位素有威望的老者一起来求见刘邦，刘邦对此类事情一直很重视，并且屡屡采纳这些人的建议，这是刘邦与项羽的一个很大区别。

这三个老者颤巍巍地对刘邦说："从大道理上讲，顺应道德教化的事情会兴旺发达，违背道德教化的事情会很快消亡，所以汉王您要做有利于道德教化、万民期盼的事情啊！再就是出师要有正当的名义，如果缺乏正式的名义，可能会事倍功半啊！"

刘邦问道："老人家你们说得很对，那我该怎么办呢？"

三位老者见刘邦重视他们，显得有些兴奋，接着说："出师要获得首发优势，就必须把敌人定义成天下贼人，人神共愤，这样才有可能威慑敌人。"

刘邦越听越觉得有道理，自己前期还是有些急功近利了，在舆论支持方面准备不足，于是很谦恭地请教道："老人家，您看我怎么才能达到宣示天下，替天行道，为民除害的效果呢？"

三位老者说："当前您最大的敌人是项羽，项羽暴虐，背信弃义，不仅不按盟约分封诸侯，更可气的是竟然将义帝楚怀王给杀了，掳掠天下，让天下人痛心疾首啊，汉王您可要主持公道，率领诸侯，为义帝报仇！这是比拟上古尧舜禹三王的盛德与作为啊！"

刘邦听这几位老者一番控诉，才知道那个窝囊义帝居然还有这么大的民望！管他死人活人，只要意见能派上用场就采纳，想到此处，刘邦也将自己的感情调动起来，振臂发誓要为义帝报仇，讨个说法。刘邦立即安排人为义帝隆重发丧，亲自穿上丧服，沉痛悼念；起草檄文誓师，遍示诸侯，历数项羽罪行，号召诸侯联合起来，讨伐项羽；同时更换三军旗幡，缟素旌旗，以示悲痛之志。刘邦这么一番筹划宣扬，动静可就大了，马上就获得了巨大的舆论支持，特别是获得了地方百姓的支持，军事行动也主动了许多。

在这期间，刘邦收拢了另一个后来很著名的人物——陈平。此人与韩信后来同在刘邦手下共事，也因此而产生了一系列恩怨情仇。陈平长相高大俊美，是个标准的美男子，阳武户牖乡（今河南省开封市）人。陈平年少的时候也是个吃白食的主儿，不过比韩信幸运，陈平有个好哥哥，为了供养陈平读书游学，陈平大哥与老婆闹翻了，竟然不惜把老婆给休掉赶出家门。

陈平的出世自然也少不了一系列戏剧性的传奇故事。有一次村里分肉，由陈平主刀，大家都夸陈平分肉公平，陈平自负地说："假如让我主宰天下，也和分肉差不多！"陈平游手好闲，名声不好，虽然长得相貌俊美但是娶不到老婆。县里有个张富户，家有孙女曾经连续嫁了五次，不知为什么那么巧，小概率事件偏偏发生在张富户的孙女身上，她的五任丈夫全都死于非命。尽管有钱，这位张富户的孙女无论如何也嫁不出第六次了，因为没有人敢娶她！谁也保不齐自己会与前五个死鬼一样倒霉呢。而陈平打定了主意，偏偏要娶这位张富户的妇女。姻缘巧合，在一次办丧事的现场，张富户见到了陈平，并被陈平的相貌打动，后来尾随陈平到陈平家。张富户发现陈平家虽然院墙门户破败，但门前往来的车辙印记都是大人物乘用的，于是张富户认为陈平不一般，决定把孙女嫁给陈平。可陈平实在太穷，连聘礼也置办不起，张富户宽宏大量，实际上是豁出去了，把金钱暗地借给陈平置办娶亲必需之物，就这样两相情愿，一对男女如愿以偿。陈平没有成为第六个死鬼，却成了花钱的饿鬼，幸好张富户财力足，家底儿厚，不遗余力地供应陈平更加广阔的交游与开销。这显然是一个美丽的谎言，既为后来富贵的陈平遮羞，也说明当时陈平只能娶到这样克夫命的女人，更重要的是陈平知道她对于他的实际价值，简直就是一个融资的永动机啊！

后来，就赶上了陈胜起义，陈平投奔了魏王咎，可是魏王咎对陈平的很多建议都听不进去，而且还有不少人在魏王咎面前说陈平的坏话，陈平消息灵通，脑子活络，赶紧知趣地离开了魏王咎。再后来，又遇到项羽攻打河上，陈平又投靠了项羽。

在项羽攻打函谷关破秦后，分封诸侯，论功行赏，陈平获得了一个相当于卿爵的闲职，估计也就是刚入流的散官。陈平仍然籍籍无名，心情也十分郁闷。在楚汉各自罢归封地后，不知道什么原因那位殷王司马卬头脑发热，突然搞政变，要背叛楚霸王项羽，项羽派陈平去平叛司马卬。按说，这种工作轮不到陈平，陈平资格尚浅，或许是陈平立功心切，自告奋勇，主动请缨前往。

得到项羽的允许后，陈平带着原来魏王咎的一些散兵攻打朝歌。陈平连吓唬带收抚，很快平定了司马卬的叛乱。项羽大悦，提升陈平为都尉，这可是正式的军职了，这时候，陈平进步比韩信要快些。韩信总想着干大事，所以就没有机会揽到小活儿，也就没有机会证明自己的能力。但是好景不长，刘邦出关攻楚，擒获了司马卬。项羽正忙着收拾田荣，无力分身，在心烦意乱之际，项羽认定是由于原来陈平对河内平叛不利，留下了后遗症，所以司马卬才出战不利被俘。如此一来，就要责罚陈平。

这次陈平又害怕了，赶紧逃出了项羽阵营，没有哪个诸侯敢冒险收留他，陈平走投无路之际转而投奔刘邦。陈平在逃亡路上渡河时险些被船老大害死，撑船的船老大见陈平长得白白胖胖养尊处优的样子，以为遇上了有钱人，歹心顿起，要对陈平实施抢劫。陈平怕他伤害自己性命，急中生智，把衣裤除掉近乎裸体，表示身上并无贵重物品及金银财宝，船老大这才作罢。

陈平就这样投奔到刘邦那里，刘邦倒是很痛快地收留了他，但刘邦依然是对人才比较麻木，不敏感，安排人对陈平好吃好喝好招待。陈平见刘邦把他当成一般人对待，心有不甘，于是直接对接待他的人说：“我有要紧事需和汉王谈谈，而且事情紧急，不能过夜。”

刘邦闻知后答应接见陈平，问陈平：“先生，你在楚军中位居什么官职？”

“官居都尉。”

“噢，既然这样，那你说说我该如何做才能争霸天下呢？”

陈平很善于言辞，也很会琢磨人的心理，见刘邦已经对他产生了兴趣，就抑扬顿挫、声情并茂地纵论天下局势，并鼓动刘邦采取迂回的办法消灭诸侯及项羽。

刘邦不时发出赞叹。刘邦和陈平的谈话在愉快的气氛中进行，最后，刘邦安排陈平仍然做都尉，不过与刘邦同车参乘，相当于樊哙以前的职务，负责护卫汉王的乘车安全。

陈平的到来令大家议论纷纷，说汉王怎么能对一个不了解底细的人这么信任呢，而且还同车出入。事关重大，汉王不可不三思啊。刘邦听了这些话，不仅没有疏远陈平，反而更加亲近他了。

这些故事说明陈平聪明，脑袋灵活，善于与人交往。陈平日后在刘邦一朝和吕后一朝中游刃有余，可见其政治生存术不是一般的水平。在天下平定后，也是这个陈平为刘邦想出了一条妙计，擒拿住了旷世奇才的韩信。

刘邦利用吊怀王之丧、伐项羽之罪的名义，自己联络，收集，挟持了河内、河南、河东的诸侯及散落的力量。刘邦把韩信与萧何留下，留守三秦及汉中，继续清剿刚刚打下的关东地盘。刘邦自己则亲率大军从雍州入子午道，顺汉水而下，一路向东攻击。令刘邦意外加兴奋的是，向东进军异常顺利，如入无人之境。刘邦只花了一个月的时间，就一口气打到了楚霸王项羽的核心地盘上来，并趁项羽不在之机，一举攻占了项羽的都城彭城。

那这时候项羽干什么去了呢？此时的项羽可忙得不亦乐乎。原来，项羽分封诸侯的时候，把齐地一分为三。对于这个分法，齐国贵族田荣十分不服，动手杀了懦弱的傀儡齐王，直接自立为王，借机造反，与项羽对着干。项羽率精锐突击，一举击溃田荣，田荣往北逃到现在的德州平原，却被当地民众杀了。

项羽又扶植了一个齐王，在回师途中大肆掳掠一番，这么一来，齐地的老百姓不干了，到处点火反抗楚军。田荣的弟弟田横趁机收拾残余部队，又拥立田广在城阳（今山东省莒县）为齐王，起兵反抗项羽。这个田横人如其名，十分不好对付，与项羽缠斗不绝，直到项羽临死前都没有平定田横之乱。这时候山贼出身的彭越也不服项羽领导，受到刘邦撺掇后，与刘邦遥相呼应，天天找楚军寻衅滋事。

项羽听说韩信跑到了刘邦那里，居然当上了大将军，陈平也跑到刘邦那里去了，还成了刘邦的护卫，不禁哈哈大笑："刘邦啊刘邦，韩信、陈平这样的人在你那里也能承担如此重任，可见刘邦军中真是乏人啊，看我楚霸王一战而击溃你，将你打得落花流水。"

谁知道田横、彭越这俩人让项羽忙得团团转，项羽原以为刘邦不会这么快进攻，打算先把背后的田横、彭越消灭掉再来对付刘邦。刘邦第一次挑战项羽，原本思想压力很大，可万万没想到项羽不过如此而已，所以刘邦才敢把韩信留下，自己率军轻骑冒进。

到达楚界后简直就是一马平川，刘邦直接杀进了项羽的老巢彭城。这下可把刘邦乐坏了，从来没有这么痛快过，把项羽的老窝给端了，这是令人兴奋而刺激的胜利，比当初进咸阳的心情要痛快许多，进咸阳时还忐忑不安地顾忌项羽，如今，刘邦坐在项羽宽大的王座上，得意非凡，下令放假三日，实际是让军队掳掠三日。刘邦自己也好好享受了一番楚霸王宫中的山珍海味、美女歌舞，整日痛饮，彻夜笙歌，感觉良好。

由于晚上酒色过度，刘邦第二天早上迟迟没有起床，还在酣睡时，忽听中军来报："汉王，大事不好，项羽打进城来了！"

刘邦一下从睡梦中惊醒，差点从床上掉下来，来不及问明情况，急忙找夏侯婴、曹参等人，这时候夏侯婴也正赶过来，扶着刘邦就往外跑，边跑边回答刘邦的问话。

夏侯婴说："项羽昨天连夜赶回彭城，不到半个时辰就从东门攻入内城。"夏侯婴是驾车的老把式，立即赶着马车拉着刘邦从西门跑出彭城。

刘邦一路狂奔，跑了一阵子，忽然想起一件事，问夏侯婴："前面是什么地方?""主公，离沛县不远了。"

"这次我本打算将老爹老娘老婆孩子接往汉中的，快回家去接他们。"但是刘邦跑到家里一看，家里人都不见了，破门板被风吹得一晃一晃的。

有街坊对刘邦说："项羽派人来过了，太公夫人等人早已逃跑，不知去向啊。"刘邦无奈，只好接着再跑。

项羽怎么会如此迅速地出现在了彭城呢？原本项羽在齐地与田横正打得热闹，田横守城十分顽强，逼得项羽亲自光着膀子背着木板带人强攻。正在此时，家里十万火急来报，说刘邦打进了彭城。项羽这个时候不能再忽视刘邦了，派部将栾布接着攻击田横，自己带钟离昧立即率领三万铁骑连夜抄小路杀回彭城，拂晓时分就赶到了彭城东门。

项羽铁骑如猛虎鬼魅一般架起云梯攻城。此时，刘邦的军队正在享乐，猝不及防，被项羽闪电般攻下城防。

见刘邦把彭城糟蹋得一片狼藉，项羽恨得咬牙切齿，命令左右："人不卸甲，马不离鞍，全力追杀刘邦，掩杀汉军！"这下刘邦的部队可惨了。项羽精锐如虎狼入羊群，把汉军一举赶进了泗水，淹死不下十万之众。后来汉军从南山西逃，跑到灵璧以东的睢水时，又被楚军追上，楚军列阵成排，铁甲马在前，马上骑兵铠甲护体，手持长矛，步步逼向汉军，汉军步步后撤，最后到达睢水河沿上再无退路。但是楚军脚步不停，在一阵撼山动地的呐喊与短兵相接声里，楚军把汉军十几万人推下了河水，溺死者不可胜计。

等到项羽追上刘邦时，刘邦除了身边亲随之外几乎是孤零零地被包围住，里里外外被楚军包围了三圈。活捉刘邦的呐喊声震彻山谷。突然，狂风大作，彻地风沙从西北方向吹过来，迎面席卷了楚军，楚军顿时人马大乱，刘邦趁机与十多人逃走。跑着跑着，刘邦在路上惊喜地遇到了失散的老婆吕雉和孩子，刘邦将他们拉上车一起接着跑。由于不知道楚军骑兵什么时候还会追上来，刘邦见自己的车上人多太重，跑不快，嘴里骂骂咧咧："夏侯婴快跑！"刘邦一边骂，一边抬起脚将吕雉和孩子踹下了车，夏侯婴见此窘况，不顾刘邦大骂，下车把吕雉和孩子扶上车接着跑。刘邦又把他们踹下去，夏侯婴就又把他们扶上来，刘邦肺都要气炸了，骂道："夏侯婴，你这混账赶紧驾车，再这样耽误事，老子宰了你！"不知道此时的吕雉是什么感受，怨，恨，惧还是悔。但有一点可以肯定，这件事绝不会成为她美好的回忆。

刘邦的大舅哥吕周正在镇守下邑（今安徽省砀山县），刘邦就走小路投奔了吕周，并渐渐地召集了散失的士卒。刘邦这次损兵折将十分惨重，只好于汉三年五月退守荥阳。刘邦从东伐楚到败归，前后不到两个月时间，如坐过山车一般，情绪从巅峰跌入谷底，刘邦实实在在地领教了项羽的厉害。以前只是畏惧项羽的威名，这次可是零距离密切接触，被项羽扎扎实实地修理了一番。那些残兵败将都比刘邦跑得快，刘邦还没到达荥阳，失散的汉军已经陆陆续续逃回了关中。

韩信很快就知道刘邦打了败仗，因为关中散兵游勇激增，汉军失利的消息满天飞。韩信立即着手对败回来的各路兵马召集整编，由于韩信建立了比较完整的军事制度，对吃败仗撤退过程中如何互相联络，也早已制定了有效的办法，再通过张贴告示等，韩信很快就将溃不成军的汉军召集起来，驻守荥阳接应刘邦。萧何这个筹粮抓丁高手，也给刘邦从后方送来几万兵源，于是刘邦的军队又重新振作起来。

在荥阳这个地方，楚汉展开了攻防战，期间互有胜负，打打停停地持续了两三年。这几年中，韩信屡次送来援军支持刘邦，还有几次竟然将楚军击败，使楚军不能攻破荥阳向西。刘邦利用秦朝降将组建了铁甲骑兵与楚军抗衡。但其中有一个互动规律，刘邦打胜仗往往是由于楚军主力不在，当遇到楚军主力的时候则屡屡战败，疲于奔命。

此时的荥阳以东犹如一个角斗场，项羽如一头狮子，刘邦、田横、英布、彭越等都如猎狗，频繁侵扰项羽，尽管项羽所向无敌，但也应付不过来，首尾不能相顾，驱之不散，挥之不去。而此时的韩信似乎并没有真正统率三军，没有直接承担起与楚军作战的重任，他这个大将军只不过在军队中拥有最高军衔，并没有完全的军事指挥权力，更不是最高指挥官，也就是说有军阶而无军权。

自彭城被刘邦入侵之后，项羽再不敢忽视这个“土包子”了，开始认真对待刘邦，所以刘邦开始了被项羽屡屡击溃的痛苦经历。倒是韩信每在刘邦打了败仗回来的时候，都能收拾集合起败逃的残军，不知用了什么法宝，总是很快振奋士气，重新投入战斗。刘邦很苦闷，对此怎么也想不通，于是就找来韩信谈话，刘邦问韩信：“大将军，你看最近我们与楚军作战，胜少败多，我每次遇到项羽都败得一塌糊涂，有时候即使项羽没有亲自来，我们也打不赢，而你却能够保存有生力量，这是为什么呢？”

韩信说：“汉王，我们之所以对楚作战失败次数多，是由于依附我们的诸侯力量不稳定，一旦遇到项羽主力，他们就背叛我们，致使我军一触即溃。汉王您说您是屡战屡败，我和您有一点区别，我是屡败屡战。所谓善谋者不战，善战者不败，善败者不乱，胜败乃兵家常事，不必过于烦扰。不过败退与进攻一样需要仔细安排，要有章有法，最好是谋之在先，则无论胜败有生力量都会得到保存。”刘邦闻言满意地点点头，鼓励韩信志气可嘉，不像有些将领一旦失败就灰心丧气，一蹶不振，闻项羽之名而色变。在韩信告辞刘邦离开后，从刘邦座席的屏风后转出一个人——吕雉。

刘邦一抬头见吕雉站在面前，先是一愣，继而问道：“你怎么在这里?”

吕雉也不避讳，语调平缓地答道：“我听说汉王访求到了一位高人，有经天纬地之才，奋领三军之勇，特地来看看，到底是个什么样的人物。”

“那你看了半天，觉得韩信是个什么样的人物?”

吕雉扶着刘邦的手臂向内堂方向边走边说：“这个韩信还真有些韬略，比你身边的曹参、夏侯婴、萧何他们强百倍，与张良不分伯仲，骨子里透着一股霸气和傲慢，看样子性格棱角还挺突出的啊。”吕雉边说眼睛边望向了院子屋檐的尖角。

刘邦闻听吕雉的这番议论，脚步稍稍顿了顿，也就一刹那的间歇接着又步履轻盈地走进了内堂。刘邦觉得饿了，吩咐吕雉去安排些好酒菜，自己要喝两杯好好睡一觉，好久没有睡过囫囵觉了。吕雉莞尔一笑，自去准备了。

实话说，吕雉相貌虽不算姣好，但也有几分姿色，不过上了年纪，身材有些发福，皮肤光泽开始褪去。吕雉的爹爹就是那位著名的吕太公，装神弄鬼十分拿手，在沛县时就将女儿作为投资押在了刘邦这块还未发光的稀世珍宝上。但吕雉崇尚波澜壮阔、惊险刺激的生活，喜欢心怀广大的男人，对刘邦吃喝玩乐、身无长技、泼皮无赖、窝窝囊囊的做派十分看不上眼，无奈父母之命不可违，这么多年与刘邦也就凑合过来了。

刘邦吃罢午饭，沉沉睡去。一个新的计划在他心中酝酿。

九、战略论战与权谋博弈

从出关到打彭城，真是顺风顺水又顺手，激发了刘邦的无限自信和巨大惯性，特别是初始的胜利使刘邦自以为能够横扫诸侯，一举可得天下。他压根儿就没有心思冷静下来，整理思绪，调整部署，巩固地盘。现在，一次次失败的事实残酷地摆在了刘邦面前，刘邦终于极不情愿地得出了结论，自己不善于统军作战，特别是不善于指挥多兵种大兵团作战，即使取得些偶尔的胜利，并没有什么实际意义。这是对刘邦个人军事能力的巨大冲击，是对刘邦作为统帅心理的无情伤害。但一次次失败的冲击波远不止于此，所谓“屋漏偏逢连阴雨，船破又遇顶头风”，往伤口上撒盐的人总会在恰当的时候来，要说刘邦意志也真够坚强的，遭受了那么多波折和磨难、白眼加红眼，从来没有轻言放弃过，这也不是一般人能比肩的。

这时候，那些小诸侯见项羽力量仍然强大，是名副其实的天下“大哥”，而汉王只不过如嘴尖皮厚腹中空的竹笋，不堪一击。于是纷纷离去，与刘邦划清界限。先有陈馀因怨恨刘邦以假杀张耳为名诓骗他，愤然离去，后有魏豹不满刘邦倨傲无理，索性称病不出。更为严重的冲击是对刘邦集团内部的冲击，刘邦集团内部对于局势的见解和判断出现了重大分歧，提出的应对之策也是五花八门。刘邦感到如果不能尽快统一思想，不仅不能打胜仗，而且内部有可能发生矛盾，汉军集团的生存都会受到威胁。

我们先来看看这个时期到底都发生了哪些事情，试着解开一些疑团。

第一方面是军事上的接连失利，汉军士气和军力遭受重创。

首先是荥阳之难。刘邦退守荥阳并坚守荥阳的原因，就是荥阳战略位置十分重要，是破除虎牢、潼关天险的必经之路，也是三秦的东部门户桥头堡。所以刘邦屯兵荥阳负隅顽抗，加紧操练新兵种以与项羽抗衡。但是荥阳也有个弱点，粮草供应需要附近的敖仓转运，路途遥远，不确定性因素很多。为了保证粮草运输顺畅，刘邦命人从荥阳到敖仓修筑了一条专用道路，相当于战备通道。项羽也很快就发现了这条通道，为了断绝汉军供给，项羽屡屡派兵袭扰这条粮草专用通道，打劫粮草，这使刘邦苦不堪言。如果时间长了，荥阳城内汉军几十万人马粮草接济不上，军心必定动摇，再加上军事上屡屡失利，刘邦为此心烦意乱，天天担心发生变故。迫于这种压力，刘邦请求与项羽讲和，并做出让步，答应把荥阳让给项羽。

这时候的项羽已经在齐国和荥阳之间上千里的战线上奔波好几趟了，军力也有些疲惫，就顺水推舟打算答应刘邦的条件。但是项羽第一大谋士亚父范增认识到刘邦已成为瓮中之鳖、强弩之末，撑不了多少时间了，就极力主张项羽一鼓作气攻破荥阳，消灭刘邦这个头号敌人，铲除心腹之患。

刘邦大军此时已经断绝粮草好几天了，在此危急关头，那位大帅哥陈平献上一计——离间计。依照陈平的策划，刘邦故意邀请项羽派人来谈事，项羽使者来到汉军帅营，刘邦放出话来准备以最高的礼遇亲自接见，可是一见面，刘邦故作吃惊地说："不是说亚父范先生要来的吗？你看我们都准备好了，这……这……"于是脸色一沉，命人改为普通标准重新接待项羽来使。使者也是人，人人都有自尊心，在自尊心的驱使下，会因私影响公务。

使者回到楚军，将出使汉军的情况禀报给项羽，自然也少不了将窝囊气添油加醋一番。项羽听闻后，心里来回翻个儿，开始怀疑范增与刘邦私通，于是对范增主张紧急攻城的主意冷落下来。

说来也怪，项羽对项伯私通刘邦都能容忍，对于这种小儿科的离间把戏却难以释怀，可见项羽的心胸与气量。离间计之所以屡屡得逞也透射了人性的弱点和阴暗。当然，项羽怀疑范增也不会仅凭这么一次出使事件，由于项羽不注重战略防控，只热衷于冲杀，得来的地盘也如熊瞎子掰玉米，掰一个丢一个。而范增老成持重，主张项羽从长计议，统筹进行战略部署。项羽与范增不可避免地会经常发生冲突，两人间的嫌隙也就日积月累，越积越重。

陈平在项羽军中日久，深知其中机巧，他为刘邦出的计策不过是压垮范增这匹老骆驼的最后一根稻草而已。但陈平是不会向刘邦亮出这些底牌的，否则陈平的计策在刘邦心目中的价值就会大打折扣，陈平在刘邦集团中的职业发展也将缺乏上升力。

范增见项羽不肯采纳自己的意见，并对自己起了疑心，愤怒之下决定离开项羽前线大营回家养老。其实范增也是为了避祸，他十分清楚目前情况变幻不定，而且项羽情绪不稳，杀身之祸随时都有可能从天而降。由于范增年事已高，身体免疫力和活力都很弱，连气带累地回到彭城后，范增背上生疮，毒气攻心病死了。

虽然范增死了，但是项羽对刘邦的围困并没有解除，刘邦眼看已经无法坚守下去，在手下大将纪信的动员下，使出了一个滑稽异常、残忍异常的伎俩。

刘邦派出两千女子冒充汉军，纪信乘黄罗伞盖大车冒充刘邦，这支队伍浩浩荡荡地出了东门，楚军以为刘邦要突围，就派出重兵一拥而上，一顿狂砍乱杀，可怜了这些女子，顿时香消玉殒，遍地残肢断臂、血河肉泥。纪信被项羽生擒，浑身浇满蜡油，绑在旗杆上点着烧死了。刘邦趁机带着十来个人从西门冲逃出去，跑向成皋。留下守卫荥阳的大将周苛、枞公经过浴血奋战，终于不敌项羽，城破被俘。项羽爱惜周苛的勇猛，打算招降他，并封给他上将军的职务，这可是项羽本人做过的军职啊，不仅如此，还食邑三万户。岂料周苛破口大骂，拒绝投降。项羽恼羞成怒把周苛扔在油锅里烹杀，枞公枭首示众。荥阳之战，刘邦损失惨重，折兵几十万，失去好几员大将。

继而是成皋之败。刘邦败出荥阳，向南逃跑，半路上遇到来投奔的九江王英布，与英布会合后进入成皋，坚壁不出。各位要问，英布不是项羽的主力大将吗？怎么投靠了刘邦呢？世间颠扑不破的真理是“苍蝇不叮无缝的蛋”，英布自从当上九江王后骄傲情绪日益高涨，开始对项羽不再言听计从。刘邦捕捉到了这个珍贵的信息，就派出了能言善辩的随何前去离间英布。英布这小子头脑简单，被随何忽悠得自我膨胀，更加不把项羽放在眼里。英布的过火最终惹恼了项羽，项羽将英布家小杀死，逼得英布走投无路，只好来依靠刘邦。

项羽得知刘邦跑到了成皋，马不停蹄，率大军掩杀过来，把成皋围了个水泄不通，日夜轮番攻城。刘邦见成皋危如累卵，危在旦夕，马上故伎重演——伺机逃跑，这次又是那位大车把式夏侯婴驾车拉着刘邦从成皋北门逃走。刘邦一跑，没有人再恋战了，纷纷四散撤离。

这两次会战，彻底击溃了刘邦，也动摇了军心，使汉军蒙上了一层阴影，对楚军产生了畏惧情绪，并且弥漫开来，严重影响了斗志。

第二方面是关中天灾，百姓厌战。

刘邦从彭城败回来的时候，关中遇到严重旱灾，颗粒无收，老百姓逃荒于路，易子相食，根本就无法征缴军粮。此时还有豪强放高贷，囤积居奇，趁火打劫，发国难财。刘邦无奈，只得打发关中老百姓到蜀川去找吃的，命萧何赈济灾民。刘邦总打败仗，兵力损失大半，兵源十分紧张，征兵政策也很严苛，老百姓纷纷逃亡，抗拒征兵。刘邦觉得民心第一重要，此时天灾人祸、兵连祸结，只得暂缓征伐，以免激起民变。

第三方面是内部新旧派系出现裂痕，刘邦集团处于内忧外患之中。

在战事吃紧的时候，刘邦集团整合吸纳了很多新力量，短时间内难以融合，新旧派系之间存在明争暗斗、互相猜忌的现象，特别是刘邦嫡系排挤新生力量。例如，坚壁荥阳期间，为了装备训练骑兵，刘邦请有经验的秦朝降将李必、骆甲主办操练，但是这两人很清楚自己的地位，生怕汉军不服，推脱再三不敢接这个任务，刘邦最后只好安排灌婴为统领，让李必和骆甲为副手，协助灌婴训练骑兵。在灌婴的主持下，这支骑射队伍才在秦降将主持下组建起来，并很快训练编成，投入战斗，给项羽造成了不小的威胁，一度使楚军难以前进半步。

再就是对陈平的怀疑，以周勃、灌婴为代表的刘邦旧势力看不起陈平，认为他只不过是个靠嘴皮子骗饭吃的，历史纪录又不佳，就在刘邦跟前屡次攻击陈平。连以老实敦厚著称的周勃都带头儿诋毁陈平，这迫使刘邦对陈平的态度也动摇了，既怀疑陈平的才能，也怀疑陈平的可靠度。

刘邦向保荐人魏无知质询过，魏无知使了个软钉子把刘邦顶了回来，魏无知说：“我给您保举的是平天下的奇谋之才，怎么能拿那些小节记录来考量人呢？如果我给您推荐一个千古著名的大孝子、大老实人，那对于您争霸天下又有什么用呢？”

刘邦不死心，又直接质问陈平，陈平嘴皮子油滑，说：“大王，我陈平来投靠汉王是想建功立业，出谋划策，以前魏咎、项羽愚昧，听不进去我的建议。我不是贪恋大王给我的小恩小惠，我向大王保证，如果不能有所建树，请杀我的头。”

话虽这么说，但是环境对陈平很不利，于是陈平主动请缨，要用连环离间计破坏项羽阵营的团结，刘邦答应了陈平的要求，资助他万两黄金，派他去东部游说，做宣传瓦解工作。离开汉营这个大旋涡后，陈平在东部频频活动，其高超的分化技术很到位，连续使范增、钟离昧失去项羽的信任，陈平也因此才逐步在汉军中占有了一席之地。

留守荥阳时，周苛与枞公擅自杀害先是逃离后又投降刘邦的魏豹，也说明旧派势力与新派势力之间缺乏信任，并且一旦处于微妙的环境下，这些矛盾很可能会激发、激化、激变。所以在此期间，韩信没有多少故事也就可以理解了，当上了大将军，首战而定三秦，又能在汉王最需要的时候，收拾败亡军队输送给汉王，韩信的威望已经初步确立，再主动做大的表现会让旧势力更加眼红。那次与刘邦“善战善败论”的谈话之后，韩信就感到有些后悔，明摆着刘邦不仅没有能力打胜仗，甚至没有资格打败仗，这对于敏感而多疑的刘邦而言肯定会留下永久的刺激与伤害。

韩信更加低调了，他需要保持自己适度的名气，因为他也是个新人，很容易受到中伤，对于韩信来说，低调是获取机会的最佳策略。刘邦也有意识地压制韩信，以在新旧势力之间保持微妙的平衡，避免留下喜新厌旧的口实。

第四方面是脆弱的联盟，诸侯各怀鬼胎。

世上没有永远的友谊，只有永恒的利益。在刘邦占据优势上风的时候，诸侯就来依附，但当项羽大军掩杀过来的时候，各路诸侯见势不妙，纷纷易帜，跑的跑，反的反，观望的观望，首鼠两端。这对于刘邦的力量无论是在形式上还是实质上都造成了不小的打击和削弱，如何牵制整合诸侯力量，既包括身边的张耳，也包括远地的田横、彭越等，令刘邦十分费神。

第五方面是出路之争日益尖锐，政治纲领浮出水面。

在刘邦出关东征后，他在很长时间内并没有提出超越诸侯的政治主张，缺乏强有力的凝聚力和号召力，尽管借助为义帝发丧的名义征伐项羽，但是这种理由的作用是短暂的，是缺乏生命力的。义帝本身就是不咸不淡的傀儡，没有多少人对他感兴趣。在政治上，刘邦还没有找到号令天下的办法。在军事上接连失利的局面下，如何自保成了当务之急。有的人主张继续打下去，在刘邦获得韩信的有生力量后，军势复振，又盘算着攻打项羽；以郎中郑忠为代表的保守派劝说住了刘邦，并建议深挖沟，高筑墙，兴修防御工事，坚壁不出，不与项羽直接硬碰硬，而是与对方打消耗战。还有纵横派主张合纵连横制约项羽，以刘邦手下的一位袁先生为代表，向刘邦建议先将战线向东稍微推进，谋求与项羽在荥阳以东相持，把战火烧到楚军地盘上去，并派人帮助彭越侵扰项羽后方，派韩信从北边攻击燕赵等诸侯，以此牵制项羽。遗老派则主张分封诸侯，以老儒生郦食其为代表向刘邦建议，让刘邦学习汤武，分封原来六国的后代为诸侯，使他们各自有一个地盘，他们必定能够对刘邦感恩戴德，上下教化，拥戴汉王，那时候，汉王是天下共主，项羽也必定能够来俯首称臣。

各种派系各唱各的调，这里面最有见识的还是张良。张良见刘邦的时候，刘邦正在吃饭，张良逐条驳斥了郦食其及其他人的观点："以前汤王之所以分封了桀的后代，是因为汤王能够置桀于死地，将危险掌控于己手，大王您现在能够制项羽于死命吗？"

刘邦脑袋一垂说："不能。"

"这是其一。武王伐纣，而分封纣王后代于宋地，是因为武王已经能够杀死纣王，您现在能够杀死项羽吗？"

"不能。"

"这是其二。武王占领殷商的国土后，能够表彰贤人，释放箕子，拜祭比干的坟墓，您现在能拜祭圣人的坟墓，表彰贤达吗？"

"不能。"

“这是其三。汤武都能散资财赈济天下穷人，您现在能够把府库的钱粮拿来救济天下苍生吗?”

“不能，我也没那么多钱。”

“这是其四。武王平定商纣之后，偃武修文，您这时候能坐下来修文教化吗?”

“不能。”

“这是其五。马放南山，掩兵息战，您现在能够刀枪入库，和平过日子吗?”

“不能。”

“这是其六。您能够不征集粮草，以示天下不复用兵吗?”

“不能。”

“这是其七。况且天下才俊、高人侠客、亲戚朋友，背井离乡，提着脑袋跟着您东征西讨，为的就是能够求富贵，得分封土地，您如果把天下土地都分封给六国后代，那这些功臣将士将四散离去，各奔其主，您还怎么能够争霸天下啊！这是不可行之第八。更何况，楚国本来就强大，你分封六国之后，项羽也可以分封啊，看谁封得多，封得狠。到时候谁还来向您称臣啊?”

刘邦一听，扔下筷子，把饭吐在地上，拍着大腿大骂：“臭儒生，差点坏了我的大事。”

第六方面是主帅之争，谜影重重。

刘邦手下文韬武略之人已经不少，而且在知识和能力结构上应该说是相当合理的，几乎是天下最优班底组合，那为什么刘邦总是挂帅亲征呢？为什么优秀人物并没有独当一面呢？这里有一个核心的问题——政治安全。

前面已经分析过了，这个时期的刘邦集团其实是危机四伏的，内忧外患交织存在，而且很有可能互相转化，互相激化，甚至瞬间分崩离析。刘邦此时最担心的是政治安全，自己并没有如项羽那样强大的嫡系军队，对各派系缺乏有效的威慑与整合；刘邦对谁都不是很放心，不适宜将指挥军队作战的权力分授下去。即使被倚重为股肱的萧何，在后方操心受累的同时还主动把儿子送到军前当人质，刘邦的政治心态可见一斑。不仅如此，刘邦必须亲自统领大军才能够把持住局面，勉强纠集诸侯力量，每次虽然号称几十万大军，真正能吃苦、能战斗的寥寥无几。所以在荥阳以东的楚、汉相持战中，大部分时间还是刘邦在直接指挥作战，三军主帅一直是刘邦。由此也不难理解韩信被搁置一边的原因了。

再就是刘邦自己立功立威心切，毕竟刘邦还缺乏全局性的军事威信，需要通过大仗硬仗确立巩固自己的统帅地位。但事与愿违，刘邦越是急于建立自己的军事威信，越是打败仗。再有一种可能性是韩信虽能号令汉军，但对于诸侯盟军却缺乏威信，只有刘邦出面才能威慑诸侯，一体作战。刘邦出关伊始胜利来得太快，进军过于草率，从胜利到失败前后不过两三个月的时间，来不及分配给各位高级将领独当一面的重任。汉军缺乏优秀统帅的真正原因很可能是这些因素的综合起来的结果。

通过磕磕绊绊的战争经历、林林总总的方略建议、纷纷扰扰的内外矛盾，刘邦在充分听取了各方面的意见主张后，权衡自己的力量和天下的局势，最终做出了一个统领全局的战略决策。总的政治目标是，带领大家共同奋斗，一统天下。战略部署是，避敌锋芒，连横瓦解，两线作战。具体策略是，在南线坚壁清野，固守关中，拒项羽于武关之外，稳定自己根据地的大后方。在东面利用田横、彭越、英布等与项羽的矛盾，联合他们侵扰项羽，掩垮他。在北线命令韩信征讨魏、代、赵、燕等诸侯，开辟新战场，侧翼包抄楚国。从这些事情上也可以看出刘邦善于且能够听取不同的声音，由此集思广益，做出最佳、最可行、风险最低的选择。同时刘邦还善于平衡、调动、掌控各派政治力量，使他们围绕自己的目标发挥能动性，把内耗减到最低，把离散的可能性降到最低。这就是刘邦非项羽所能及。

当争霸天下的战略布局勾画成型之后，终于将韩信拜将时筹划的取关东大战略做出了具体有效的安排。刘邦也不得不把韩信推到聚光灯下。因为刘邦知道自己所要的是天下，而不是一两场亲自指挥的胜仗，况且一次次征战的失败事实残酷地粉碎了刘邦军事领袖的梦想。刘邦开始退居二线，自己居中调度，与项羽周旋相持，凭借要塞固守关中，军事上的正面作战任务就委派给了具有将帅之才的专业人士，而韩信就是首选。

此时，韩信在军队中的威信也在与日俱增，呼声越来越高，已经成为公认的能够抗衡项羽的主力人物。极力推崇韩信的人不少，除了原来的萧何、夏侯婴之外，此时，张良等人也极力主张让韩信统兵出征，韩信终于摆脱了幕僚佐助的角色阴影，走到了历史舞台的中心。

韩信专征地位的确立和争霸关东战略部署的明朗，终于遏制了刘邦被动挨打、连吃败仗的颓势，使楚汉战争的走向发生了转换，逐步开启了汉军主动进取的局面。

十、我这边干得热火朝天，老板那边却处处挨打

韩信仗剑出征了，以独立的形象承担起了主要战线的征伐重任，以刘邦所能提供的微薄家底儿承担起了严重不成比例的军事重任。出陈仓、定三秦只是牛刀小试，韩信之名未曾彰显于诸侯，充其量只是收服了樊哙这样的草莽战将，不过这也让刘邦意识到了韩信的巨大潜力。韩信的凌厉攻势、诡异行踪，韩信的纵横捭阖，如横空出世一般，投向了不可一世的诸侯，从此他们真正的噩梦开始了。

韩信的第一战，便是突袭蒲坂掳魏豹。

前面说到，刘邦败走彭城之后，一败再败，如山崩水泄一般的残局难以收拾。定三秦时投降的司马欣、董翳转头又降了项羽，魏豹也以探望父母病情为由，跑回封地不出来了。无论刘邦怎么邀请，这小子打定主意、铁了心就是不帮衬刘邦。无奈，刘邦派出了自己手下第一铁嘴说客郦食其前往游说魏豹。刘邦太需要人了，哪怕是形式上的帮手也可以起到狐假虎威的效果，所以刘邦想尽一切办法要重新拉拢魏豹，魏豹也是刘邦有可能争取的不多的对象之一，其他大部分人都跟着项羽吃香的喝辣的、耀武扬威呢。

此时的天气已入深秋，外面寒风乍起，枯黄的树叶胡乱地飞舞，魏豹宫殿中央有一个大铜炉，里面炭火红彤彤地忽明忽暗，烤得屋里暖融融的。魏豹跑回来已经三个多月，兵败彭城的憔悴已经消退，肥厚圆阔的脸庞闪着油光。魏豹懒洋洋地斜靠在床上，眯缝着不大的眼睛，手里把玩着一块玉佩，静静地听郦食其在那儿口若悬河。郦食其

与魏豹不是很熟，但这并不妨碍郦食其对魏豹发起的心理攻势，对于郦食其来说，天下没有熟不熟的人，只有在不在乎利益的人。郦食其对魏豹晓以大义，明以利害，陈以得失，威以甲兵，从多角度多层面向魏豹陈明利害，老脸上每一道皱褶都兴奋地跳跃着，干枯的手指在半空中比画着。魏豹也不打断他，只是偶尔变换调整一下姿势。郦食其以为自己的话打动了魏豹，兴奋冲淡了疲劳，把身子朝魏豹移了移，就差上去拉魏豹白皙肥润的手了。

大约一个时辰过去了，时近中午，魏豹看了看身侧的漏壶，伸了个懒腰，用手揉了揉太阳穴，对郦食其说："老夫子，你远道而来，为汉王不辞辛劳，为魏豹百般着想，纵论天下一上午，也累了。为示诚意，我已安排人设宴招待老夫子，我们共饮几杯。"

郦食其见魏豹示好，以为大功告成，就颤巍巍地欣然入席。

魏豹与郦食其推杯换盏，言欢畅饮，席间郦食其频频举杯，已经牙齿残缺的嘴巴既忙着说话，也忙着喝酒吃菜。宴罢，郦食其对魏豹说："魏王，我身负王命，不敢耽搁，打算马上启程回荥阳去向汉王复命，不知魏王何时出征协助汉王？"

魏豹故作惊讶地说："出征？不，老夫子你看我现在生活无忧无虑，已经知足了，不打算再打打杀杀。"

郦食其一听这话愣了，费了半天的力气，魏豹居然没有听进去半句，差点让这魏胖子给糊弄打发了，郦食其并不死心，追加一句："汉王可正在对魏王翘首以盼呢。"

魏豹用手摸了摸自己浑圆的下巴，歪着头说："唉，老夫子，我实话对你说了吧，汉王对人傲慢无礼，对待大将诸侯如同小孩子一般，随意呼来喝去。你说我也都是快要做爷爷的人了，一把年纪，况且大小也是个诸侯王，总被汉王训得灰头土脸的，滋味儿不好受啊。我真是不愿意见他了。"

尽管魏豹只是找了个借口回绝了郦食其，但也可见刘邦这种山大王、黑老大的作风对魏豹等人伤害之深，在刘邦手底下做事大气不敢出，随时会失去自尊，谁愿意天天面对这样的老板呢？郦食其绝望了，只好闷声告辞，垂头丧气地回来跟刘邦复命。

郦食其自出山以来，仅凭三寸不烂之舌不知取得了多少次成功，没想到这次栽在了魏豹这个老滑头手上，郦食其越想越感到羞恼。更羞更恼的是刘邦，刘邦此时如果收不服魏豹，很可能会引发连锁反应，其他诸侯将更难辖制争取。招抚不成，只好硬取。刘邦自己抽不开身，遍观身侧，可用者只有韩信。于是，汉三年八月，刘邦封韩信为左丞相，率灌婴、曹参出征魏豹。

在出征之前，必要的情报准备不可少。在那个交通与通讯都不发达的时代，那些足智多谋的人士掌握信息的能力的确有一套。

“魏的大将是谁?”

“是柏直。”刘邦抬起头轻松地说：“柏直只是个乳臭未干的年轻人，哪里是韩信的对手。那骑兵的主将是谁?”

“是冯敬。”

“冯敬是原来秦朝故将冯无择的儿子，冯敬虽然有贤德之名，但不是灌婴的对手。那步兵的主将是谁?”

“是项佗。”

“项佗不是曹参的对手. 如此看来我不用担心了。”

韩信也对敌人的情况进行了了解，只是与刘邦略有区别，韩信仅仅向郦食其询问了魏军主帅的姓名：“魏没有用周叔做主将吗?”

郦食其答道：“没有，只是让少帅柏直出征。”

听说是柏直后，韩信蔑视地说了句：“竖子尔!”看来韩信是对一个名叫周叔的人比较重视的。

这就是韩信与刘邦的区别，刘邦关心的是常规对垒的要素，考虑兵对兵、将对将，而韩信深知“一将无谋累死千军”的道理，大军的决策全操控在主将手中，其他人无论有什么本事都要以主将划定的范围作为发挥的先决条件。

韩信在出征之前还做了一件事，命人制作了几十个大木瓮，每个木瓮高约丈余，直径约丈余。韩信命人用车拉着这些大瓮叽里咕噜地跟随大军出发。

灌婴、曹参不明白韩信是何用意，就问韩信：“将军，我们拉着这些大瓮干什么?”

韩信说：“装菜。”

装菜？灌婴等人更糊涂了，韩信只是笑而不答。

以当时刘邦的总兵力和后来韩信请兵攻略赵、燕的情况推测，这次刘邦派给韩信的兵力不会超过两万人，刘邦手上也的确没有多少军队了。

魏豹得知刘邦派人来攻，也知道肯定是自己把刘邦惹急了。但魏豹并不怕刘邦，他随刘邦东征，一路上已经见识了刘邦的战斗力，不过是纸糊的老虎，虚张声势而已。兔子急了也咬人，既然打到家门上来了，魏豹也不怠慢，倾数倍于韩信的兵力，以柏直为主将全部屯扎在蒲坂，目的是守卫黄河天险临晋关（汉武帝改称蒲津关，其后或简称蒲关），守住这一要塞，汉军就难以进犯魏境。临晋关在历朝历代都是兵家必争之地，后世的后周围齐晋州，南宋初金人突窥关中，明徐达平关中，都是强渡蒲津关也即临晋关，唐玄宗还专门写过过蒲津关的诗。关隘前临大河，背靠险山，地势险固，易守难攻，城门离河岸不过七八丈的距离，几乎无法在关前列阵。

韩信到达黄河岸边的时候，柏直早已严阵以待，韩信指挥军队在临晋关对面河边安营扎寨，埋锅造饭，并派哨探下水试探水深流速，漂流几艘木筏张帆向对岸做渡河姿态，这一切被对岸的柏直看得清清楚楚。柏直少年得志，年轻气盛，欲借此机会建立奇功，把汉军消灭于黄河，击沉于水中。柏直命人做了充分准备，弓箭及远距离射程的强弓硬弩，油脂、滚石摆满了城头，只要汉军船只驶向河面，就放出火箭烧杀，即便侥幸渡过河来，也难以在城下立足，滚木礌石定将汉军毙命于城脚。

站在柏直身边的副将冯敬对柏直说："将军，听说刘邦暗度陈仓定三秦之计就是韩信出的，我们不可不防，我们不必把力量都集中在临晋关内，最好能分出一支人马做外围接应。"

柏直摇摇头，说道："韩信率军远道来袭，兵力不足，粮草不济，与我军不可持久，他必欲求战，这正合我意。况且韩信已经在积极准备渡河，现在不宜分散兵力。冯将军放心，我等坚守临晋关，定当全力以赴，一战全歼汉军。"冯敬悻悻地不再言语了。

白天，韩信让一千士兵分成两拨，一拨在河里布置战船木筏，遍张旗帜桅帆，跃跃欲试，摆出即将要渡河的架势。另一拨人由曹参率领，骑着马举着旗子拖着树枝在岸上来回狂奔，并击鼓呐喊，命令他们折腾得越乱越好。而自己在当天夜里率领主力军沿河向下，拂晓之前来到临晋关下游的一个小渡口，这个小渡口平时只是打鱼、砍柴人用的，很多人都不知道它的名字，其实这个小渡口还真有名字，名叫夏阳渡口。韩信命人将事先准备好的大木瓮放入河中，令军兵拉着军马仗械进入大瓮，顺着河流和风向漂流渡河。大木瓮隐蔽性极好，不似船只目标明显，况且这种突袭作战也来不及大规模征调船只。大木瓮往返三趟，在太阳升起之前全部汉军已经悉数渡过黄河，杀奔魏国都城安邑（今山西省夏县）。这时候的灌婴等人才恍然大悟，原来韩将军早已做好渡河奇袭的安排，这大木瓮就是战船啊！

汉军一路急行军杀到安邑城下的时候，魏豹刚刚起床洗漱完毕，询问临晋关前线的战况如何，探马报告说："汉军正在准备渡河，柏直将军已经做了充分的准备。”魏豹满意地点点头，这时候文臣武将之中有个人脸上掠过一丝冷笑，并摇摇头，发出了轻微的叹息声，这个人是大夫周叔。

魏豹问周叔：“你为何摇头？”

“临晋关虽然据天险，可是黄河千里之长，关口何止一个？但愿柏直能够遇上韩信。”

魏豹一时还没弄明白，忽然有探马急匆匆地跑进来报告：“启禀魏王，韩信已经兵临城下！”

魏豹腾地跳起来，大声嚷道：“再说一遍！”

探马重复回答：“韩信已在攻我都城！”

魏豹这才明白了周叔刚才话语的意思，话不多说，也没工夫再啰唆了，魏豹马上披挂整齐，点齐城内军队，冲出城门列队迎战。魏豹此时又犯了一个错误，他不应该冲出城去主动迎战，而应该坚守城池，等待柏直援军，一国的都城哪会那么容易被攻破，只要闭城自守，就能争取到时间，时间越长对韩信越不利。但是，魏豹被突如其来的汉军冲昏了头，冲出城来之后，还没有来得及列队，灌婴率骑兵直接冲杀过来，只一个回合就把魏豹的军队冲得七零八落。汉军见魏军之中魏豹的衣冠显著，猜到这人一定是个大人物，就争先恐后地把魏豹团团包围，把魏豹弄了个人仰马翻，魏豹肥重的身躯扑通一声跌落在地，汉军士兵过来七手八脚地将魏豹生擒活捉了。

安邑城几乎是不战而破，消息传到临晋关，临晋关一度大乱，柏直和冯敬等人率队向曹参投降。韩信以声东击西的战术，出奇兵击败魏豹，将魏豹擒拿到刘邦面前，此时的魏豹才知道刘邦的厉害，才知道刘邦营中还有韩信这号人物。别无他路，魏豹只好又一次投降了刘邦，刘邦正在用人之际，也不为难魏豹。但在刘邦弃逃荥阳时，留下周苛、枞公、魏豹、韩王信守城，周苛、枞公不相信魏豹的反复无常，担心变生肘腋，就擅自做主把魏豹杀了，一了百了，可怜这位魏王，没过几天好日子，就这么窝窝囊囊地死了。

韩信蒲坂之战，奇袭安邑，活捉魏豹，捷报立即飞遍汉军，为屡遭败绩的汉军无疑注射了一剂强心针。韩信带来的不仅是精神上的力量，还有几万投降的魏军，刘邦马上将这些降军分部安置，于是汉军声势复振。韩信的威名也如电光石火般在诸侯各国传播开来。

刘邦自从新的东部攻取战略成型之后，在统军打仗方面主动调整了方式方法。在张良等人的动员下，刘邦派出大将韩信北边略地，自己则固守荥阳、成皋一线，与项羽周旋对垒。大家不禁要问，刘邦既然意识到自己不善于指挥军队作战，那为什么不把韩信派上主战场与项羽一较高下呢？这个问题需要从多角度综合判断。正如前文分析的那样，刘邦争霸东部的战略步骤不是一两个人的主意，而是集体的智慧与判断，也是楚汉力量对比的选择。此时楚军的强大如日中天，楚霸王项羽锐不可当，即便把韩信派到正面直接对垒项羽，韩信的胜算也很小，况且包括韩信自己在内的刘邦集团认为此时的楚军不可正面交锋，只有采取迂回战术才是出路。从这个意义上说，韩信向北略地已经为汉军新开辟了一个主战场。刘邦起到的是保卫后方根据地的作用，当然刘邦固守的效果不太理想，只是在东部齐国、彭越、南部英布的牵制下，才勉强守住防线。

韩信破魏之后，汉王刘邦信心大增，进取的节奏又加快了。在队伍休整一个多月之后，刘邦派遣韩信继续向北攻取赵、代、燕等诸侯国。

“韩将军，这次命你北征，我素闻赵兵善骑射，骁勇强悍，不知将军你有何破敌良策？”

“臣不知，所谓临机应变，现在我还不清楚如何破敌。”

刘邦心想：你小子还跟我卖关子，上次你事先做了几个大瓮，不是已经胜算在胸了吗？刘邦又问："韩将军，既然如此，那你这次需要多少人马？"

"多多益善。"

刘邦又想，这次你倒是不卖关子了，狮子大开口，你把人马都带走了，我这里怎么办？想到这里，刘邦咬咬牙，说："韩将军，我这里正面阻挡项羽锋锐，压力很大，难以分出太多的人马给你，你看三万人怎么样？"刘邦之所以咬咬牙，是因为三万人实在太少，这也是刘邦在确保后方安全的前提下所能给予的最大支持。

没想到韩信稍作沉吟后就很痛快地答应了，但韩信接着说："不过，大王，我请张耳和我一起去，张耳熟悉北边情形。"刘邦说："好吧。"

韩信率领三万人出征北地。

张耳虽然投靠了刘邦，但毕竟是诸侯王，位在韩信之上，按常理，韩信带着他行军打仗，号令节制会多有不便。其实，韩信之所以要求张耳随军，自有韩信的打算，张耳本来与陈馀是铁哥们儿，乃刎颈之交，贫贱之谊，可是后来数度闹翻，反目成仇，两人已是势不两立。韩信这次带上张耳是激发、利用张耳的复仇之心，况且张耳还带了不少的人马，这些人也是人人义愤，必欲夺回家园。另外，张耳乃赵代旧人，熟悉此地的地理风俗，性情较宽厚，在赵国故地还有一定政治上的号召力。

韩信征讨赵国，并没有直接攻打赵国，而是首先选择了赵国的附庸国代国。韩信深知陈馀在诸侯中甚有威名，赵国藏龙卧虎，能臣武将不少，而且自己这区区三万人还不是精锐之师，盲目攻赵无异于以肥羊投之于虎狼。所以只可智取，不可强攻。

代国目前的领导人是夏说，他是代国的相国，代国之主是陈馀。在陈胜、吴广时期，陈馀也是折冲樽俎、纵横驰骋、响当当的人物，当初陈馀打跑了张耳，把赵王歇从代迎接回赵国，赵王歇很感激陈馀，就把代地封给了陈馀。出人意料的是，陈馀志向远大也见识非凡，他知道这位赵王爷不是争霸诸侯的料儿，决定自己只挂个代王之名，不去封地任职，而是留下来辅佐赵王，派相国夏说去代地，代替陈馀治理国家。陈馀得知韩信来攻打赵国，马上调兵遣将，安排布置。可万万没想到韩信舍近求远，先北伐代国，夏说哪里是韩信的对手，三招两下就被韩信打散了，夏说做了汉军俘虏。韩信以迅雷不及掩耳之势把代国歼灭，这对陈馀是个不小的打击，那毕竟是陈馀的封地啊！

刘邦收到韩信从前线传来的捷报，大喜过望，虽然代国不大，但对于刘邦来说其意义不可低估，刘邦马上下令犒赏随韩信出征的将士。可犒赏归犒赏，刘邦下手一点都不软，刘邦对韩信说："韩将军，荥阳之战，周苛、枞公他们都战死了，损失了不少军队，你这里都是身经百战、战无不胜的生力军，就调一部分人马来协助我作战吧！"韩信心里一百个不乐意，自己大战在即，后面不知道有多少硬骨头要啃，急需要人手和力量，可现在汉王也十分吃紧，权衡轻重之后，韩信只好答应分给刘邦两万人马。

刘邦为了尽快减轻自己这边的楚军压力，命令韩信趁热打铁，乘胜攻击赵国，同时牵制楚军。韩信哪里还有兵马？这不是"只让马儿跑，不给马吃草"吗？韩信只有招募散落败亡的汉军及诸侯军，加上原来的一些人马，拼凑了三四万甲胄不全的队伍，这些人是乌合之众，与流民没多大区别。

张耳、灌婴等人都忐忑不安地问韩信："大将军，我们带着这样一支队伍，如何作战？无异于绵羊迎恶狼啊！"

韩信深沉地回答："汉王委我等以重任，这是对我们的信任，我们当勠力前行。"

汉三年十月韩信率军向东出征赵国。攻赵的必经之路是井陉，井陉乃太行山的八陉之一。井陉山内有一条不宽的路，蜿蜒曲折出来后抵达河边，对面河东乃赵之井陉关，独当要冲，可谓一夫当关万夫莫开。如果井陉关失守，赵国就近乎裸露在汉军面前，所以此地乃攻守双方必争之地。几百年来，井陉关的城墙几乎是用历次战斗中的白骨堆积起来的，坚不可摧。赵国在战国时期是战斗力最强的军队，至此遗风犹在，军制以骑射为主，装备以弓箭长矛为主，将士身披轻便铠甲，短袖窄襟，作战迅猛，杀伤力极强。陈馀与赵歇非常重视井陉一战，知道这一战的胜负意味着什么。陈馀亲自率领二十万大军，而且是训练有素的赵军，屯扎在天下名关井陉关。

时值隆冬寒岁，猎猎北风从北方高原吹来，掠过城头角楼发出嗖嗖的呼声，挑檐上的铜铃在风中激荡，赵国军旗及陈馀的帅旗在城墙上招展飞舞。井陉关城池不算小，历经征伐，城墙及防御工事屡屡加固，已经到了固若金汤的程度，城墙高十丈有余，飞鸟掠过都很困难，墙厚约有一丈，甬道可以驰马。陈馀身形中等，面白如玉，是一位儒将，很有风度，也很有情调，素以多谋持重见称。当此雄关俯瞰，群山苍莽，河水如带，陈馀不禁心潮激荡，豪情顿生。二十万精锐之师在城内沸腾，只待陈馀一声令下，城门洞开，赵军将如开闸奔泻的洪水一般冲出城去，将汉军吞没。

有探马向陈馀来报，说汉军已经进入井陉山路。陈馀知道韩信来了，他甚至盼着韩信来。陈馀早就听闻了韩信的战绩，很想见识见识这位比自己出道晚好几年、声望却蒸蒸日上的年轻人。韩信的到来令陈馀感到兴奋，认为只有像韩信的这样的人才值得对垒决战，与韩信一战才能发挥他的才智勇武。陈馀马上召开战前会议，研究细化对敌策略。

赵军名将李左车说："韩信、张耳刚刚连续打败魏国、代国，乘胜而来，锐气十足，士气高涨，不可逆其锋硬拼。汉军千里迢迢运输粮食，接济不上的情况时有发生，远路伐柴烧炭，部队伙食肯定没有保障。井陉的山路细窄蜿蜒，车辆难以摆开行驶，骑兵难以列队前进，这样行军队列会拉得很长，绵延上百里，粮食辎重必定甩在队尾。请大帅给我三万人马，出奇兵从小道包抄汉军的后备军需，大帅您坚守城池不和汉军战斗。这样的话，汉军向前无法战斗，后撤又不能回军，深山荒野更劫掠不到食物，不超过十天，汉军必定大乱，不战自溃，我军趁机掩杀，擒杀韩信和张耳将如探囊取物。”客观地说，李左车的策略正中汉军要害，也是韩信所担心的，所以韩信行军比较缓慢，派出的探马一拨又一拨地侦查赵军动向。

陈馀捻着胡须，听完李左车的陈述，点了点头，说：“李将军所言有些道理，不过，我们的原则向来是人不犯我我不犯人，现在刘邦欺人太甚，打到我们家门口了，所谓邪不压正，我们以保家卫国的正义之师对抗侵略之敌，必能同仇敌忾，一举打败汉军。况且汉军劳师袭远，到达城下时已经疲惫不堪。兵法上说，我十倍于敌军可以将其包围歼灭，如果我两倍于敌军，就可以一决胜负。现在我军数倍于汉军，优势明显，如果不能痛击汉军，将会受天下人耻笑，令诸侯轻视耻笑。被小看的结果将会很严重，谁都有可能欺负我们，谁都能随意攻打我们，那我们赵国的生存环境将会十分恶劣，以后遇到更强大的敌人怎么办？我们是正义之师，不必用诡诈之策，直接击之即可。”众将也附和陈馀，认为赵军占有巨大优势，以逸待劳应为上策，也是稳妥之策。

其实，陈馀决意稳扎稳打的原因还有一个：井陉关只有一个，不比蒲津关，汉军即使想绕也绕不过去，想从天上飞、地底钻，简直是痴心妄想。如果主动出城派人去偷袭韩信，反倒有可能落入韩信的圈套。

韩信派出的间谍、探马为韩信送来最新消息："报告将军，陈馀决意坚壁据守，没有采纳李左车偷袭的意见。"韩信一听大喜，一颗悬着的心终于放到肚子里，于是命令军队迅速行动，沿井陉山路赶赴井陉关。在离井陉山口三十里的地方，韩信命令停止前进，就地安营下寨，今夜好好休息，明天攻打井陉关。

第二天一早，果然如陈馀所料，韩信派出一万多人马开始渡河，过河之后在河边背水列阵。这一切被高立城头的陈馀等赵军看得清清楚楚，有的将领向陈馀建议："将军，军半渡可击，我们出城杀过去吧。"

陈馀微微一笑说："不急，现在才过来一万人，至少还有一万人没有过来，而且汉军主将韩信的大帅旗还没有看到，说明主力中军还没渡河，等他们都过来，我们全力掩杀，汉军背后临河，不能撤退，我们一举必能剿灭之！"事情似乎在按照陈馀的判断发展，汉军又过来约一万人，但这一万人没有上岸，而是靠岸边在船上列阵。

此时，汉军早先渡河的队列中突然竖起了汉军旗帜及韩信大纛旗，旗幡绣带迎风飘扬开来，开始有汉军士卒击鼓骂阵，骂陈馀和赵军是缩头乌龟，躲在龟壳里不敢出来。这时候陈馀见汉军主力已经过河，赵军众将也早已按捺不住，纷纷要求杀出城去。于是陈馀下令："众将听令，现在韩信、张耳已经过河，我们必须倾全部兵力掩杀，要在最短的时间内冲垮汉军，能杀则杀，不能杀也要把汉军赶到河里淹死、冻死！"随着陈馀一声令下，井陉关城门大开，赵军蜂拥冲出，直奔汉军杀来。

一场血战爆发了。二十多万人在井陉关前的旷野上混战厮杀，可怜两万汉军如几粒蚕豆淹没在如潮的赵军里，正打得激烈的时候，汉军主帅韩信令旗一摆，汉军立即后撤，向水寨逃去，扔下了一地的锣鼓、帐篷、刀枪器械。赵军尾随紧紧追赶，汉军水寨打开寨门，接应撤退下来的汉军，两股汉军会合在一起，掉转头又与赵军大战起来。这时候在井陉关城里观敌掠阵的赵军也按捺不住了，纷纷冲出来抢掠汉军丢弃的物资。在河边，赵军把汉军数度赶至水中，汉军被冰冷刺骨的河水一冻，马上又被迫奋力反击，把赵军向后逼迫几百米。汉赵大军已经混战，赵军是立功心切，汉军是背水一战，直杀得天昏地暗，日月无光。汉军虽然人少，但意志很顽强，陈馀见一时难以战胜汉军，另外，有些赵军忙着捡战利品，没有按主帅指挥参加战斗，陈馀恐天色将晚有闪失，决定收兵，休整再战，几棒铜锣之后，赵军稍稍后撤，汉军也停止了拼杀。可是陈馀、李左车等人调转马头准备回城时，却发现高高的城头之上，都是鲜红刺目的汉军军旗，陈馀简直不能相信自己的眼睛，这是怎么回事？此时已有士兵大呼，“不好啦，井陉关被汉军占领啦！”这一喊在刚刚静下来的战场上空犹如炸开一个霹雳，赵军军心顿时瓦解，几十万大军四散逃走。陈馀心知中了韩信的计，汉军不可能神不知鬼不觉地占领井陉关！不过陈馀也意识到了这几百面旗子的力量，命令各部稳住阵脚，但即使赵将斩杀了几十名逃兵也震慑不住阵脚已乱的军心。而此时河边的汉军随韩信主帅战车中令旗一摆，如洪水冲进赵军阵中左冲右突，把赵军杀得丢盔卸甲四散奔逃。

此时，站在主帅战车中的韩信命令：“悬赏千金生擒李左车！”

张耳不明所以，问韩信：“丞相，你不捉拿陈馀，为何独要李左车？”

“陈馀乃张王故人，我韩信不便插手，李左车乃智囊名将，我要生擒此人！”

张耳一听韩信这话，自己放心了，率部瞄准陈馀紧咬不放，沿河追出二十多里，直到乱箭射死陈馀，张耳亲手斩陈馀首级而还。

傍晚时分，战役结束，汉军大获全胜，俘获丰盛。韩信率军入城，在帅府升堂议事。这时有人押解李左车来到堂前，大声报告说："将军，我等生擒李左车，特来领赏！"

韩信闻听，立即起身离座，快步下堂，走到李左车近前问道："你是广武君李左车？"

李左车昂首挺立答道："正是本人。"

韩信急忙亲手给李左车松绑，搀扶他坐到上手座位，自己深施一礼，严肃而诚恳地说："淮阴韩信，久仰广武君之名，不想今日在此得见，请您不吝赐教！"

李左车先是微微一惊，继而说道："常言道，败军之将不可言勇，亡国大夫不可图存。我不知道还有什么能指教将军的。"

韩信说："我听说，百里奚在虞国时，虞国败亡，后到了秦国，而秦国却称霸西戎，这不是百里奚向虞国进愚而向秦国进智，关键是百里奚是不是得到了重用，他的意见是否得到了采纳。假如陈馀能够听从您的意见，或许被擒的是我韩信啊！由于陈馀没有采纳您的意见，所以我才有机会击败陈馀，而能够向您讨教。"韩信推心置腹，表达了真心请教的态度，对李左车说，"我打算向北征讨燕国，向东讨伐齐国，怎么做才能够成功呢？"韩信对于有真本事的人具有真诚的敬意，而对于色厉内荏、笨拙鲁莽之徒不屑一顾。例如，韩信羞与绛灌、樊哙同列就是写照，但这也反映了韩信不合群的一面，如果你总瞅着老板的铁哥们儿不顺眼，那些人会怎么样？他们自身没能力把你怎么样，但是他们知道如何影响老板，老板一定有办法把你怎么样。不合群对于大人物来说就意味着政治生态环境存在危机，几乎万事萌发于此。

李左车见韩信如此礼贤下士，就认真地回答韩信："俗话说，智者千虑必有一失，愚者千虑必有一得；狂妄之人胡言乱语，全在圣贤之人明听明断。我的话未必能说得全对，我尽力吧。你看成安君陈馀也是久历战阵，也有百战百胜的万全之策，但一旦失手，结果是军败身死。现在将军你俘虏魏豹，生擒夏说，一战而下井陉，一天时间击破赵国二十万精锐，连下魏、代、赵诸侯国，可以说是名扬海内，威震天下。这是将军你的优势。然而，将军你所率部众已经疲惫之极，基本上失去了连续作战的能力。如果将军带领这样一支毫无斗志的部队去攻打城坚军利的燕国，恐怕旷日持久也不会攻打下来，时间一长，气势受挫，粮草缺乏，小小的燕国久攻不下，那比燕国强大的齐国肯定更加不会屈服。如果燕国、齐国不能臣服，那刘、项两边的力量对比就不会有结果，这是将军的劣势啊！我认为这样是很不划算的，所以说善于用兵的人绝不以己之短击人之长，而应该用己之长击敌之短。”

韩信点点头说：“嗯，您说得很对，那我该怎么办呢？”

李左车说：“现在对于将军你来说，最好的方案是休息整顿，训练士卒，治理好赵国，安顿好赵国士族的后人，这样一来，方圆百里之内的老百姓，都会因为你停息战火，而前来犒赏三军。等赵、代平稳下来，你再率军向燕国方向推移，同时派遣说客携带你的书信，阐明利害，燕国不会不屈服，如燕国屈服，再挟余威说服齐国，齐国也会从自保安国、放弃与汉军为敌的立场，望风归顺，即使这时候有再高明的人，也不会为齐国指出其他的出路。因此，天下的事情就可以尽在掌握了。兵书上说，兵势先声夺人，虚实相生，指的就是这种情况。”

韩信恭敬地再向李左车深施一礼，说：“广武君教诲得对啊，只有这样才能以最小的代价换取最大的成功。”

晚上，韩信命人高摆宴席庆功。酒席宴上，众将中一人问韩信：“将军，我们正与赵军厮杀，为什么忽然井陉关被我军占领了呢？”

韩信放下酒杯，缓声说道：“井陉关没有被我军占领，我只是在城头上布置了些军旗而已。”

众将更加不解，有一人问：“没有占领井陉关，那赵军为什么迅速溃散呢？”

韩信答道：“昨天夜里，我已经派两千人埋伏在山上的丛林里，只让他们简单地吃点饭，并告诉他们待天亮之后，见到我率军与赵军厮杀时，赵军立功心切，必定全军出动。此时，城内一定空虚，我让这两千人迅速乘乱悄悄跑进井陉关内，把城头上赵军旗帜拔掉，遍插我们汉军的红旗，此乃疑兵之计。赵军望见我军军旗就以为我们已经占领了井陉关，心理防线崩溃，各自奔逃。为了鼓励这两千人，我许诺等我战胜赵军，到城里让他们好酒好肉大吃一顿。”

众将又问：“敢问将军，兵法上说排兵布阵应该背靠山岭，面临河水，您却把军队渡河背水列阵，这又是为什么呢？”

韩信哈哈大笑，说道：“这也是兵法啊，只是你们没有发觉而已，这叫作置之死地而后生，只有背水一战，才能激发军队的潜能，况且我们带领的这些军兵都不是百战之兵，大多是我收拢拼凑起来的，缺乏凝聚力，没有敢死的精神，我也无恩惠于他们，如果不把这些松散士卒逼到绝境上，他们是不会为了生存而拼死力战的，假如有一线生路，他们就早早逃跑了，哪里还能收拾住局面。”

“将军，渡河时为什么要把您的帅旗藏起来呢？而且我们不多的军队还要分成两拨？”

“这是利用了陈馀一战成功的心理，如果我早早地把帅旗竖立起来，他就会直接奔我杀来，我们的部队根本来不及列队成阵。之所以分成两拨，是因为陈馀赵军毕竟数倍于我，冲杀能力惊人，不可低估，分成两拨人马，便于掌握战役节奏，而且形成梯队可以在有限的空间内形成接应之势。”

众将听完，无不佩服得五体投地，对韩信产生了由衷的敬佩，无不恭敬道："韩将军率领这样的民兵般的军队都能打胜仗，我们还担心什么，以后肯定能百战百胜。"李左车对于韩信此战各个环节计算得周详准确，也在心里暗自叹服。当夜宴饮尽欢，深更乃罢。

酒席散后，韩信亲自送李左车就寝，李左车对韩信说："将军用兵神乎其神，非凡人可测。现在天下形势，将军掌控近半，不知将军是否有意图之?"

韩信闻听此言，没有回答，沉默了片刻，问李左车："广武君委曲事赵，英雄无用武之地，可否与我韩信一同驰骋疆场?"李左车也是微微一笑，没有作答。

第二天，军兵来报，说广武君李左车不见了，留下书信一封。韩信一惊，接过书信拆开细看，只见李左车写道：

"将军乃盖世之才，大丈夫当建立奇功伟业，能与将军较高下者寥寥无人。将军意在沙场，然汉王虽有宽仁之名，实则不可同列，望将军谨慎自处。我本赵国大夫，幸赖将军器重，然今赵已破亡，我力不能救，本无颜于世上，断不能更投将军门下，在此告辞。"

韩信读罢信笺，默然良久。他知道李左车志向远大，离去的真正原因是韩信没有自立的意图，李左车不想在有限的空间内搅浑水。

韩信按照李左车的办法，派遣使者带着书信，到燕国面见燕国国君，燕王臧荼早就听说了韩信的威名，连井陉关这样的天险都挡不住韩信，况且汉军以疲敝之卒攻破赵国精锐，如果韩信以赵国为根据地来攻击燕国，那谁能抵挡得了?燕国地处偏远，项羽远水解不了近渴，干脆趁韩信没有来，赶紧归顺了吧。

韩信挥师进军赵国都城邯郸。赵王歇没做任何抵抗，举城投降，韩信将赵王歇俘虏送往荥阳请刘邦发落，同时张榜安民，告诉邯郸城内所有人，日常生活、商贾等一切如常，不必惊慌。韩信与张耳暂时在赵王宫中住下来。

夜幕降临，弯月如钩，星汉高远。

韩信在王宫院子里散步，边走边咀嚼着李左车的话，思考下一步的行动。忽然顺着丝丝的晚风，一阵铮铮琮琮的琴弦之声断断续续传来，韩信停止了思考，注意力被琴声吸引。顺着声音寻觅踪迹，韩信来到一个圆形拱门前，两侧各有一名侍卫站岗把守，两名侍卫正在聊天，没有发现韩信的到来。

其中一人说道："大将军用兵真是如有神助，咱们跟着大将军打仗过瘾，从来不用提心吊胆地担心失败。"

右边那个说："就是，哪像以前跟着汉王老打败仗，我的两个哥哥就在汉王兵败中战死了。"

先前说话的侍卫接着说："我们以后就跟着大将军立功领赏吧……"

韩信咳嗽一声，走到近前问这俩侍卫："这是什么地方？"

那俩侍卫见是韩信，赶忙行礼回答道："启禀将军，这里是赵王后宫，赵王家眷及宫人都集中在此，等候将军发落。"

韩信这才明白，白天被押送赵王、整编降军、封府库、开粮仓、张榜安民这些事忙得团团转，没顾得上发落赵王后宫家眷。各诸侯实际是拥兵自立的军阀，已经大大不同于春秋战国时期的国君，所以赵王歇尽管是赵国国君，但与赵国国民之间没有什么国君臣民的关系，老百姓对赵王歇也没有感情，这也是邯郸城不战而降的主要原因之一。

韩信迈步进入拱门，门内是一处独立的院子，有一座殿堂和东西两座厢房，琴声是从东侧厢房传出来的。厢房窗户打开着，窗下一个白衣女子正低头弹奏古筝，琴声幽咽，如泣如诉，似有无限惆怅与哀怨。韩信驻足阶前，背负双手侧耳聆听。

一盏茶的工夫过后，一曲终了，韩信双手轻轻扣拍，说道："一曲《伤别离》，说尽无限事。”

弹琴的女子闻言抬头，见窗阶下站立一位身材颀长的年轻将军，轻声说道：“不知将军有何赐教？”

韩信拾阶而上来到窗前，映着跳动的红烛，见这女子年约二八，云鬓高挽，双眸流动里含有淡淡忧伤，一袭白衣，十指修长轻抚琴弦。韩信说道：“我略通音律，知姑娘似有幽怨之事。”

那少女嘴角抽动了一下伤心地说道：“我乃商人之女，路过邯郸，前日被赵王掳掠进宫，父母亲力争不下，为官兵所杀。”说着，少女的眼泪如断线的珠子顺双颊滑落。

韩信听她如此诉说，也触到了自己的伤心处，十多年来自己也是孤身一人，遍尝了人间冷暖。韩信说道：“我也没有家，没有亲人，背井离乡，我俩同是天涯孤独人。”那少女显然有些吃惊，没想到眼前这个将军居然有着和自己相似的遭遇。

韩信问道：“你叫什么名字？”

少女轻声答道：“我叫梦蝶。”

韩信念道：“梦蝶，梦蝶，梦中之蝶，飞蝶之梦……姑娘可否再为我弹奏一曲《桐夜雨》？”

梦蝶觉得韩信不像杀人放火的坏人，和气中透着清峻傲气。梦蝶用袖口擦了擦腮边的泪水，点点头表示答应韩信的要求。

梦蝶纤指拨动，琴声轻启。在梦蝶开始弹琴时，韩信从袖管里抽出了那把金丝箍边的箫，配合着琴声吹奏起来。起初琴弦叮叮之声如繁星私语，箫声如沙漠驼队的銮铃，如丝如缕。继而琴弦铿锵之音渐起，由远及近，由疏渐密，如雨打桐叶，箫声则如虎啸孤崖，激荡旷野。曲到中途，在梦蝶十指飞扬翻动中，有如十把筝琴共同演奏，又如千军万马奔腾嘶鸣，箫声如浪击岩洞，轰然鸣响。正在铿锵奋扬之时，琴声戛然而止，沉默片刻，一串律动滑音与幽幽箫声结束了全曲。

韩信对梦蝶微微一笑，说道："感谢你的琴声，这是我很喜欢的一支曲子，但从来没有和人一起演奏过，也从来没有听人弹奏得这么好，你的琴艺静雅淡定。"

梦蝶一下子被眼前这位将军的举止弄迷糊了。这人谈吐中流露着沉静寂寥，曲声里表达着高远的志向。她鼓足了勇气问道："不知将军高姓大名，深夜至此难道只为听小女子弹琴吗？"

韩信点点头，说道："我的确是被你的琴声引来的，我是韩信。"

此话一出，梦蝶脸色显得有些慌乱，立即起身说道："大将军？你就是令诸侯闻风丧胆的韩信将军？请恕梦蝶无知之罪。"

韩信温和地摆摆手："不必惊慌，我只不过是个听琴之人，没有三头六臂，更不是凶神恶煞。"

韩信顿了顿，说："明天这些宫人都将遣散，你无依无靠，是否愿意跟我走？"

这对梦蝶又是一个意外，但她没有过多思考，就用力地点点头，说道："我随父母在商旅途中，早就听闻大将军威名，不想今天能够见到，而且还有幸与将军琴箫合奏。我愿意追随将军，为将军弹琴，服侍左右。"

韩信推开房门，梦蝶怀抱筝琴走出房间，韩信拉起她的手，两人向院外走去。

如果说暗度陈仓只是让韩信在汉军内部有了一定知名度的话，奇袭魏豹则使诸侯开始对韩信有了一定的了解，而攻破具有强大军事实力的赵国，则使全天下的目光如聚光灯一般凝聚到了韩信身上，上至诸侯下至黔首没有人再敢忽视韩信。燕国、齐国虽然相继被韩信的攻击力震慑住，但第一个且迅速对韩信做出反应的人是项羽。项羽现在必须摒弃满脑子的疑问来认真对待韩信了，他意识到这个几年前还在为自己站岗值班的仪仗队员，骤然间已变成了自己的劲敌，看样子要比彭越、英布、田横难对付得多。或许项羽怎么也想不出来，那个被自己呵斥、蔑视的韩信为什么变得如此神勇。难道是诸侯变得太脆弱了，还是这小子运气太好了。时间似乎没有为项羽留下太多的思考余地，因为韩信在北边已经如摧枯拉朽一般把楚霸王的盟友一一击败了。

项羽行动了。

韩信出兵赵国的消息一经公开，项羽就派出了自己的得力大将钟离眛、栾布等人救援赵国，但是一切都已经晚了，钟离眛走到半路，韩信已经击杀陈馀；钟离眛到达赵境，韩信已经攻克邯郸。钟离眛此时已经累功晋升为楚国车骑将军，素与韩信交好，不过此时各为其主，既然来了就不能无功而返。

在赵国南境，钟离眛与韩信相遇，两军列阵压住阵脚，楚汉的旌旗在朔风中飞舞。钟离眛一抖丝缰提马来到阵中，韩信也乘战车来到阵前，韩信高声对钟离眛说："贤弟，我们一别几年，我早就听说你战功卓著，乃楚霸王的左膀右臂啊。"

钟离眛怀抱大枪，拱手施礼，答道："韩信老兄，士别三日当刮目相看，你现在已是名动天下，钟离眛由衷佩服，也因你是我的朋友而感到荣耀。"

韩信说："楚霸王没有容人之量，迫使能人志士离他而去，我劝贤弟你也早做打算，来与我并辔沙场，共建功业。"

钟离眛苦笑着摇摇头："多谢老兄好意，我钟离眛受项王提携，对项王忠心不贰。今天你我沙场兵戎相见，是各为其主，我退避三舍以示敬意，此后当竭力为公。"说完，钟离眛大枪一挥，身后楚军列队后撤。

韩信并不追赶楚军，留下灌婴与孔熙密切关注楚军动向，自己回师邯郸。由于钟离昧劳师袭远，不能久持，所以与灌婴几次交锋下来，虽然互有胜负，但是终究不能破开汉军防线。没有项王的命令，钟离昧也不敢擅自回师，只好与栾布对汉军展开游击战，对汉军也造成了不小的威胁。由于韩信连下几国，防线太长，首尾不能相顾，况且本来就没有带来多少军队，敌国新抚，人情未固，韩信对赵国的治理面临很大压力。

韩信佩服李左车的先见之明，看来必须休整，不能连续疲劳作战。在这种环境下，韩信做了一件事，这件事可能对刘邦与韩信之间的关系产生了分水岭式的影响。韩信向刘邦推荐张耳出任赵王，理由是张耳本来就是赵人，熟悉本土人情，便于治理已经降伏的赵国，巩固已经取得的地盘，抵御项羽的侵扰。这些理由似乎合情合理，因此刘邦并没有犹豫，封授张耳为赵王。韩信与张耳在赵国的治理和防御任务非常繁重，韩信不得不在长长的战线上奔忙，招兵买马，收集粮草，训练士卒，对原来的三四万人进行了改编，并充实了队伍，队伍战斗力大大提高。

在韩信征战于赵代之间的时候，刘邦在干什么呢？

刘邦又打败仗了，差点连自己的性命都丢掉了。刘邦在荥阳失守后逃亡成皋，前来相助的英布也没有发挥有效作用，结果项羽瞬间就攻破成皋，夏侯婴驾车拉着刘邦从成皋北门逃出来。刘邦马不停蹄，一路向北奔波，一口气跑过黄河，到达修武。这时候韩信、张耳大军正驻扎在修武。

刘邦逃亡而来，遇到张耳所部署的游击部队。刘邦吸取陈胜兵败被车夫所杀的教训，兵荒马乱的环境下为防不测，掩盖了自己的身份，向张耳部下诈称自己是汉军的使者，路上遇到楚军袭扰，拼死才得以逃脱，现在要入修武城为韩信丞相送信。张耳部下并不认识刘邦等人，信以为真，况且刘邦出示一两件汉军信物是不成问题的。

晚上，刘邦随张耳部下进入修武城之后，为了安全起见，由夏侯婴亲自安顿，令其住下。

第二天清晨，刘邦带着夏侯婴等人来到中军帅营，仍然诈称自己为汉使，要求面见韩信丞相。值班军兵见来人派头不小，知道是上级派来的，不敢怠慢，一溜小跑去向韩信报告。刘邦大摇大摆地直接冲进帅帐，一屁股坐到了帅案后面，把令牌盒子抱到了怀里，命令夏侯婴击鼓升帐，不一会儿各行营统领将官全部到齐，刘邦见人到得差不多了，就从怀里掏出汉王印信，冲帐下站立且满脸狐疑的将校晃了晃。夏侯婴高声断喝："汉王驾到，还不参拜！"站立的将官中有认识刘邦的，还正在疑惑刘邦是怎么进城的，被夏侯婴一嗓子喊喝，猛然惊醒，呼啦啦跪倒一大片，边跪边喊："不知汉王驾到，请汉王恕罪。"其他人也随着拜倒。

刘邦看了看这些人，威严地说："听说韩信、张耳这边战事吃紧，项羽屡屡派人袭扰，我特来军前慰问你们众位将士，一起抗御楚军。"跪下的将官这才惊魂初定，刘邦接着说："我知道你们很辛苦，不过为了统一军事部署，我命令，对各部属部队的从属和任务进行重新分派。"刘邦将中军核心力量调归自己直接指挥，对其他将官也做了换防调配。

刘邦正在安排部署的时候，韩信、张耳还没有起床。军校赶到韩信住处，向韩信报告："启禀大帅，汉王派信使来见，正在帅营等候。"没等韩信更衣完毕，又有军校气喘吁吁地来报告，说是汉王已到军中，且已升帐议事。韩信心里大惊，但也就是一刹那的时间，韩信身形表情没有任何变化，继续按部就班地更衣穿戴盔甲，沉声问道："汉王与何人同来？"

军校回答："汉王只带了夏侯婴等几个人，行装十分简朴。"

韩信说道："去通知张王。"随即扶了扶腰间的佩剑，迈步走出卧帐，朝中军帅营走去。

韩信到达帅营时，张耳也刚到，正垂手站在帅案前面，胸部还一起一伏的，显然是赶路的缘故，也由于紧张的缘故。韩信看帅案后坐着的正是刘邦，刘邦还在一声高一声低地发布命令，似乎对张耳视而不见。韩信走到帅帐中央，向刘邦跪拜施礼，口中说道："韩信不知汉王驾临，请恕有失远迎之罪。"

刘邦这才停止说话，俯首注视着韩信，过了几秒钟，温言说道："丞相请起，我知道你们最近被项羽袭扰，特来慰问诸军，你来得正好，我们大家正在商议破敌之策，你来听一听。"说着，刘邦把剩下的几道命令发布完毕，宣布退帐。

待众将陆续离去，刘邦从帅案后走出来，拉着韩信与张耳的手说："两位爱卿，连续破代、下赵、降燕，战功卓著，但是对于项羽不可轻敌，我这次来是对战局做出统一调整，从你们这里抽调十万人马随我夺回荥阳、武关等要地。"

韩信还未说话，张耳说："谨遵大王调遣。"韩信本来窝着一肚子的火，既有愤怒也有委屈，听张耳这么表态，韩信也只好沉默表示同意。

中午，韩信、张耳设宴招待刘邦。

宴会之前，张耳对韩信说："丞相，日间我见你有不悦之色，我劝丞相对汉王调军千万不要往心里去，他就是这么个人，另外我还准备了三千金银，请你在席间献予汉王。"韩信没吭声，他对张耳这种窝囊相十分不能认同。席间，刘邦吆五喝六地招呼大家喝酒，韩信始终没有开口说献银钱的事，张耳向他递了几次眼色，韩信都装作没看见。

酒宴之后，刘邦决定立即回荥阳前线，不在修武多做停留，临行前张耳命人将那些金银抬过来献给了刘邦，刘邦显然对这最后一个节目感到很愉悦。刘邦带领韩信调理出来的十万精锐部队和大量钱财离开了修武。刘邦不肯多做逗留的原因是担心出现意外，他跑到这里打劫，上上下下肯定会有人不满，要是冷不丁冒出个不怕死的行刺也是保不准的事。

刘邦走后，韩信久久不能平静。他知道刘邦是打了败仗逃到修武来的，根本不是来指导部署工作，所谓慰问部属纯属托词，抢夺兵权、掠夺兵源才是刘邦的真正目的。韩信不明白为什么自己源源不断地为刘邦输送兵源，刘邦还要演这么一出戏。既然夺了自己的兵权，为什么临走还给自己布置了一个大任务——铲平齐国。韩信忽然怀疑自己为刘邦输送兵源这件事，难道汉王仅仅是由于屡吃败仗，缺乏部队支持吗？我这样源源不断地为汉王输送兵源的结果是什么呢？我把队伍送给汉王，结果汉王一次次地又输掉了，什么时候是个头儿呢？我把精锐之师调给汉王，那我拿什么去打仗呢？难道汉王不明白我的难处吗？汉王显然不是一个糊涂人，一定能够明白我的处境，那只有一种可能，就是汉王蓄意抽调我的队伍力量。韩信想到这里，心头一颤，不禁后背冒出了一层冷汗。汉王不惜冒着我吃败仗的风险，也要掏空我的骨干部队，这显然是汉王在有意制约我，防备我培植自己的队伍。

韩信由于几次计谋成功，战事比较顺利，从而忽略了这个问题，从来没有怀疑过汉王抽调兵力的动机。其实韩信这几次计谋何尝不是冒着极大的风险呢？任何一环的偏差都可能导致兵败乃至身死的后果。韩信背负双手，仰天长叹一声，心里默念出一句话："原来我只是一只风筝，飞得再高，绳子还是掌握在汉王手里。看来我并没有完全了解刘邦这个主公。"韩信不禁又想起了李左车。

这时候，梦蝶来到韩信身边，双手挽住韩信臂膀，将头靠在韩信身上，缓缓地问："汉王将兵马都调走了，你今后怎么打仗？"

韩信拍拍梦蝶的手，说道："打仗的目的不是要杀人，打胜仗更不是靠人多。"

其实，刘邦的主要目的并不是要削夺韩信的兵权，也不是仅仅来调走援军，其核心目的是向韩信及其部下表明，这里是他说了算，韩信、张耳只不过是执行具体任务而已。或许刘邦认为韩信已经有拉帮结伙的苗头，在培植自己的力量，比如推荐张耳为赵王。另外，刘邦对于韩信源源不绝发展队伍的能力，已不再认为是对自己的支持与接济，而是感到了不安。再就是，韩信热火朝天地连续捷报频传，刘邦却被项羽赶得到处逃窜，他在心理上也难以平衡。总之，刘邦对韩信棱角毕现的做事方式不太舒服，并由此联想到了政治的安全问题，这是做一把手的习惯性思维，也几乎是每一个成就大事的领袖所谓的"必备素质"，也是这些大人物的阴暗心理作祟。他们神经过敏式的反应，这种把危机夸张与放大的能力，事后都被赞誉为防微杜渐、先知先觉，或是英明神武。当然做一把手的确很难，反应迟钝的都下场很惨。于是乎，既然手中掌握主动权，就不惜一切代价把安全系数提到最高级。这就是封建集权社会的游戏规则。况且他是刘邦，自私且不厚道的刘邦。

同样是这件事，除了韩信、刘邦之外，在其他人看来则又有另一番含义。在张耳看来，抢夺兵权总比剥夺了王爵乃至生命重要得多，本来兵权也不是我自己的，汉王有他的主张，只要能收留我、保全我，我怎么样都行。后来这位张王爷又给刘邦送去几个赵王宫的美女，其中就有后来汉文帝的母亲，著名的薄太后。刘邦觉得还是张耳会办事，赵代之国交给他令人放心。

十一、既要低头拉车，也须抬头看路

要破项羽，必须破齐。

破齐之后，齐在东，汉在西，东西夹击之势方可形成。所以，刘邦破齐之势如箭在弦上不得不发，既然确定了北线迂回的战略，就要坚定不移地走下去。由谁去破齐呢？刘邦犹豫了，刚刚在修武夺了韩信的军权，韩信还能用吗？韩信肯去吗？众将怎么想？刘邦这时候才意识到自己袭取韩信军权的鲁莽与冲动，不禁有些后悔，原以为破魏下赵之后战局会发生质的转变，可是没想到项羽越战越勇，不是三招两式就能制服的。刘、项之间的中间地带越来越少，有力量在向刘邦集中的同时也有力量在向项羽集中，因为刘邦正由绵羊成长为老虎，其危险性与威胁性也在与日俱增，很多人不得不在刘、项两只猛虎之间选择。刘邦在自己集团中筛了一遍，最终还是没有挑出能够代替韩信的人。伐齐必须用韩信。刘邦此时的厚脸皮派上了用场，只好为韩信加官晋爵，笼络一番之后再次派他出征。但刘邦这次派韩信出征的同时留了一手，另行做了别样的安排。

刘邦让张耳留守赵代，为韩信筹备军粮兵源，这位张王爷福寿薄，一年之后就死了，刘邦又封立了张耳的儿子张敖为赵王，并把女儿鲁元公主嫁给他，进一步巩固了刘、张的政治关系。汉四年十月底，刘邦加封韩信为相国，派灌婴、曹参协助，率军伐齐。

经过大半年的休整，韩信军队实力大大提高，又有了灌婴的骑兵，军队的突袭作战能力明显增强。这时候，燕王臧荼已经成为惊弓之鸟。楚、汉之争，燕国偏居一隅，基本没有卷入冲突，虽然力量弱小，最终得以保全，所以韩信下赵之后，派一信使去说降燕国。这时候的燕国对韩信构不成实质的威胁。真正难啃的骨头是齐国。自从陈胜起兵之后，齐国自立就没有服从过任何一方势力，即使强大无比的项羽也被齐国搞得焦头烂额，拿它没有办法。

齐国此时的国君是田广，其父就是那个首先以实际行动抗议楚霸王分封不公的田荣，其叔叔就是名动千古的硬汉田横。田荣被项羽打败，为乱民所杀，田横就拥立田广为齐王，继续对抗项羽。这位田横自任齐国相国，在政治上特别可靠，对齐国、对田广忠心耿耿，而且特别能得人心，特别能吃苦，特别能战斗。在一次城池攻防战中，楚军久攻不下，伤亡惨重，眼看着冲上去的楚军精锐一批批地倒下，气得项羽暴跳如雷。盛怒之下的项羽狂性大发，亲自赤膊上阵，身先士卒地背着攻城的木板往上冲，要不是刘邦攻陷彭城，使项羽后院起火，项羽非要把齐国一口气给屠了。

韩信当然知道齐国的实力和战斗力，刘邦也清楚这一点。韩信明知其难也要上，因为这是王命。刘邦知道齐国的实力，但刘邦没有单纯来硬的，而是又一次派出了铁嘴郦食其。问题是这里有一桩疑案，刘邦派出郦食其为什么不通知韩信？为什么不对这一手软一手硬双管齐下的策略统筹运用？为什么不让为同一目的分别执行两项任务的主角协调行动？要么是刘邦的失误，要么是刘邦暗藏着玄机。

早在韩信按照李左车的计策派人恐吓拉拢齐国的时候，齐国就已经有了思想准备，知道汉军迟早是要来的，战争不可避免，因为他们也已经看清楚了刘邦的征伐路线图，齐国是韩信下一个猎取的对象。齐国连楚军都不怕，为什么忌惮汉军呢？事实并非如此。齐国不惧怕楚军，但并没有主动挑衅楚军，与楚军的战争一直是在齐国境内的反抗战争，一旦楚军向西无暇东顾的时候，齐国也就可以固守一方。但如果此时再来一个威震诸侯、风头正健的韩信，造成南北夹击之势，齐国哪里吃得消。齐、汉一旦开战，最好的结果也就是玉石俱焚，所以，齐国对韩信表现出了足够的克制。克制并不意味着放弃抵抗、放弃战备，更不是幻想安乐。相反，田横很聪明，为齐国争取有利的时间和空间，积极备战，全民备战，已经派出大将华毋伤和田解率大军驻守历下（今山东省济南市）。齐国的防御是有纵深层次的，西面前沿边境是历下守军，作为第一道防线；南面是谷城，齐楚几次战役之地，作为防御楚军的屏障；北面是平原津，也是田荣兵败被杀之地，向东才是都城临淄，临淄历经战乱，也是城高墙厚。由于齐国商业发达，在临淄周围还有高密、城阳、即墨等城。

韩信大军旌旗东指，灌婴骑兵为先锋部队，直奔齐国杀来。兵贵神速，韩信一路急行军，很快就到达了齐国西北要塞黄河渡口平原津。韩信驻马黄河岸边向南眺望，黄尘枯草漫漫无边，黄河此时已经冰封，除了呼号的朔风就是呜咽的马嘶，偶尔一两只鸦雀掠过灰色的天空，浓重的灰色云堆在天际流动。众将期待着韩信下令渡河，可是韩信久久没有作声，四下一片寂静。韩信刚刚接到密探发回来的情报，汉王刘邦已经派出郦食其到达临淄，对齐王田广展开了强大的心理攻势，似乎田广也已经表示在楚汉战争中，站在汉王一边，不与楚国合作。这应该是个好消息，如果军力强大、意志顽强的齐国加入汉王的联盟，则可避免战场厮杀、刀兵相见。可韩信却一点也高兴不起来。韩信右手挽缰按住马鞍，左手紧握剑柄，双眉紧锁陷入了沉思：汉王为什么派出郦食其游说齐国却不通知我？郦食其是否能成功说降齐国？齐国真的会臣服于汉王吗？如果没有我率大军压境，齐国会这么顺利屈服吗？我还有必要攻击齐国吗？我即使攻下齐国结果又会怎么样呢？该驻军齐境还是回师赵国，抑或驰援汉王？这一连串的问题在韩信头脑里循环往复。韩信坐骑不住地打着响鼻，四蹄在地上不安地交错踢踏。

这时候，随军幕僚范阳人蒯通察觉到了韩信面带犹豫之色，来到近前，低声对韩信提出了自己的看法。这位蒯通和郦食其的身份差不多，都是以博闻强记、能言善辩、见微知著闻名。蒯通可以说是楚汉时期最后冒出来的一个能人，至于如何投奔到韩信帐下效力的史料不详，大约是韩信在下赵之后所遇。

蒯通说："将军你此次行军是奉汉王诏命而来，可汉王却另外秘密地派人出使齐国，尽管郦食其已经说降了齐国，不过汉王并没有命令你停止进攻齐国。你有什么理由驻足不前呢？这可是违抗王命啊！况且郦食其仅仅是一名辩士而已，出使齐国之后就口若悬河，用空口白话把拥有七十多座城池的齐国给说降了。将军你率领数万将士，经过一年多的苦战才征服了拥有五十多座城池的赵国，相形之下，难道不觉得黯然失色吗？这说明大将军风餐露宿，众将士流血牺牲，还不如一个糟老头子儒生的力量强大。这会让人耻笑的。"

这话正中韩信下怀，虽然齐国已降，可情势不明，如果不消灭齐国的有生力量，局势永远都不可能稳定，况且此时自己没有接到汉王停止进军的命令。即便停止伐齐，那已经启动的大军何处安置，再回赵国吗？现在在赵国做主的是张耳，已经不是我韩信。我十万大军风餐露宿地赶到齐国，没有建立尺寸之功，如若草草收场，如何向将士们交代，如何向汉王复命？只有攻下齐国，才有自己的地盘，在汉王那里的地位也才能稳固。

想到此处，韩信决然地抽出宝剑，挥手一指黄河南岸，斩钉截铁地命令："伐齐！"

韩信命灌婴率铁甲骑兵军团随自己备一日之粮，人衔枚、马勒口，奔袭历下。步兵大军由曹参率领随后跟进。韩信知道此时是进攻的最好时机，因为齐国已经表示投降，意味着相信汉军不会渡过黄河，战备一定松懈下来，在敌人未获得我军动向的时间差内，奔袭是最好的方式。韩信的判断是正确的，此时驻扎历下的华毋伤、田解等人也刚刚接到国君通知，说是齐汉已经结盟，华毋伤紧张的心总算舒缓下来，认为韩信一定不会来进攻了，免却了一场生死未卜的厮杀。二十万齐军紧绷了一个多月的神经瞬间松弛了下来。

当晚，整个齐军沉浸在庆祝齐汉结盟的欢快气氛中。华毋伤下令，城内城外的各级将士可以放下戒备。天空中飘起了纷纷扬扬的鹅毛大雪，历下城城楼串串的防风灯一摆一摆地摇曳着，巡逻的士兵聚在一起躲在角落里聊天烤火。城外十里，田解军营中一处处的篝火忽明忽暗，士兵们都挤进帐篷里取暖喝酒。原来，华毋伤驻防历下之初，为形成呼应之势，令田解率十万人驻扎在城西，自己则率十万人驻扎在城内，如果汉军从西北来攻，两处齐军可以互援。

夜幕降临。

夜风刺骨。

夜枭哀号。

华毋伤还在灯下看书，士兵们由于喝酒欢庆了几个时辰，都已沉沉睡去。此时韩信的五千铁骑已奔袭三百里，到达了历下城西门外。韩信对灌婴点点头，灌婴一挥手，二十名骑兵掏出挠钩套索奋力甩向城头，挠钩抓牢后，这二十个人拉着套索飞身攀上城墙，悄悄接近职守士兵，一把捂住值守齐军的嘴巴，麻利地用牛角尖刀割断了他们的喉管。然后，登上城头的汉军打开城门，放下吊桥。韩信留下一千人，向领头将官部署了一番，亲率四千骑兵冲进城去。先前进来的二十名骑兵抓获几名齐军士兵活口，在其引领下，直接杀向华毋伤的帅府。灌婴的铁骑都是强弓硬弩，身形矫健者，见人就杀，逢人就射，不一会儿尸体就被飞雪掩盖。马队冲到中街帅府门口，灌婴一马当先手持长矛，借助坐骑前冲之势，一枪刺穿帅府大门，战马腾起前蹄咔嚓一声将府门踏平。此时，华毋伤正读书读得入神，猛听到院内喧哗，刚传声“来人!”灌婴骑马已经站立在内堂门口。

华毋伤断喝道：“何人大胆，在帅府驰马放肆!”

灌婴微微一笑，冷声回答：“汉军车骑将军灌婴!”

华毋伤一愣，显然被这突如其来的变故惊住了，但华毋伤毕竟身为大将，久历战阵，处变不惊，沉声问道：“齐汉已经结盟，你意欲如何?”

灌婴说：“我未受结盟之命，只有取尔性命的军令在此!”说着飞身跃落马下，挺枪分身便刺，直取华毋伤前胸。华毋伤兵器没在近前，临时抓起案几上的宝剑，奋力格挡，长矛对宝剑占尽优势，没几回合，灌婴一枪刺穿华毋伤的咽喉，华毋伤瞪着愤怒的眼睛，怒吼出几个字：“刘邦小儿无信!”灌婴手腕一翻，将华毋伤的人头割下，用枪挑起，跃马驰入中街。

韩信正在此接应，命人向空中放出信号烟花，烟花带着尖锐的呼啸冲上夜空，啪啪炸开朵朵火花。同时，韩信命人向齐中军大营掩杀，边杀边呐喊：“韩信将军杀入历下城，华毋伤已被杀死，人头在此，抵抗者杀!”留在城外的一千人马见到城内信号烟花，立即在城外击鼓呐喊，制造大军到来时排山倒海的声势。睡梦中的齐军被这突然的变故惊呆了，汉军简直如天兵神将，从天上飞下、地里钻出一般锐不可当，随着骑兵连弓弩箭排射，齐军纷纷倒下。韩信军在城内城外遥相呼应，喊杀声震天，火光四起，齐军本来就被突袭惊呆了，不知道韩信带了多少人马杀入城中，再听说主帅华毋伤已经毙命，十万大军立即解体，士兵将校四散亡命，夺东城门而逃，拥挤践踏，误伤者无数。韩信骑兵横冲直撞，沿街驱赶追逐逃亡的齐军。这一通攻杀，直杀到天亮。历下城已经血流成河，积尸如山。

当天夜里，田解接到历下城中警报，由于情况不明，且事出突然，不敢救援，立即拔营起寨向东逃窜。

韩信命令暂且休息，人马就食。日近中午，曹参率大部队也一路急行军追了上来。第二天一早，韩信指挥大军追击齐军，直取临淄。

君不见何谓追亡逐北？君可知何谓落花流水？

韩信已经打定主意，在初始几仗中定把齐军扫荡殆尽，把城池马踏夷平，否则自己这点人马根本起不到震慑齐军的作用，一旦齐军回过神儿来组织反攻，后果不堪设想。

历下城的十几万齐军向东跌跌撞撞、哭喊呼号逃走，直逃到齐国都城临淄。雪势没有减小，风势却在加大，到达临淄时，北风怒吼，雪打城墙。这些乱兵直接冲向城门，守城官兵高声喝问："哪里的部队，秩序如此混乱，胆敢冲击都城！"都城的守军向来是高傲的，看不起外藩部队，喝问中已经给这些历下败军定下了犯纪作乱的罪名。

本来乱军已经群情汹汹，闻听此言，更是像炸了锅一般，喧哗叫嚣着："我们是历下守军，被汉军暗算，被乱臣贼子出卖，特来讨回公道！"说着就往城里冲，城上守军一见大乱在即，立即收起吊桥，开弓放箭，当场射死几百人。同时，派人紧急往王宫送信。

这时候，齐国国王田广正与汉大夫郦食其宴饮，庆祝结盟之事。郦食其沟壑纵横的老脸上闪烁着兴奋的光芒。此次出使齐国郦食其获得了巨大成功，超出了他自己的想象，没想到田广及齐国朝中大夫如此胆怯，自己一番宏论就收服齐国七十余城，这是何等功劳啊。郦食其频频举杯向齐王及各位大夫敬酒致意，显然他已经略带醉意，甚至已经想到了回去向汉王刘邦复命时的场景：刘邦一定会大为欢喜，自己的威名一定也会令其他文武群臣拜服，千古青史之上一定会留下我郦食其的大名。上次游说魏豹受挫、劝刘邦分封诸侯时受阻的沮丧将一扫而光。

此次出使齐国，刘邦深知其难，但是刘邦偏偏点名派郦食其出使齐国，去游说强大的齐国背楚向汉。在郦食其看来，这分明是一次不可能完成的任务，这是一个可怕的无底深渊，小小魏国尚且不服，何况实力数倍于魏的齐国，如何能够言听计从？但汉王之命不可违，既然没有退路，硬着头皮也要去。临行前，刘邦向郦食其交代："郦大夫，我已经命韩信陈兵齐赵边境，你尽管放心去劝说齐王，只要他配合我夹击项羽，他提什么条件，我都答应，你可以全权处理一切相机事宜。"郦食其这才知道，刘邦已经派韩信做了伐齐的准备，这时候他心里稍稍有了些底，但眼皮一直跳个不停，心里隐隐感到此去不会太顺利。

郦食其上路了。

郦食其乘车一路颠簸，跑了十五天才到达临淄。齐王田广听说汉派来了使者，而且级别很高，名声很大，是著名的郦食其。田广已经明白了七八成，看来郦食其此行目的是来劝降我，谈何容易！刘邦你也太小看我了！魏豹以区区之境尚且不肯就范，我作为堂堂诸侯翘楚的齐国怎么会向你卑躬屈膝！况且我与你相距甚远，看你能奈我何！想到这里，田广就指派了一名低级文官去接待郦食其，把郦食其安排到馆驿，吃喝供应一应俱全，打算敷衍了事。

一连五日过去，郦食其仍然得不到田广召见的消息。郦食其明白了，这是田广给他吃闭门羹，做冷处理。郦食其心里着急，第六天早上，那位负责接待他的文官又来陪他聊天闲逛，郦食其一拍额头大叫道："哎呀，不好，齐王大难临头啊！"

那位文官给吓一跳，问："郦先生，何出此言？"

"我大汉使臣，来此出使齐国，此行的目的天下皆知，齐王避而不见，犹豫不决，分明是向天下人示以首鼠两端之态，如此，汉王不高兴，项王也会怀恨，两虎俱来伐齐，齐国指日可灭。此地不宜久留，我当避祸早归，请回禀齐王，我用过早饭即刻启程回汉。"

那位文官听得额头渗出了一层冷汗，慌忙劝说郦食其多留些时日，自己匆匆去向齐王报告。

田广一听郦食其如此口吻，顿时一惊，心里也开始打鼓，命令召见郦食其，与他谈谈。

齐王侍臣赶紧往驿馆迎接郦食其，郦食其随其来到齐王朝堂，大摇大摆阔步而入，来到齐王面前深施一礼，高声说道："汉大夫郦食其拜见齐王。"

"你就是闻名诸侯的郦食其？听说你认为我要大祸临头，此话怎讲?"

郦食其微微捋了捋花白稀疏的胡须，没有回答齐王，而是反问道："齐王可知当今天下趋势吗?"

"请你明说。"

"如果大王您明白天下发展的趋势，就能保全齐国，如果不弄明白这一点，那么齐国可能就会遭到灭顶之灾!"

田广说："哦，有这么严重？那你说说看。"

郦食其缓缓说道："现在天下趋势是诸侯才俊都归附汉王，汉王必将雄霸天下。"

郦食其顿了顿又说："当年，汉王与项王并力攻打秦朝，约定先入关者为关中王。汉王历尽百战，收降子婴，约法三章，但项羽违背盟约，食言无信，不让汉王为关中王，却让他去蜀汉偏僻之地，此其一也。项羽流放义帝，并暗害了他，这是大逆不道，汉王听到这个噩耗，率领蜀汉之兵击败章邯、董翳、司马欣，出函谷关讨伐项羽，统领天下兵马，善待诸侯的后代，安顿他们称王承嗣，此其二也。汉王每次攻陷城池就分封诸将，获得财宝就分配给士卒，与天下众人共享利益，豪杰英才、贤士能人都愿意为汉王效劳，汉王手下能将干吏云集，此其三也。各路诸侯闻听汉王诏令，四方云集，听命调遣，蜀汉的粮草用大船源源不断地供应前线，此其四也。但是相反，你再看看项羽，背负背弃盟约的恶名，做下杀害义帝的罪孽，对有功之人不赏，对有罪之人重罚，将士们即使打了胜仗也得不到赏赐，攻拔城池也得不到分封，不是项羽的亲信就得不到重用，也没有晋升表现的机会。项羽空着一堆官衔，却舍不得授予手下人，打仗获得的金银财宝堆积如山也不愿意赏赐给部下。天下人纷纷离叛他，怨恨他，没有人愿意为他效劳。再来看看我们汉王的卓著战功，从率领蜀汉之兵出川，短短三年时间，已经平定三秦，驰骋于西河之外，攻拔魏国与代国，攻陷井陉，擒杀陈馀，击破北魏，连下三十二城，这哪里是人力所能办到的啊，这是上苍保佑的结果。再看现在局势，汉王已经稳稳占据了敖仓、成皋、荥阳一线，牢牢据守了白马津、太行山、黄河口，情势一目了然。只要不服从汉王的必定灭亡！齐王您如果能够早日与汉王缔结盟约，齐国可以国存民安，社稷永存。如果与汉王对抗，那么灭亡之日马上到来！”郦食其站立朝堂，一口气向田广将天下局势利害。

田广本来就是在惊吓中被叔叔田横拥立为国君的，让郦食其这么狂轰滥炸一通，已经基本眩晕了，但他没有急于表态，而是向文武群臣问道：“众位爱卿有何见解？”

大家各执己见，说什么的都有，郦食其则密切注视着田广表情的变化，见此情景心中已经有了六成把握，又不卑不亢地说道：“我昨天听闻，汉相国韩信已经率三十万大军驻守齐赵边境，准备抵御项羽的侵袭。”郦食其的撒手锏还真管用，这一下，多数人都不吭声了。

田广看了看相国田横，田横点点头，田广哈哈大笑，说道：“郦大夫，我齐国本就与楚国是宿敌，绝不会与楚国结盟，只是与汉王相距遥远，音信不便，你此来正合我意，我们齐汉结盟乃是天下幸事！请郦大夫转告汉王，我们从此同气连枝，共同行动，不过请汉王准许我攻取燕国。”

郦食其说道：“我一定禀报汉王，予以支持。”齐汉结盟终于形成，郦食其暗自松了口气，尽管是寒冬时节，但老头子的后背已经汗透重衣。

难道郦食其的说降力量真的如此强大吗？非也，齐国也并非怕了汉，而是打算左右逢源，玩弄楚汉于股掌，坐收渔翁之利。就在与郦食其结盟的当天晚上，齐国使者已经赶赴了楚国。齐国派往历下前线的二十万大军并没有撤防，只是朝中议定齐汉结盟的消息传到了前敌军中，华毋伤、田解等人放松了警惕，才遭到韩信奇袭。

历下乱军败归骚乱的消息很快就报到了田广这里，田广和田横大吃一惊，他们知道汉不可靠，但是没有想到，刘邦竟然会用这种卑鄙手段，而且速度居然如此之快。郦食其也没有想到事情会这么突然，笑容僵住了，举着酒樽的手停在半空中难以动弹。他脑袋里立即闪出了汉王那诡异莫测的笑容，自己的手脚麻木，耳朵里嗡嗡作响，仿佛身坠十里云雾。

这时候郦食其听到了田广一字一顿地说：“郦食其，刘邦小儿背信弃义，打着结盟的幌子，来偷袭我国，你如何解释?!”

郦食其瘫坐在地上，长叹一声：“我郦食其一世英名就此断送，唉！谋大事者不拘小节，随你处置吧!”

田广下令：“来人，把这个汉朝小人绑到临淄城头烹杀，以祭祀我十万将士!”刀斧手过来架起干瘦的郦食其，捆绑到木杠上，在临淄西门城头，架起口大油锅。

郦食其仰天大呼：“汉王，我不负你，你却如此，报应指日可待啊!”行刑士兵将郦食其扔入油锅烹炸而死。田广冒雪登上城头，向城下乱军喊道：“将士们，刘邦言而无信，干出卑劣之举，致使我损亡数万子弟父兄，今天烹炸郦食其老儿，祭祀战旗，我们与刘邦血战到底!”城下士兵见此情景，停止了混乱，群情激奋，高呼“报仇!报仇!”风雪中已被烹的郦食其高高地缚在木杆上。

田横指挥城内外军队紧急布防。

就在此时，韩信已经踏雪杀来。

韩信让大军在历下城稍事休息，第二天一早就命令出征，追击齐军，进军临淄!韩信动员三军说：“汉王派郦食其游说齐国，为的是麻痹敌人，并非制止我们进攻，只有彻底消灭敌人，才能消除我们的隐患。将士们，我们顶风冒雪劳师袭远，这正是我们建功立业的时候，人人要奋勇当先，畏怯者斩!”

每个人都清楚韩信的话意味着什么，他们在当不当兵之间没有选择权，唯一能做的就是在战争中活下来，且尽量活得好一些。只有击败敌人，才能从敌人那里获得金银财宝、酒肉和女人。韩信十万大军一路急行，就在临淄城头烹杀郦食其的当口，汉军杀气腾腾地裹挟着滚滚雪浪涌到了临淄城西。

此时，汉大夫郦食其的尸体被高高挂在城头高杆之上，杆上还悬挂着一丈长的条幡，上书“无耻无信贼刘邦”。

韩信带领灌婴、曹参等众将勒马巡行阵前，看到城头忙碌的齐军将官，城下是黑压压的十万历下败军，此时败归的齐军已经列阵整齐，全部面向西方的韩信军队，个个剑拔弩张。城头齐相田横见汉军掩杀到城西后，从战阵中出来几个骑马的军官，背后大纛旗上书写着斗大的“韩”字，知道是韩信来了。

田横指着韩信破口大骂：“韩信，你们汉王无耻无信，派郦食其老儿来结盟会谈，我齐王仁厚，不愿兵连祸结，为天下苍生计允诺齐汉结好，没想到，你们偷偷摸摸地派军压境，还偷袭了我历下守军，公然破坏联盟，这是对天下道义的极端蔑视，对我大齐的莫大侮辱，对我齐军将士的残忍屠杀，此仇不报，誓不为人!”

伴随田横话语落地，城上城下齐军振臂呐喊“洗雪国耻！报仇雪恨!”

韩信冷冷地看着城上的田横和眼前的齐军，扔下一句话：“齐反复之国，何以言信！只有实力才能决定一切!”然后打马回营。

回到中军帅帐，韩信坐定之后命令：“各部兵马就地安营下寨，步军居前，骑军居后，阵前部署鹿角丫杈，弓箭手、刀斧手、盾牌手等。没有我的命令，任何人不准主动出击，擅自行动者军法处置。”说完，看了看曹参，发布第二道命令，“曹参，齐军不久就会来进攻，待敌三鼓之后，你再带领五百军兵，在阵前架起二十口大锅，烹牛宰羊，喝酒吃肉。”

曹参摸了摸脑袋，以为自己听错了，不解地问：“将军，你不让我冲锋杀敌，却要让我带人在阵前喝酒吃肉，这是何意?”

韩信不动声色地说：“你只管去做，其他不必多问。”韩信又找来灌婴耳语一番。

田横原以为韩信列阵之后会来挑战，但是汉军却没有任何动静。城下的田解及历下兵卒按捺不住了，虽然早就闻听韩信威名，但今天不同往日，复仇之心、耻辱之心交织在一起，齐军决定首先发起冲锋。齐军呼喊着向汉军冲来，已至汉军壁垒一箭之地。这时候汉军阵内弩箭突然如蚁涌蜂攒一般疯狂射出来，冲在前面的齐军纷纷倒下，后面的齐军稍稍愣了愣，又接着冲上来，结果又是一排箭雨，齐军又倒下一片。此时齐军已经冲到了汉军阵前，短兵相接，展开了肉搏，汉军的长矛从盾牌和防御工事后面刺出。汉军的防守是牢固的，齐军无法冲破，只好退去。过了一炷香的时间，齐军又发起第二次冲锋，扔下几百具尸体，仍然被汉军抵挡了回去。

晌午过后，齐军第三次冲锋更加凶猛，战斗也更加惨烈，汉军也遭受了一定伤亡，但是汉军队列依然稳如泰山，齐军疲惫地退去，汉军并不追赶。显然，齐军复仇的气势遭受了重挫。

此时，曹参带着几百名士兵和伙夫出现在阵前，架起了一排大锅，燃起熊熊柴火，宰杀牛羊，放入锅中烹煮。渐渐地，牛羊肉的香气徐徐从锅灶上飘出来，顺着西北风飘向了齐军营阵。锅里是翻滚的牛羊肉，火边是几百名汉军大碗喝酒畅饮，把大块的肉往嘴里塞，一边吃喝一边猜酒令，呼喊说笑。齐、汉军阵距离并不遥远，这边热火朝天的场景被齐军看得清清楚楚，浓浓的肉香和酒香绵绵不断地飘过来，往齐军鼻子里钻。齐军从历下城中逃出来，丢盔弃甲，已经快两天没吃东西了，又冷又饿，饥寒交迫。

刚刚经过三次冲锋，齐军士气大减，极度疲惫的感觉顿时笼罩了每个人的身心。而汉军酒肉的诱惑又是那么的强烈，挥之不去。世上没有比饥饿的力量更强大的了，饥饿能够驱使包括人类在内的任何动物做出任何可能的事情来。十万齐军眼巴巴地看着汉军吃喝，可怜巴巴地望着自己的主帅。田解此时也意识到了问题的严重性，尝到了韩信此计的狠辣，两军对垒攻心夺势为上。田解知道要不了多久，他的这些疲敝之卒就坚持不住了，后果将是可怕的。他向城上的齐相田横请示道："相国，我们将士劳顿甚苦，能否开城门让我等进城吃饱饭?"田横心里也很清楚，如此僵持下去，城下的齐军会挺不住的，但如果打开城门，就如同开闸泄洪，这些士兵会涌进城里，如果被韩信乘机掩杀进来可就遭了。但是，如果不开城门，城下这些士兵很可能哗变，立即解体。权衡再三之后，田横命令开城，临淄城门徐徐打开，城下十万士兵比当初逃出历下城门时还要急迫拥挤，争先恐后地往城里跑。几乎与此同时，汉军营中突然杀出一支骑兵，瞬间杀入了齐军队伍，汉军骑兵如同虎狼入羊群，左冲右突，驰骋挥杀。齐军顿时大乱，田横想关城门已经不可能了，拥挤的齐军把城门堵得水泄不通，城门几乎塌陷。无奈，田横命令放箭，城上箭如雨下，这才逼退了灌婴的骑兵，但是城外的齐军也已经被汉军杀得四散逃亡。一时间，战场之上安静得出奇，汉军还营，城下齐军也不见了踪影。城门总算关上了，城上的田横和冲入城中的田解都松了口气，至少还可以在城内组织防御。

夜幕渐渐降临，到处一片漆黑，皑皑白雪映射出幽幽的暗光。田横和田解都没有回家，在城内临近的军衙内就寝。大约夜里子时，突然，城外喊杀声、战鼓声交织成一片，有兵卒来向田横报告，说是汉军攻城！田横赶紧穿衣赶赴城头，此时田解也已赶到。只见西门外火光一片，格外明亮，汉军驾着云梯战车向临淄城冲来，一边冲一边呐喊击鼓。田横紧急命令调集尽可能多的防守军兵来西城支援，一定要打退汉军。汉军也如同疯了一般，顶着盾牌、木板，攀爬云梯攻城。

正打得难解难分之际，忽然有人来向田横报告："启禀将军，北门被汉军攻破！"田横大惊，马上登高北望，果然北城一片火海，田横觉得胸口一闷，一口鲜血喷出老远，当场晕厥过去。齐军见此情景，顿时大乱，放弃了抵抗，夺路而逃。此时的齐王田广也得到了消息，急忙命令出逃，向高密方向奔走。其他文武大臣先一步得到消息的还能逃出临淄城，后得到消息的在睡梦中已被汉军擒杀。田解架起田横，带领部下向博阳逃去。繁华如梦、商贾云集、冠盖如云的临淄城一夜之间化为断壁残垣，王宫官宅被汉军占领，店铺钱庄被洗劫一空。

其实，韩信是利用酒肉诱惑把饥寒之极的齐军的气势打垮，又派早已经装扮成齐军的一千多汉军趁乱潜入临淄城北城附近。待西城喊杀声起，南、东、北城的齐军守卫力量大多被调往了西城，灌婴率骑兵已经赶赴了北门外，此时潜伏的汉军趁机里应外合，轻而易举就攻陷了临淄北门。城内齐军顿时大乱，放弃了抵抗，以齐王田广为首各自奔命而逃。北城陷落后，临淄西城也顺利被汉军攻陷。攻入临淄城，韩信严令汉军除宫室、官府、商铺之外不准洗劫民宅。同时，命令曹参、灌婴连夜追击田广和田横。

追击了一天一夜之后，汉军在高密以西的潍水遇到了强敌——真正的强敌，楚国大将龙且。

龙且是怎么来的呢？

原来，历下兵败的消息传到临淄后，田广做出了一个决定，立即派人十万火急赶赴彭城向西楚霸王项羽求救，在齐汉和谈的时候，齐国使者已经来见过项羽了，并假意向项羽示好，解释与汉结盟纯属策略。现在韩信攻陷历下，项羽意识到刘邦在绕道对自己实施包围，如果韩信灭掉齐国，楚军的后背无疑将暴露于汉军的刀锋之下。项羽决定必须派人救齐，而且趁齐汉火并之际，打败韩信，击退汉军后还可以顺手灭掉齐国，从根本上解除自己的后顾之忧。

既然要救齐国，那么派谁去合适呢？一般人不是韩信的对手，必须派得力大将，而且还要快，去晚了，齐国就被韩信灭掉了。项羽想到了龙且。龙且乃项羽手下第一猛将，当然是在英布叛逃之后。项羽自从击杀宋义，一路向西过关斩将，领头儿冲锋陷阵的一直是英布，号称冠军，乃勇冠三军之意。英布为项羽立下了汗马功劳，后来被项羽封为九江王。当了一国之王后的英布开始对项羽越来越不服，居然在项羽征伐齐国的时候没有支援，在刘邦攻陷彭城的时候坐视不管。项羽大怒，为了教训英布，项羽派出了当时排名第二的龙且讨伐英布，不知怎么搞的，或许是心虚的缘故，无往不胜的英布居然被龙且打败了。后来，在刘邦的说客的游说之下，英布才彻底叛离项羽投靠了刘邦。龙且则成为楚军项羽之下的第一猛将，也成为楚军的标志性人物。在项羽与刘邦交战呈现胶着之势的时候，龙且负责驻守彭城后方。项羽立即命龙且驰援田广，龙且带领二十万大军星夜兼程，但还是没有赶上救援临淄。在高密以西遇到了逃亡的田广后，齐、楚两军会合一处，驻防潍水之东。而此时，韩信率汉军也追击到了潍水之西。

在龙且刚刚到达的时候，有人向龙且建议："汉军奔袭千里，势不可当，我们应该深沟高垒，坚壁清野，同时请齐王散布消息，召集散落的齐军来此会合，原来被韩信攻陷的城池听说我们来救援齐国，肯定会纷纷响应，到那时，韩信就会孤立无援，不攻自破。"

应该说这是一条很厉害的计策，正中韩信的软肋，如果这样，韩信要么被困死，要么回师。但是龙且没有采纳这个建议，因为他是龙且，不可一世的龙且，连英布都能击败的龙且。

龙且说："我原本就了解韩信，他胆小怕事，市井闹事的小混混欺负他，他都不敢还手；在楚军中作战时，韩信也是临阵怯懦，没有什么战功。所谓破魏、下赵，纯属侥幸，况且魏豹、赵歇之徒，哪里可以与项王同日而语。我看韩信这几年不过是浪得虚名罢了。"龙且顿了顿，继续说道，"况且，我们是来救援齐国，既然如此，就应该好好表现，如果畏首畏尾，避而不战，不急人之难，这将有损楚军威名！"

随后，龙且派人主动向韩信军叫阵挑战，奇怪的是韩信按兵不出，没有乘胜进攻的意思。

"韩信果然胆怯，不敢出战。"

此时的汉军营中也议论纷纷，都知道楚军大将龙且来了，还带来了二十万楚军嫡系部队，汉军上上下下立即感到了从未有过的巨大压力，神经紧张。

河东岸龙且骂阵骂得一浪紧似一浪，天寒地冻中居然有十几个楚军大汉脱光了膀子甩开腮帮子大骂韩信："缩头乌龟，见到楚军来了胆怯不敢迎战。"

灌婴按捺不住怒气，要率所部冲出去杀一杀楚军的气焰，韩信摆手制止了灌婴。其他将官摩拳擦掌焦急地向韩信问计，韩信沉默不语，只是让他们少安毋躁。

一天无事，到了晚上，寒风怒吼，夜色漆黑。韩信命令五千人悄悄顺潍水向上游移动，到达距离两军二里之处，这些士兵将一万多只布囊草袋填满土石后扔到潍水河中。此时，潍水河面已经结冰，冰层下的河水依旧流淌。砸开冰层后，沙袋很快就叠起了一个近两丈高的水坝。

第二天清晨，韩信指挥部分军队渡河向东岸的龙且齐楚联军冲击。由于昨天没有与韩信开战，龙且心里有些烦躁，正准备调兵遣将冲过河冲击韩信军，没想到韩信军一大早主动杀到河东岸来了。龙且大喜，以为自己的激将法起作用了，心想：来得正好，且看我龙且活捉韩信。

楚、汉两军接战厮杀少顷，汉军支持不住立即向后退去，龙且一见汉军要跑，哪里肯放，打算一举掩杀，把汉军冲垮，彻底击败。龙且手中长矛一挥，命令所部倾巢而出追击汉军。二十万楚军叫嚣着列队横渡，当楚军过河达到一半人马的时候，韩信果断地下令掘开水坝。被水坝阻塞了一夜的潍河水倾泻而下，夹杂着冰凌石块咆哮而来，刹那间，几万楚军被淹没在了冰冷刺骨的河水之中，后续楚军部队被阻断在东岸过不来。

此时，韩信稳坐中军战车，冷峻地下达了反扑的命令："全歼西岸楚军！"龙且此时的心凉透了，因为他已经带人冲过了潍水河，站在西岸眼看着汹涌的河水把自己后续部队隔绝在彼岸。而此时容不得龙且多想，灌婴率部下已经杀到眼前。

龙且不愧为楚军第一大将，尽管身陷重围，仍然力战灌婴毫不慌乱，五十回合之后，灌婴有些渐渐不支，这时曹参、孔熙等人也杀过来，与灌婴一起苦斗龙且。在汉军强大的攻势下，龙且亲随被汉军分割隔离击杀，龙且孤身一人被团团围住，终究恶虎难敌群狼，龙且体力支撑不住了，突然感到眼前一晃，不知道被什么东西遮住了视线，接着感到前胸一凉，一柄长矛已经洞穿了他的胸背，接着一口长柄大砍刀披肩带臂斜刺砍来，眼看着龙且的身体被劈成两半，尸体一头栽落马下。河东岸的齐楚两军见主帅死了，顷刻间溃散败亡，在河东岸的田广只好再一次逃亡奔命。

汉军追亡逐北，未给齐楚军任何喘息的机会。灌婴、曹参等人分头追击，终于在城阳追上了田广，并将其俘获。

为了断绝齐国人复国的希望，韩信自行做主，以为郦食其复仇为名杀了田广，同时派灌婴追击田横。灌婴乘胜一路掩杀，击杀田解和田吸等齐国大将，把田横打得一败涂地，让其在齐国没有立足之地，田横只好去投奔了梁地的彭越。而曹参则追击齐将田既到达胶东，并将其击溃斩杀。至此，齐国军队的有生力量全部被歼灭，齐国有头有脸的主战派也死的死，逃的逃。

韩信连战连捷，以迅雷不及掩耳之势，奇伟诡怪的谋略，击败历下二十万齐军，袭取临淄城，水淹龙且楚军，擒获齐王田广，这一战与以往任何战役都不同，这是一次系列战役，是韩信毅然决然地要赶尽杀绝的行动，是从东到西驰骋几千里的纵深作战，是一次荡平大国的征伐。那么消灭了齐国，韩信接下来该做什么呢？

韩信再一次陷入了沉思，辗转反侧一夜未眠。

第二天一早，韩信派亲随带着一封信出发了，这名亲随一路狂奔，绕过楚军守备，风餐露宿，不几日便到达了栎阳（今陕西省西安市）刘邦行宫。

此时，刘邦刚刚又吃了败仗逃回后方。

荥阳、成皋再一次失守，刘邦还差点断送了自己的性命。原来刘邦在赵国从韩信军中夺得援军后，恢复了些元气，趁项羽东归的空当，诱杀了项羽留守荥阳的司马曹咎，重新夺回荥阳。项羽得知前线变故，再一次放弃扫荡东部彭越等诸侯的计划，亲自西征，把荥阳围得水泄不通。此时的项羽已经东奔西走、疲于应付，在这种情况下，项羽动了与刘邦讲和息兵的念头。刘邦是给点阳光就灿烂的那种人，稍微恢复些元气就挑衅项羽，一旦项羽杀来就疲于逃命。这次被项羽围困，刘邦又束手无策了，只好爬上城头向项羽喊话，数落项羽的种种罪行。结果项羽被激怒，项羽埋伏的弓弩手乘刘邦与项羽搭话的间隙一箭射中刘邦前胸，刘邦“啊呀”一声当即跌倒。刘邦脑子反应快，为了不让楚军得知实情，用手紧紧捂着前胸，嘴里高呼：“射中我的脚啦，疼死我啦。”主帅遭到重创，这仗就没法打下去了，刘邦只好主动撤军，回到栎阳休养。

正在刘邦被败仗和伤病折磨得烦闷之际，韩信的信使到了。刘邦拆开韩信的信笺，只见韩信书信中写道：

“汉王，臣历经数战，终破强齐，如剑戟临项羽脊背。然而，齐国乃反复之国，自怀王起兵以来，数度作乱，数易其主，现在刚刚收服齐境，情况复杂多变，没有强大的威势不足以震慑齐民，不足以威迫楚国。臣请求暂且代理齐国之王，以资治理！”

这是典型的韩信方式，擅自做主，把权专行，为达目的，坚决果敢。

这令刘邦想起了韩信保荐张耳出任赵王的事，刘邦怒火攻心，心想：我这里战事吃紧，屡遭败亡，派你征伐齐国，你私自扩大攻势，竟然敢自立为王，还假惺惺地做代理齐王，岂有此理！刘邦想到这里，忍不住骂出了声：“韩信小儿，不想着来支援解围，反倒要做什么代理齐王！”站在一边的张良把信接过去看了看，没有作声，只是用脚碰了碰刘邦的脚，几乎与此同时，站在另一侧的陈平也用脚踢了踢刘邦的脚，刘邦立即惊醒，边骂边改口：“堂堂大丈夫，做事光明磊落，平定诸侯，建立奇功，要做就做真齐王，做什么假齐王！”刘邦立即命人制刻齐王印绶，同时撰写诏令对伐齐将士论功封赏，加官晋爵，并重金犒劳韩信的信使。第二天刘邦派张良奉诏前往齐国向韩信授予齐王之职。

此时刘邦新败，正在用人之际，必须笼络住韩信，使之继续为汉卖力。另外，韩信破齐并据为己有之意既然已经流露出来，刘邦无奈，只有做顺水人情，将韩信稳定住，别横生枝节。开始时，刘邦出于对权力的敏感，认为自己的权威受到了挑战，他在做出判断时，对韩信拥兵自立是深信不疑的，不会认为韩信是为了什么伟大的事业才请求做代理王的。这就是多疑的帝王对事物的判断习惯，首先假定别人居心不良，再选择性地相信对自己不利的一种可能性。但经过张良的提醒，刘邦马上醒悟，这也说明刘邦的政治修为之深厚。而陈平没有看到信笺，却也同时提醒刘邦，可见陈平善于察言观色，机敏非常，这也是陈平日后能够打入丰沛集团核心的主要原因。陈平还偷偷摸摸地做了一件事，他用刘邦给他离间项羽集团的钱财，捎带脚儿买了一颗特大号珍珠戒指，回到栎阳后送给了吕雉，吕雉瞅着手指头上这个亮闪闪的珠子，不由得眉开眼笑地多看了陈平几眼。

韩信消灭齐国、水淹龙且的消息同样飞快地传到了项羽那里，项羽心里一阵紧张，这是项羽从未有过的感觉。项羽叱咤风云，所向披靡，战无不胜，攻无不克，惧怕过谁？但现在项羽内心深处生出了一丝丝恐惧。韩信已经辖几十万大军虎视眈眈地站在了自己的背后，凛冽的杀气穿过几千里的寒风向他袭来。思前想后，项羽想到了招抚之策，排除了一万个不乐意之后，项羽决定派心腹谋士武涉去游说韩信。

韩信接待了武涉，武涉开门见山地对韩信说：“将军你知道，天下人都怨恨秦朝暴政，群雄奋起反抗，经过诸侯同心协力，总算推翻了暴秦。按照在反秦战争中的功劳，各路诸侯掠地分封，束甲休兵。但是，汉王刘邦贪心不已，重又点燃战火，不仅攻陷三秦，而且煽动关东诸侯兵马向东攻打，抢夺属于别人的利益，显而易见，刘邦不攫取天下是决不罢休的。还有一点我要提请将军你注意，汉王此人鸟面而豺声，从面相上看他是不值得信赖的人。刘邦几次被楚王包围，身陷绝境，都是楚王心怀仁慈可怜他，放了他一条生路。可是，刘邦好了疮疤忘了疼，屡次破坏和平约定，进兵犯我楚境，其言而无信昭然若揭。将军你自以为与汉王交情深厚，为他东征西讨，卖力征伐，但最后，还会成为他的阶下囚。之所以你能在汉安然无事，是因为楚王与汉王正在征战，将军你还有利用的价值。当前，天下局面，楚王与汉王的胜败取决于将军你，你偏向刘邦，则汉胜；你偏向项王，则楚赢。如果项王今天被打败，那将军你明天就会成为汉王的下一个目标，为什么不放弃刘邦来帮助项王呢？”

韩信听完武涉这些话，脸色有些阴沉，缓缓说道：“非我韩信不效力楚王，我曾屡屡向楚王进言，但是楚王刚愎自用，不采纳我的意见。”

武涉见韩信对项羽仍怀有芥蒂，只好退而求其次，说道：“将军，即使不便于和楚王结盟，也没有必要为刘邦效死力，你可以据齐境自保，齐楚汉三分天下，各得其所，共致太平。”

韩信摇摇头：“先生有所不知，汉王对我有知遇之恩，见面就封授我为大将军，对我的建议言听计从，并且对我十分信任亲近，汉王将自己吃的饭菜送给我吃，将自己的衣服送给我穿，很有长者之风，这是莫大的信任，我如果背叛人家是不道德的，我对汉王忠心赤胆，至死不渝！”

武涉说：“汉王对将军信任吗？将军陈兵平原津，汉王派出郦食其游说齐王却不告诉你，这说明你和郦食其都是汉王用来彼此制约的暗招，难道这也是信任吗？”

韩信眼睛里的神色暗淡了下去，武涉以为韩信动摇了，刚想开口继续劝说，却被韩信摆摆手制止了。武涉见韩信难以说动，只好离去。

武涉刚走，张良捧着刘邦诏命及齐王印绶来到临淄，向韩信传达了汉王的嘉奖眷顾之意并将稿赏三军，听到嘉奖令后三军欢声雷动，高呼感激汉王。其实，刘邦派张良此行的目的，名为封授，实为观察刺探韩信的动向，并笼络军中将士。张良见韩信虽然立功心切，但的确没有离叛迹象；三军将士军容整齐，气势高昂。张良暗自叹服韩信的治军之能。韩信目前据天下鱼盐商贾之利的齐国，统帅无往不利的虎狼之师，其能量已经足可争霸天下，在这个微妙的节骨眼上必须把韩信笼络住，更不能将韩信逼上铤而走险之路。张良不敢耽搁，急匆匆回去向汉王复命，言韩信不会反叛，汉王若要击败项羽，非韩信之力不可。

韩信在军事上的巨大成功已经令三军拜服，令天下震惊。现在成为齐王，政治地位已与项羽、刘邦比肩，左右天下局势发展的权柄，无疑操控在了韩信之手。任何事物当发展到一定规模，具备一定能量之时，便自然会产生相应的势能，形成吸纳效应，成为聚集周围资源的中心，这不以人的主观意志为转移。韩信实际已经具备这个特点。其周围的资源被他吸纳，也正主动向他靠拢，补充壮大他的能量，促使、要求、逼迫他获取更进一步的发展。

在这种环境下，蒯通的言论就不足为奇了。

蒯通就是那个劝说韩信伐齐立功的人，现在要劝说韩信谋取更大的功业。蒯通知道武涉没有说动韩信，韩信对刘邦感念旧情，恩义满怀。蒯通深知直接游说韩信可能会适得其反，于是假托相人之术，从侧面劝说韩信。

蒯通对韩信说："我对相人之术素有研究，从面相上看，将军你富贵不过封侯，况且危机丛生；但如果从后背来看，你的富贵则难以言表。"

韩信显然发生了兴趣，问道："这是什么缘故？"

"几年前，天下群雄并起，目的在于推翻暴秦。现在楚汉纷争，造成天下黎民涂炭，民不聊生，父子弟兄暴尸荒野，骨肉离散的不可胜计。楚国本来发迹于彭城，一路征伐，乘着天下有利局势，席卷关东，威震天下，但现在疲于奔命，被汉阻挡在荥阳一线不能西进已经三年多了。而汉王率领数十万将士，占据巩县、洛阳一带，凭借山河险固，和楚军几乎一天之内数次战斗，却没有建立任何功勋，且屡屡败亡。这就是两败俱伤，谁也无法击败对方，只有愁困熬时。老百姓在战火中奔命，不知道谁更值得依靠，不知道什么时候是尽头。据我判断，对于这种局面，若不是普天之下的圣贤雄才，肯定做不到止兵息祸，解决不了战乱。现在楚汉两强的命运都掌握在将军你的手里，你帮助汉，则汉胜利，你若帮助楚，则楚获胜。将军你如果能够听取我的建议，咱们谁也不帮，却又对谁都帮，让楚汉谁也吃不掉谁，我们与之三分天下，成鼎足之势，这样就没有任何一方敢于先发难了。凭借将军你的聪明英武，带甲几十万，有齐几千里，胁从燕赵，乘空虚地利，出兵楚汉之后，顺应民意，向西讨伐，为天下请命，那么将会呼应全天下的老百姓，谁敢不俯首听命？再削减力量强大的，扶持弱小的，分封诸侯，诸侯立国都会感激齐王你。你占据胶东泗水一带的地盘，遥相制约，则天下诸侯都会来齐会盟上朝啊！常言说：天赐不取，反受其咎；时至不行，反受其殃。请将军你认真考虑考虑。"

韩信听完蒯通的一席话，沉吟良久说道："汉王对我情意深厚，我怎么能为了利益而背负不义之名呢？"

蒯通答道："以前，常山王张耳、成安君陈馀在贫贱之时为刎颈之交，日后二人发生争端，张耳杀死陈馀，为了什么呢？主要是人心难测，贪念多欲啊。大王你现在要履行忠信的义务，报答汉王，这种交情能比得上张耳和陈馀吗？而天下利益纷争比他们大得多的事情比比皆是。你认为汉王不会谋害你，这也是错误。昔年，大夫文种保护了越国，帮助勾践称霸，但在功成名就之后却身首异处，这是狡兔死走狗烹的道理。从这儿足以说明问题了。况且，勇武谋略超越君主的会有危险，功劳盖过天下的不能赏赐，现在齐王你威震四海，功业卓著，楚王对你不会信任，汉王恐惧你，您打算如何安身立命呢？"

韩信叹口气说："先生，这事就到此为止吧，我很感念你为我着想。"

过了几天，蒯通不死心，又来劝说韩信："听闻是判定事物的征候，计议是判定事物的关键。听不进良言，拿不定主意，却能安然存在于世间的很少。所以，犹豫不决，牵挂小利，丧失天大良机，不敢采取行动，这是祸患的根源。弥天之功，难以达到，却容易失去；时机，难以等来，却容易错过。这可是千载难逢的好机会啊！"

韩信虽然没有驳斥蒯通的建议，但仍然犹犹豫豫，不忍心背叛汉王；又自以为功劳巨大，汉王不会不让他做齐王。蒯通见韩信执迷不悟，难以说动，无奈，为了自保性命，只好假装患了病，离开韩信远避他乡。

虽然武涉、蒯通等人没有说动韩信，但他们的话或多或少地还是起了作用，韩信的心里乱糟糟的，坐立不宁。

"将军，你现在平定了齐国，还有什么烦心事？"梦蝶关切地问。

"正是因为我先后平定了魏赵燕齐，而汉王又专程派张良来封授我齐王爵位，我才会觉得危机重重。"

"这是何意？"

韩信长叹一声，徐徐说道："汉王待我恩重如山，我原本想竭忠尽智，但是汉王在修武莫名其妙地剥夺了我的军权；伐齐时，他派出郦食其却不告诉我，分明是想用郦食其分散我的征伐之功，而同时又用我牵制郦食其，这是对我产生了猜防之心啊。”

“君主如猛虎，若不能为伍恐反受其害，将军准备怎么做呢？”

“这几天有人劝我自立，与刘、项抗衡，可是我觉得他们也多是从局部私利出发，事情没那么简单，况且汉王对我还没到不能相容的地步。”

客观地说，无论从事前还是事后来看，韩信称王于齐都是韩信一生中的一个转折点。韩信此时的意念从主要意义上决定了后来韩信的命运。

武涉、蒯通所言其实各有道理。对于天下局势，韩信的确起着举足轻重的作用，其向背好恶几乎能决定刘、项的命运，可以肯定，他帮助任何一方都能消灭另一方。但韩信不会帮助项羽，不仅是由于项羽原来不重用韩信，而且韩信很清楚项羽政治上不如刘邦的地方很多。韩信尽管不会背叛刘邦，但也不会像以前那样不遗余力地帮助刘邦了，因为以往的经历和现实，促使韩信开始较多地考虑自身及周围的利益关系。韩信陈兵平原津，刘邦派郦食其游说齐国却不通知韩信，韩信对刘邦也产生了隔阂，才有了韩信决意消灭齐国的行动。

刘邦之所以没有治韩信破坏结盟的罪过，不仅是由于韩信攻取了齐国，战果比结盟要大得多；更重要的是，刘邦为了围堵项羽已经到了不择手段、不惜代价的地步，其军事、外交双线作战，本就是刘邦秘而不宣的阴谋。如果郦食其游说成功，韩信驻军不进，则可以治韩信违命之罪，就捏住了韩信的把柄，杀一杀他不可一世的气焰。如果韩信继续进军，无疑会比派郦食其要顺利得多，至于郦食其的命运实在是个意外，全怪郦食其在齐国逗留太久。韩信能看懂这层含义，张良能看懂，萧何、陈平等人也能看懂，只是无人捅破这层窗户纸而已。

那么，韩信能否自立，与刘、项一争高低呢？不利因素和有利因素都不少。尽管韩信已经可以割据一方，具备一定的吸纳效应，但是和刘邦比起来，韩信有几个弱项永远都无法弥补。一是政治调和能力。刘邦是此中高手，而韩信擅长用兵，却不善于政治调和，例如，破齐的策略是生冷的屠戮灭国，缺乏政治技术含量，与刘邦班底成员缺乏相容能力。二是政治理念。刘邦的政治理念已经明显高明、先进于项羽，几乎是当时历史条件下最优的。韩信连复制的能力都没有，更不用说提出超越刘邦的政治理念，蒯通的说辞与郦食其当时劝说刘邦分封诸侯的模式相同，都是倒退回诸侯分封割据的时代，不具有先进性。三是韩信可吸纳的资源有限。在一个相对的时空里，资源，特别是人力资源是有限的，天下才俊基本已经挖掘殆尽，且各有所属，可以被韩信网罗的人才已经不多，韩信多年用兵，征战列国，但是周围没有新增几个人物，连李左车、蒯通都留不住，可见韩信的资源吸纳能力有限。四是韩信权变意识差。韩信一心建功立业，谋取功名，对于政治领域的权谋变通之术基本不得要领。刚毅耿直，这是从政的弱点。五是作战与治理有别。韩信的力量形成是依靠不断地争战，如果韩信停止征伐，失去了外部动力和压力，很可能韩信的力量会迅速解体。综上，韩信打算三分天下存在很多困难，更不用说主动荡平刘、项一统天下，韩信担不起如此重任。但历史的走向未必就是建立在信息充分、判断理性的基础上，大事件的抉择往往会突然成为历史的转折点，所以说世事难料。

对这些要素，韩信有些是清楚的。韩信了解自己的弱项，所以韩信不为任何人的游说所动心。但是有些因素韩信是不清楚的，现在的韩信与以前的韩信相比，也已经发生了变化，韩信对于诸侯王的认识与刘邦对诸侯王的认识是不同的。韩信认为诸侯王应该是平等的，希望自己与刘邦的关系能够从从属关系向盟友关系转变，这些也都有先例，如魏豹、张耳等人，而刘邦认为只要是自己封授的诸侯王都是自己的下属，都要效忠自己。另外，韩信开始过多地考虑自身及身边利益集团的关系，而忽略了一个问题，即自己的部下首先是刘邦的部下。这些加剧了刘邦对他的猜忌与防范，而韩信对此缺乏应有的和足够的感知。如果说刘邦在修武袭取韩信军权仅仅是对韩信表达了不满，那齐王的封授则标志着刘邦已经开始猜防韩信，并将其隔离在了信任之人之外。从另一个角度讲，韩信也心知肚明，刘邦所谓的筑坛拜将是半真半假，自己只不过是刘邦攻城略地的工具，而且刘邦自始至终对韩信的任用半信半疑、半扬半抑，所以韩信所谓不忍背汉的表白也是半真半假。韩信为自己和自己的属下谋取更大的利益，也有情非得已的驱动因素，蒯通之所以有此言论在很大程度上也是一个代表，代表了韩信周围追随者不断上升的政治要求和利益诉求。水涨船高是凝聚这些政治集团各派力量的主要动因，谁也不愿意将自己的一生寄托在毫无期望的筹码上，不管为人为己都要推动集团的领袖往前走，有的最终走上了辉煌的神坛，有的则走向了万劫不复的深渊。这是一条不归路，演绎了几千年的不归路。

齐国是刘、韩关系的转折地，也是韩信命运的转折地，甚至是天下局势的转折地。

韩信权衡再三，政治策略终于决定了下来，只有一个字——拖。在这之前，也是一个字——攻。

“攻”与“拖”之间发生了质的变化。

韩信灭掉齐国是在汉四年底，距离韩信投军已经有七八年的时间了，七八年的时间足以在那个战乱频生、风云激荡的时代，从里到外地改变一个人。

灭齐后有相当长的一段时间，刘邦没有给韩信下达明确的指示，并非刘邦不想指挥调遣韩信，无奈此时的韩信已不是原来的韩信了。

韩信采取拖的策略，其目的是以拖待变，甚至是以拖求变。这个变，既有刘邦对他的态度之变，也有天下时局之变。如果刘邦对他的态度不向安全有利的方向转变，韩信很可能会通过拖的策略促成楚、汉局势的变化，这个变化无非三种：项羽打败刘邦，刘、项两败俱伤，刘邦打败项羽。对后一种结果并不是韩信“拖”字策略所希望的，若如此，拖则没有必要，反而会适得其反。所以“拖”字策略的主观结果是前两种，其主要希望的结果可能是第二种，即刘、项两败俱伤。如此韩信通过消极的方式则可达到三分天下的目的，因为积极的方式是他不愿也不能的。

此时天下局势的确已疲敝至极，各方均已厌战。但同时，也呈现出几个特点，各路诸侯势力互有消长，分散的诸侯力量已相对集中。刘邦通过最大的政治容忍度，建立了最广泛的联盟，消灭、吸收、整合了一些弱小诸侯；分化、离间、削弱了楚国联盟。刘邦还通过坚忍的政治信念，屡败屡战、不屈不挠地通过战争巩固、壮大自己的实力。这些是刘邦最宝贵的资源，也是刘邦集团生命力的关键。而项羽从实质的天下盟主，到逐步众叛亲离，再到与刘邦势均力敌，力量和地盘都在缩小，项羽的霸王之资面临枯竭的危机。时局的脉络正是按照韩信当初登坛拜将时的论断在发展。尽管如此，由于连年征战，天下已经非常疲惫匮乏，万古不变的规律是，所有的战乱代价都要最终转嫁到老百姓身上，老百姓已不堪重负，难以供给总数达几百万之众的军队。在这种背景下，刘、项谋求讲和，暂且休息，待条件成熟再决雌雄。最终刘、项以鸿沟为界，楚军东归，汉军西还。听到这个消息，天下无论士卒还是百姓都拍手称快。

但是好景不长，政治的游戏规则就是因利求变，没有永恒，项羽不一定真掌握其深奥的道理，刘邦可是深谙此道。项羽按照约定带着人马东归楚国了，刘邦也打算西还休整，但大智囊大谋士张良、陈平劝刘邦说："我们辛辛苦苦打了好几年的仗，总算争得了大半个天下，各路诸侯都来依附，楚军又兵减粮乏，这是我们消灭楚国的好时机啊，不如趁现在楚军厌战思归的时候追击项羽，如果放弃这个大好时机，正所谓'养虎为患'啊！"刘邦一听马上又心潮澎湃起来，立即明白了时机的重要性，自己现在之所以能够与项羽对抗，而且似乎有击败其的可能，全是由于这部战车在运转，如果罢兵回师，很可能拉拢来的各路诸侯都会散去，再想凝聚起来可就难了。于是刘邦果断地撕毁了休战条约，越过鸿沟之界追杀项羽而来。

追杀归追杀，那是刘邦集团高层人物的目的，但不是基层士兵的愿望，所以汉军无论士气还是战斗力距离"乘胜追击、掩杀败亡"的标准还相差甚远。刘邦很快就追上了项羽，追是追上了，追上之后怎么办呢？汉军向楚军宣战，这可把楚霸王项羽激怒了，刘邦小人背信弃义，正面打不过我，竟然乘机追杀我楚军。项羽越想越气，楚军也是人人怀愤而战。在阳夏（今河南省周口市）附近楚、汉大战，两军刚一接仗，楚军就把汉军打得抱头鼠窜，逃入固陵城，深沟高垒，严防死守不敢出来。

刘邦之所以敢于追击项羽，并在没有山河险阻的地方与项羽决战，所依仗的还有韩信与彭越，按刘邦原计划此次战役乃是一次大会战，刘邦与韩信、彭越等一起对项羽形成西、北、东的包围之势，但是人算不如天算，刘邦自己急急慌慌地追上了项羽，要开战了才发现韩信与彭越没到。刘邦哪里是项羽的对手，只好躲进防御工事内等待韩、彭援军，左等也不来，右等也不来，数着星星掰着指头度日如年。

楚军攻击一浪紧似一浪，喊杀声夜以继日地在城外此起彼伏，流石火箭不分时点地砸向城里，刘邦的指挥所也被频频击中，眼看汉军就要城破被歼。

刘邦开始后悔自己的追击行动有些盲目蛮干，又动了逃跑的心思。对着张良抱怨发牢骚："追、追、追，都是你们瞎鼓动，现在倒好，追了一鼻子灰，打又打不过，眼看着就守不住了，韩信、彭越这些王八蛋怎么还不来！你说怎么办？"其实张良当初冒险建议刘邦撕毁鸿沟协定追击项羽，其基础是在韩信、彭越、英布三人会击的情况下，现在韩信、彭越等人不来，并非有困难，而是趁火打劫要挟刘邦，张良对此看得透彻之极。

"汉王，楚军已是强弩之末，气数已尽，这是明摆着的事实，韩信、彭越等人自然清楚，之所以迟迟不来，其目的是想汉王给他们封赏晋爵，以正名分。"张良说。

"我还能怎么封赏他们啊？"

"您如果能够把天下裂土封疆，答应他们消灭项羽后共分天下，那么他们会马上赶来的。如果这样还不行，我也不知道该怎么办了，只有听天由命了。"

"你说说看，怎么个分法？"

"您把陈地以东到海边封给韩信，把睢阳以北到谷城封给彭越，让他们各自攻取，那么楚国很容易击败。"

刘邦此时如同被支在架子上的鸭子，烤得难受，一肚子不痛快，也只得答应这么办。说实话，对于裂土封疆，如果是封个侯爷，刘邦觉得无论千户万户都没什么，可是要是把土地以共分天下的名义分给韩信、彭越这些人，刘邦是一万个不乐意，因为那是"分"不是"封"，也不是对诸侯王的"封"，这与刘邦当天下皇帝的目标是格格不入的。可是现在救命要紧，顾不了许多，其他的日后再说，有秋后算账的那一天。

韩信以拖求变，不想参加会战在情理之中，那么彭越怎么也不来了？彭越本来是一个山贼，水平比韩信还差了一大截子，让刘邦糊弄得团团转，在项羽背后左冲右突，敌走我扰，敌来我跑，把项羽折腾得够呛，楚军兵源和粮草都被彭越几经切断。后来刘邦封彭越为魏豹的相国，占据了几十座城池。再后来魏豹被周苛在荥阳所杀，彭越一直想要做魏国国君而不可得，于是彭越很郁闷，对于刘邦的调遣产生了消极对抗情绪。

刘邦经张良一点拨，脑子马上转过弯来了，不仅加封了齐王韩信，封授彭越为梁王，还封了英布为淮南王，策反并封授项羽大将周殷为大司马，派信使快马加鞭飞驰各地送去印信。爵禄这玩意真管用，没几天，各路诸侯就浩浩荡荡地从四面八方赶来，会击项羽。

试想，要是没有张良，刘邦的命运还是前途叵测，张良每在关键时候都能洞悉时局与人情，向刘邦提出让其能顺利地接受和施行的有效对策。

十二、项羽，你要为你的错误付出天大的代价

秋天是围猎的季节。

汉五年秋，一场惊心动魄的围猎行动正在进行。秋风飒飒、日朗天高，刘邦的号角响彻长江以北、黄河以南，各路诸侯闻风而动会战项羽，势如四面猛虎伺机狩猎狂龙。

项羽，曾经天下谁也奈何不了的霸王，曾经率领群雄的盟主，曾经宰割天下的豪杰，现在终于不用奔波了，因为已经无处可以奔波，能做的只有等待，等待最终一战。

在韩信、彭越、刘贾、周殷、英布等人赶来会战的路上，沿途已经攻陷了城父、屠六等中小城池，项羽的空间被迅速挤压，战报传来，项羽放弃了对固陵的攻势，决定东撤，撤往哪里呢？只有去彭城，项羽的老家，他曾经崛起的地方。

项羽走到垓下，诸侯也已经云集四合，项羽再也走不动了，也不需要再走了，因为所有的敌人都近在眼前；项羽也不能再走了，因为所有的总账要在这个秋季算清。项羽由于近来吃败仗、后方受骚扰、部下叛离等原因，部队减员严重，目前只有十万人，粮草供应十分紧张。而刘邦率领的诸侯总兵力估计在五十万人以上，其中以韩信最为强大，率军三十万人。看来韩信这大半年的确没有闲着，在一个刚刚征服的国家，将军队力量发展出了一倍多。这次韩信带出来三十万人马，齐国至少还要留下七八万人镇抚，由此可见韩信的实力。

垓下会战的力量布局是，项羽十万铁骑精锐北向防御，韩信率领

三十万军队在西北承担了正面的主力攻击任务，其属下大将孔熙率所部在东北侧，陈贺率所部在西北侧，刘邦自将中军在韩信之后，周勃及柴武率军在刘邦之后，彭越在东、英布在西，刘贾和周殷在南，其他诸侯分散在东、西、南外围。此时方圆百里之内，杀气腾腾，鸟兽早已惊吓逃尽，空气似乎凝结了，凝结为一团透明的玻璃，一触即碎。

项羽从未感到如此大的压力，自起兵反秦以来，一直都是他向外释放压力，给敌军给盟友以压力，即便项梁死后，自己被楚怀王怀疑排挤的时候，项羽都没有退却，他的力量纵横驰骋，挥洒自如。而现在，项羽感到原来释放出去的压力，全部集中在一起掉转头朝自己压了回来，压在自己每一寸肌肉，每一根神经上。项羽忽然想起了鸿门宴的时候，刘邦带百余骑来向自己请罪，那时的刘邦是何其弱小，在自己面前噤若寒蝉、小心翼翼地赔着笑脸。没想到刘邦真会装可怜，骗过了我，骗过了诸侯，偷偷摸摸地发展队伍，偷袭我地盘，分裂我的联盟，当初真是小看了他。特别是鸿沟缔约，还未隔夜，刘邦竟然无耻地置信义与天下苍生于不顾，悍然重启战火，并再一次打到我家门口来，是可忍孰不可忍。

项羽得知封挡自己正面的是韩信后，更是恼怒地沉声低喝："韩信竖子！当初不过我帐下执戟郎而已，徒尚夸夸其谈，喜欢大言天下之事，百无一用。"转眼对身旁的季布、钟离昧等人说道："众将，我们在此一举击溃刘邦，绝不姑息！有没有信心？"

季布等人抽出佩剑高举至空中，齐声应和："誓死捍卫霸王，与刘邦决一死战！"十万楚军随之振臂高呼，声浪直冲霄汉。

项羽豪壮地仰天哈哈大笑："我楚军真乃天下健儿！"

在各路诸侯中，韩信率军首先到达了战场，韩信心潮起伏，没想到四年之后，自己要统率大军围剿曾经的西楚霸王。韩信心想：项羽啊项羽，你犯下了不可回头的错误，我韩信并非要为自己报不用之辱，而是向你证明天下局势非你刚愎自用所能驱驰，乃我韩信当初所料定，无奈你见识短浅，以至于落到今天的田地。天下大事非不可为也，实乃势也。现在西楚霸王你大势已去，飞扬跋扈为枭雄的时代即将结束。韩信的部队呈“品”字列阵。

此时，垓下楚军壁垒中，钟离昧主动请命：“霸王，趁韩信立足未稳，我带一支人马掩杀汉军！敌若乱，可乘之。”

项羽应允，派给钟离昧一万精锐人马，钟离昧带人向汉军阵营冲杀而来。

韩信见楚军意在打汉军一个措手不及，便命令弓箭手放箭阻挡，同时军队稍稍后撤与楚军保持距离，暂不逆战其锋。汉军强弓硬弩矢如雨下，射向楚军。钟离昧骑兵缺乏盾牌遮挡，冲在前面的中箭受伤，主力无法与汉军短兵相接，有劲儿使不上。楚军无法正面前进，就在阵前向汉军营阵的左右突围。正在此时，孔熙和陈贺从两翼于楚军侧后方包抄上来，对楚军发动了猛烈攻击，钟离昧没想到韩信中军退却的过程中，两面侧翼还会主动杀出来支援。钟离昧左右同时受敌，楚汉一场血战在即，刀光剑影映红夕阳。钟离昧终因寡不敌众，渐渐感到抵挡不过，打算撤退入城。韩信得知来将是钟离昧，下令军队尾随楚军追击，以恐吓为主，不要逼迫楚军太急。孔熙、陈贺迅速追击钟离昧，汉军一阵掩杀，楚军大败退回堡垒中不敢出来。汉军立即趁此安营下寨，布防工事，韩信调遣诸侯人马对垓下形成合围态势。

晚上，季布向项羽建议：“白天观敌布局，北面乃刘邦、韩信主力，兵力数倍于我军，不可轻易击破，不如我们向南攻击力量较弱的刘贾等人，可以撕开一个缺口，趁夜黑敌人救援不及，我们能破除一面威胁，否则，日久敌军合围之势形成，我军粮草用尽，后果不堪设想。”项羽嘉许地点点头，派季布与钟离昧两人联合出击，以确保成功。夜半更深的时候，季布与钟离昧率两万楚军，冲出辕门杀向汉军。南面汉军主帅为刘贾，仓促之间没想到楚军会来夜袭。

此时汉营一片慌乱，季布、钟离昧主力为骑兵，纵横驰骋，斩杀汉军于睡梦之中，汉军哭喊声此起彼伏，营寨之中火光冲天。刘贾没来得及披挂铠甲就提矛上马迎战，突然一支流箭嘭的一声射中了刘贾的肩膀，刘贾在马上摇晃了一下，险些落马。正在危急关头，驻守刘贾军队侧面的英布赶到。英布听闻喊杀之声，心知一定是楚军夜袭，马上命令所部紧急救援刘贾。英布驰马冲到近前，正遇刘贾中箭，英布提马当先，挡在季布面前，大喝一声：“英布在此!”季布一惊，季布痛骂英布忘恩负义，背叛楚王；英布也破口大骂，说项羽心胸狭窄，屠灭英布其家眷，禽兽不如。两人话不投机，更无需多言，挥兵大战，季布不是英布的对手，战到三十回合，季布有些招架不住了。钟离昧见季布不支，也过来加入战斗，两人共同对付英布。此时，周殷也率部赶到，周殷与英布并肩接过了钟离昧的攻击。英布、周殷、钟离昧、季布这四个人原本都是楚军将领，同为项羽的得力大将，现在沙场相见，各为其主，已经变友为敌。季布、钟离昧见汉军越来越多，担心被围住难以脱身，决定撤离，拨马带人离去。由于情势不明，汉军也不追赶。

这次夜战，双方伤亡都很惨重，但是效果却大有区别，汉军的局部小伤亡对于整体没有太大影响，但是楚军的每次伤亡则对楚军构成了沉重打击。

第二天，刘邦、韩信、张良等共同研究对敌策略。刘邦按捺不住兴奋，现在各路大军已经到齐，刘邦打算跟项羽算总账，一举歼灭之。刘邦说：“既然韩彭、英布等各路大军都来了，我们要毕其功于一役，彻底消灭之!”

韩信看着刘邦布满血丝的眼睛，平静地说："汉王，依我之见，我们应该围而不打，困住他。项羽毕竟是天下劲敌，虽然气数已尽，但是困兽犹斗，其杀伤力绝不可低估。"显然，韩信主张以最小的牺牲确保最终的胜利，这是韩信一贯的策略。

张良也说："项羽已经被汉军包围，不出几日粮草尽绝，则不战而亡。"

韩信接着说："我们要加强戒备，各部之间要互相援助，互为相助之势，以免被项羽突袭，功亏一篑则悔之晚矣。"

于是，汉军四面围困楚军，对楚军避而不战，提高了警戒级别，遥相呼应，避免再次发生偷营劫寨的事情。四天时间过去了，期间，项羽派大将数次挑战都没有汉军应答，数次冲击汉军堡垒也没有成功，楚军士气大受挫折。

夜幕降临，下起了秋雨，雨势不大，细细密密，如丝如缕。夜鼓响过，已是亥时。项羽的帅帐高大宽阔，雕花的青铜灯碗里手指粗细的灯芯燃烧着明亮的灯火，火苗一跳一跳的，偶尔发出噼啪的油渣爆破声。项羽刚刚就寝，发出细微的鼾声。这几天，项羽有些失眠，夜间睡不到两个时辰就再也睡不着了，由于今天格外安静，项羽才沉沉睡去。

一阵悠扬凄婉的笛箫之声从帐外传来，笛箫声中还伴随着断断续续的歌声，项羽被这声音惊醒。项羽坐起来愣了愣神儿，披衣下床，侧耳倾听，乃是吴楚歌声。歌声从北面传来，渐渐地四面八方都唱了起来。项羽喊道："来人，歌声从何处而来？"

侍卫进来回答："启禀霸王，乃是从汉军营中传出。"

项羽走出帐外，居然听到自己军中营帐内也有士卒低声和唱楚地家乡的歌谣，有的营中还发出低低的抽泣声，"项王何时能带我们回家啊，我已经四年没有见过父母了。""是啊，这种仗不知道什么时候是个头儿。”

项羽打了个寒噤，慨然长叹，自问道：“莫非汉军已尽得我楚地了吗？”项羽心知这是韩信的攻心战术，用楚歌动摇楚军军心。尽管自己军中皆为精锐健儿，个个骁勇善战，但韩信这一招却可让将士一溃千里。

项羽回到帅帐，命人安排酒菜，请虞姬过来。侍从增加了灯火，端来几个菜肴和一壶热酒，此时两个侍女搀扶着虞姬盛装来到项羽帐中。虞姬为吴中美人，身姿绰约，蛾眉明眸，善解项羽心意，深得项羽喜欢，这些年项羽一直将她带在军中，随同自己东征西战。虞姬不畏行军劳苦，倾心服侍项羽，两人琴瑟相和，情深意笃。

项羽让虞姬坐下来陪自己饮几杯酒。项羽拉着虞姬的手，温言说道：“虞儿，这些年苦了你了。”

虞姬将头靠在项羽肩膀，徐徐说道：“霸王，我仰慕你英雄盖世，才远辞父母家乡，追随服侍，我心甘情愿与霸王长相厮守，只要有霸王在，多苦多险都不怕。”

项羽动情地说：“看来此战非同寻常，福祸难料，凶多吉少，难得虞儿你对我情深义重，我虽死无憾了。”说着，项羽饮尽一杯酒，起身走到营帐中央，命人取来宝剑。

项羽拔剑在手舞将起来，一时间剑影重重，映得灯火灿烂。项羽边舞剑边吟唱：“力拔山兮气盖世，时不利兮骓不逝。骓不逝兮可奈何，虞兮虞兮奈若何！”反复吟唱数阙，歌声豪气干云，荡气回肠。

此时微有酒意的虞姬在灯光的映衬下，粉腮桃红，杏眼流彩，站起身来，轻盈迈步，从壁上取下项羽短剑来到项羽身边，与项羽共同起舞。长剑短剑相映生辉，项羽黑色战袍与虞姬的红色衣裳互为衬托，交织盘旋。虞姬也轻启歌喉，步项羽韵律和唱道：“汉兵已略地，四方楚歌声。大王意气尽，贱妾何聊生。此生情意绝，来世为君生。”

歌声凄婉悲寂，项羽闻之不禁泪洒数行。左右侍从见此情景，低头掩面哭泣，不敢正眼再看这对英雄美人。

突然，虞姬抬手横剑自刎，一腔鲜血溅出素颈，柔弱身躯倾倒在西楚霸王项羽臂弯中，项羽大惊，扳着虞姬的肩膀，大声喊道："虞儿！虞儿！你这是为何？"

虞姬双目微睁，吃力地喘着气，断断续续地说道："霸王，我知道此劫难逃，我不想……不想连累你，你要……保重。"说完气绝身亡。

项羽抱着虞姬涕泪纵横，大声吼道："天啊，你为何如此?！项籍啊，你连自己心爱的女人都保护不了，还算什么英雄大丈夫?!"顿时帐中哀哭之声一片。

项羽将虞姬装殓掩埋，自己抹了一把眼泪，顶盔挂甲，手持长戟，飞身跃上乌骓马，点齐八百子弟亲兵，纵马冲出营寨南门，杀入汉军营中。项羽如风驰电掣一般，像一道黑色的闪电划过刘贾驻防的汉军营，汉军根本来不及做出任何反应，甚至都没有弄清楚发生了什么事，项羽已经绝尘而去。

天光大亮之后，垓下营寨中的楚军大乱，在季布、钟离眛等人的带领下四面突围，各自逃亡，从此亡命天涯。

汉军此时才知道项羽已于昨夜突围而走，值夜军士急忙向韩信禀报："启禀将军，项羽昨夜已冒雨突围！汉王也已经颁布命令，杀项羽者封侯赐千金。"

韩信略一沉吟，命令道："灌婴率领五千精骑追击项羽，活要见人，死要见尸！"韩信心里十分清楚，绝不能放掉这个难得的机会，楚军主力已经败落亡散，项羽无疑成了失去爪牙的狂龙，正是一举歼灭楚军、擒获项羽的好时机。如果项羽逃脱，等于纵虎归山，放龙回渊，凭项羽的战斗力可能会很快地召集力量，卷土重来的威胁时刻存在。

项羽一路疾驰，向南渡过淮河之后左右只剩下百余骑兵了。到达阴陵后，项羽为了弄清地理方位，见田里有个老头儿在劳作，就在马上遥相问道："老人家，我想打听路途，何处好走？"

老头儿看了看项羽及随从，见是楚军打扮，故意诓骗项羽说："左方好走些。"于是项羽等人按老头指的方向继续奔走，但是这条路并不好走，他们进入了一片水田沼泽交叉密布的地方，根本没法驰马，行进的速度马上慢了下来，不一会儿灌婴骑兵尾随追上来。

项羽与灌婴追兵一番缠斗后，不敢恋战，又向东且战且退，退到东城的一处高坡上，此时身边士卒死的死、伤的伤，只剩下了二十八名骑士，而汉军几千人如柴狗兀鹫一般死死追击不放。项羽知道大势已去，就对身边的骑士说："我从江东起兵到现在已经八年了，历经七十多次战役，所向披靡，我所攻击的人无不屈服，所到之处，势如破竹，从来没有打过败仗，从而诸侯顺服，我乃称霸天下。但是今天却被困在这里，是老天要我灭亡，非我项籍不能战。"项羽话说到这里，将二十八名骑士分为四队，面向东西南北四个方向。

这时候，几千名汉军骑兵已再次追上来，将项羽等人团团包围。

项羽看着刀枪林立的汉军，大吼一声："我为大家斩一敌将。"命令四队骑兵从四个方向疾驰而下，汉军一下子给冲散了，乱作一团。项羽驰马冲入汉军，挥戟洞穿一员汉将的前胸，两膀一用力，把那名汉将凌空挑起。汉将杨喜奋马追项羽，追到近前，项羽拨转马头，怒目盯着杨喜大喝一声，结果杨喜被吓得人仰马翻，逃出几里地不敢靠近项羽。项羽按照事先约定，与二十八骑会合为三处，汉军找不到项羽，不知道三队之中哪里有项羽，就分作三批，将这三队楚军包围起来。项羽又纵马杀入汉军之中，一番冲杀之后，项羽击杀了汉军一名都尉和百十名汉军骑兵。项羽冲出来，再次将属下骑兵聚拢在一起，清点之后，只不过损失了两名骑兵。

项羽带领这二十六骑人马经过几次冲击突围后，已经日过晌午，逃到了乌江边上，江边停着一艘小船，项羽正奇怪间，船篷内走出一人，向项羽插手施礼，说道："大王，我乃乌江亭长，正在此等候您。江东地方虽然不大，但也有方圆千余里，人口数十万，也足够您称王一方了，请大王赶紧渡江。"

项羽微微苦笑："老天要亡我，我还渡江有什么用呢？况且我当年与江东子弟八千人，向西渡江一路征伐，现在无一生还，即使江东父老乡亲不怨恨我，我也没有颜面再见他们了。"接着，项羽又对乌江亭长说，"我知道你厚爱我，我这匹乌骓马，年龄五岁，驰骋无敌，能够日行千里，乃一匹骏马，现在我已被困至此，不忍心杀死它，更不想它落入贼人之手，现在就将这匹马送给你吧。"项羽牵过战马，将缰绳递给乌江亭长，拍了拍马背，抚了抚马的鬃毛，乌骓马仰天长嘶，逡巡不前，四蹄刨地不肯离去。项羽对战马说："乌骓啊，去吧，他是一位好人。"乌骓马这才走下船舱，乌江亭长洒泪向项羽跪拜而别。

看着远去的小船渐渐隐没在雾霭中，项羽回过头来对手下士兵说："我为你等杀开一条血路，你们逃生去吧。"

不料，二十六名骑士异口同声说道："霸王，我们都下马，并肩战斗，与敌血战到底！"

项羽郑重地扫视着大家，逐一拍了拍这些士兵的肩膀，帮助他们整理了甲胄，系紧了丝绦。项羽站在中央，让二十六名亲随士兵站成弧形，等待追击的汉军走到近前。项羽与二十六名骑士挥动兵器与汉军展开肉搏，凡挡项羽者无不血肉横飞，陈尸旷野。渐渐地，项羽的士兵伤亡越来越多，到最后站立作战的只剩下了项羽一人。项羽在汉军的包围圈中四面出击，如同一头发疯的困兽，每吼一声，汉军就倒下一片。在杀死几百名汉军之后，项羽也身受十多处刀伤，血染征衣，须发凝固，像一座天神一般。项羽长戟戳地，怒目直视汉军，汉军不敢近前而战。

双方对峙着，时间一秒一秒地过去，最后项羽说："我听说刘邦悬赏千斤黄金要买我人头，并且封万户侯，刘邦小气，我项羽才值这点价钱?!"接着，项羽对汉军中一位名叫吕马童的司马说道，"你好像是我的故人啊，咱们认识吧？那你来对我验明正身，既然你们杀不死我，那我就成全你们。"

吕马童不敢正视项羽，侧过脸对另一汉将王翳说："这正是项王。"吕马童话音刚落，项羽抽出佩剑自刎而死，时年三十一岁。

突然，天空中一道闪电，紧跟着一声炸雷，乌云四合，大雨倾泄如注。汉军在雨水浇淋中等待了好一阵，确认项羽的确已死，才敢上前哄抢项羽尸首，王翳冲上去割下了项羽的头颅，杨喜、吕马童、吕胜、杨武各自获得项羽的一部分肢体，五个人将项羽分尸。其他汉军在泥泞中为了抢夺，互相践踏残杀死伤者不可胜数。

后来得到项羽尸首的五人都获得了封侯。吕马童为中水侯，王翳为杜衍侯，杨喜为赤泉侯，杨武为吴防侯，吕胜为涅阳侯。这就是叱咤风云、令天下色变胆寒的楚霸王项羽的结局。

韩信指挥大军全面掩杀江东，直到十二月底，前后共斩杀楚军八万人，费了很大气力才镇压了楚地的反抗。而楚国的附庸国鲁国，却抵抗到最后才臣服，因为项羽曾被怀王封为鲁公。刘邦率领诸侯向北征伐鲁国，把项羽已死的消息传出，鲁国才停止抵抗。不知道刘邦屡次惨败时，有哪个诸侯为刘邦坚守过？

一切都已成为过往。

一个时代结束了，一个风云激荡的时代终结了。

一批批与命运抗争的雄杰自此成灰，尘封进了历史。

十三、没有了战争，那我去干什么呢？

在韩信军的追剿下，楚军主力基本被荡平殆尽，主要威胁都已解除，刘邦下令各路兵马到定陶汇集，汉六年大年初一要在定陶城内开会，商议国是。定陶这个地方总能让刘邦心情愉悦，因为那位娇小可心的戚夫人就是刘邦早年路过定陶时得到的。戚夫人在相当长的时间里填补了刘邦多项空白需求，更重要的是，她为刘邦生养了一个深得刘邦喜欢的宝贝儿子。

刘邦率大军平定鲁国之后，带领中军回师定陶，在即将入城的时候，他忽然若有所思地问道："各路兵马是否都已到齐？"

身边的张良回答说："都已到达，各诸侯及将领也已经在城内等待您议事。"

刘邦又问道："齐王军驻扎在什么方位？"

张良说："在城东侧。"刘邦命令张良与周勃引军入城，为商议国是做些准备，自己要先办点事情，待办完事后再进城与大家会合。

周勃点点头，他不需要探听刘邦的事情，进城后张良自会告诉他怎么做。而张良也没有探问刘邦，只是与刘邦对视了一眼，表示明白了刘邦的意图，但张良内心也是复杂和矛盾的，他并不完全赞成刘邦的做法。张良在想，或许自己能找出更好的办法解决这件事，但这仅仅是张良的想法，张良并没有也不打算向刘邦说明，因为张良清楚一个道理，在拯救别人时要首先确保自己是安全的。

刘邦带着郦商、夏侯婴驰马直奔齐军大营。刘邦一行人来到齐军辕门前时，被守卫挡住。

守卫高声断喝："来者何人？"

夏侯婴一马当先地呵斥道："混账！汉王驾到视察军容！"

守卫回答："齐王有令，任何人不得在辕门驰马，不接纳外营军队。"

夏侯婴正要发作，这时值守将领孔熙听到吵闹声，过来巡查情况，见刘邦忽然来到大营，心里一惊，赶紧上前施礼："不知汉王驾到，请恕罪。"

刘邦阴沉着脸，用鼻子哼了一声，不阴不阳地说："齐王治军很严啊。"说着径直走进帅营。

进入中军大帐后，刘邦在帅案后坐定，威严地问道："孔将军，齐王可在营中？"

孔熙答道："齐王已奉汉王之命前往城中待命议事。"

刘邦放心地点点头，高声命令："孔熙，召集众将议事，我有重要命令宣布！"

孔熙领命退出大帐，一边命人击鼓升帐，一边向亲随使了个眼色，那名亲兵急忙入城向韩信报信去了。

片刻间，众将齐集中军帅帐，分列两侧。刘邦不慌不忙地说道："此次会剿项羽，各位立下了汗马功劳，为天下一统做出了重要贡献，现在论功行赏兑现孤王的承诺，封灌婴为御史大夫加车骑上将军。按照悬赏约定，封吕马童、王翳、杨喜、杨武、吕胜五人为万户侯。封孔熙、陈贺等人为车骑将军。"

众将没想到封赏来得这么快，纷纷谢恩。接着刘邦对众将的任务做了分派安排，让他们即刻启程分赴驻防之地。命令灌婴率中军直接隶属自己指挥，并命灌婴随自己入城与诸侯议事。

刘邦封赏完毕，离开齐军大营进入定陶城。这时，各路诸侯如韩信、彭越、刘贾、英布、周殷、吴芮等人早已等候在行宫大殿，三两一堆儿地谈论着过年、行军、斩获、封赏等事。刘邦在侍卫的簇拥下映着灿烂的阳光走进大殿，进入大殿门口，刘邦驻足顿了顿，扫视了一下文武臣属，见屋子里热热闹闹地挤满了人，个个飞扬跋扈、情绪激昂，只有一个人独自坐在一边沉默不语。

此时的韩信已经得到消息，听说汉王驰入自己军中，韩信大惊，立即浮现出了修武夺军的一幕，那次教训深刻而痛苦，从那以后，韩信时刻将指挥权置于掌控之中不敢大意。但他万万没想到刘邦下手这么快，而且刘邦借机将诸侯调离军队，其间又去夺取军队指挥权。

这时候，韩信下意识地转过头，与刘邦四目交接，刘邦眉眼间掠过那副诡异莫测的笑容。韩信看到刘邦健步走进大殿，身后跟着夏侯婴、郦商和灌婴。灌婴怎么也来了？灌婴还是那副永久的冷峻表情，目不斜视地手扶腰间佩剑跟在刘邦身后。

刘邦在主座坐定，干咳了一声，说道："现在我们大家勠力同心，终于消灭了项羽，从此之后天下太平，四海归一，百姓可以安居乐业，大家也能享享荣华富贵了。今天是一年之始，请大家来的目的就是商议一下我们今后的要务。"

萧何、张良走出班列高声说道："现在天下息兵，乃万民幸事，能得黎庶名望者，首推汉王。自沛下起兵以来，汉王披坚执刃，亲冒矢石，协领诸侯，安抚百姓，历经百战，终于击灭暴秦、强楚，功卓海内，惠及天下。当前要务就是请汉王为皇帝，才能承九五之尊，行天子之命，代天牧民，治理天下。"

众诸侯将官立即附和，共同拥戴刘邦为皇帝。

刘邦心中窃喜，但是脸色凝重，连连摆手说："我听说，帝位只有贤德圣人才可以坐，我徒有虚名，恐怕难以当此名号，你们还是再考虑考虑吧。"

群臣见刘邦推辞，纷纷加入高声劝进的行列，特别是有些老粗型的将领着急了，刘邦当不了皇帝，那他们封侯拜将升官发财也就没戏了，于是众人聒噪成一片，把劝进的气氛推向高潮，刘邦坚持再次推辞。如此你来我往好几次，最后有些人居然拔出刀剑，叮当作响地敲击。最后，刘邦觉得火候差不多了，再推辞的话可能会激出变故。

刘邦做出为难的表情说："那就顺从各位的意见，你们认为我合适，最主要的是有利于国家，如此，我就勉为其难啦。"于是刘邦在一片拥戴声中祭拜天地，登基做了皇帝，国号仍沿用汉，纪年仍沿用汉王年号，暂时定都定陶。

刘邦做了皇帝，立即分封立下大功的诸侯群臣，封彭越为梁王，韩王信为韩王，把衡山王吴芮挪了个地方封为长沙王，淮南王英布、燕王臧荼、赵王张耳不变。

最后封到了韩信，刘邦说道："齐王韩信会剿项羽，功劳最多，入城之前，我已经提前对齐王所部众将进行了封赏，以附人望，也是兑现我悬赏捉拿项羽的诺言。"

韩信心里咯噔一下，刘邦果然已经提前下手，夺取了齐军军权，并且把众将分封调遣分散。韩信觉得胸中一闷，不过转而一想，自己在齐地仍有带甲十万，只要刘邦能够按照事先约定让我做扩大地盘后的齐王，我还可以重镇一方，足可称王。但是刘邦接下来的话，彻底击碎了韩信的打算，把韩信抛入了万丈深渊。

刘邦说道："早年楚怀王没有后代，齐王韩信出生在楚地，熟悉地理人情，而且能与项羽比肩者唯有齐王，为了便于治理好楚地，决定让齐王移镇为楚王，增益食邑，都下邳。"

韩信闻听此言，一股无名火顶上了脑门，青筋暴跳，腾地从座位上站起来，要与汉王理论一番，但就在他起身的一刹那，用眼角扫视到了宫殿屏风后一道寒光闪过，他立即明白了，皇帝早已埋伏下刀斧手，如果有谁不服，发生意外，马上就会血溅当场，成为刘邦扬威立万的牺牲品，也会成为刘邦登基三把火的灰烬。韩信咬着牙根儿说道：“谢皇帝隆恩。”

刘邦仍然是那副诡异莫测的表情，示意韩信平身。韩信低着头，强压怒火退回到座位上。

刘邦继续封赏，让自己的大儿子刘肥出任齐王，而且将齐国地盘大大扩张，只要有说齐国话的地方都纳入齐国管辖。这样一来，把彭越、韩信、臧荼的地盘实际上被挤压掉一大块。彭越、臧荼正在惊异于韩信的调任，听到对刘肥的封赐后，心里也如吃了个苍蝇。这位刘肥，人如其名，生得白白胖胖，一副养尊处优的样子。现在刘肥更肥了，得到了天下最大最肥的一块地盘。刘肥显然感到十分意外，兴奋得一个劲儿用手搓自己油光发亮的脖子。

这是韩信第二次被刘邦袭夺军权，像个可笑的呆瓜一样被刘邦玩弄于股掌之间。人们常说第二次犯同样错误的人很愚蠢。韩信并不愚蠢，况且韩信以奇袭为长，但偏偏被刘邦屡次偷袭得手，这不能不说明韩信在政治权术方面与刘邦相比存在巨大差距。刘邦与韩信对于揣摩人的心理都已到了出神入化的程度，只是用场不同，刘邦擅长政治权术的斗争，韩信擅长军事将帅的博弈。而刘邦也吃定了韩信，将韩信对自己的信任当成了自己谋略得逞的英明神武的资本。

由于韩信政治权术敏感度的缺乏，造成他低估了刘邦的狡诈和阴险，低估了自己擅自称王的举动在多大程度上触痛了刘邦，也低估了自己的战功及能量对刘邦心理造成的压力。这次封赏，人人升官，只有韩信明升暗降，自己带出来的几十万大军和没带出来的十万军队被分了出去。

刘邦这么做其实早有预谋，早在诸侯逾期不至的时候，就已经做出了日后削夺韩信、彭越、英布等人权势的决定。刘邦真实的想法是，从政治体制上他主张沿用秦朝的郡县制来治理天下，这种制度虽然出现时间不长，但其治理效率无疑是强大的。刘邦虽然能够一统天下，可是自己的核心力量并不强大，在很大程度上依靠的是各路诸侯的支持，而诸侯的动力是希求封王，自治一方。这种诉求，迫使刘邦在立国初期不得不将郡县制与侯国制混合使用，特别是对于立下大功、手握重兵、封授约定在先的几个异姓诸侯王，不得不给予他们相当的地盘与权势。

诸侯中韩信最为强大，韩信所属力量已经强大到与刘邦及其他诸侯加起来一样多，更可怕的不仅仅是数量，韩信军的质量是刘邦及诸侯远远达不到的。现在的韩信已经足以代替项羽，并极有可能填补项羽消失后的真空。而此时的刘邦又没有足够的能力制约韩信，只有采取偷袭加胁迫的办法，把韩信暂时调防，不仅是换地方，还要给他换到危险的地方，楚国就是首选。韩信剿杀了项羽，吴楚之人对其必定恨之入骨，视为寇仇。把韩信放到楚地，会从一定程度上削弱韩信的威胁。把韩信的都城定为下邳，而不是彭城，也是为了削弱韩信。彭城是大都市，人口殷实，可以驻军二十万，而小小的下邳，只可以供给三万军队的消耗。这一切环环相扣的如意算盘，刘邦早就筹划好了，没有告诉过任何人。

让张良领军先入定陶城，还同时派了周勃协助，目的就是提前让周勃把城中秩序掌控好。刘邦带上灌婴入城也是将这只猛虎将军调离军队，以免与韩信形成呼应之势。同时，在大殿议事时，刘邦命夏侯婴埋伏下甲士，如有抵触者，立即剪除。从当时的局势及力量对比来看，刘邦的目的或者说阶段性目的只是削夺韩信的部分兵权，加以最大重量级的威慑，没有动杀死韩信的念头，根本原因是刘邦自己尚无此把握，更没有能力摆平杀死韩信后的局面，如果激起众怒或者激起与韩信共命运的其他诸侯王离心叛乱则后果不可收拾。

韩信虽然没有提前想到刘邦这些心机，但是事后他很快就明白了刘邦的意图。韩信只有听命移镇楚地，带着自己的几万亲随部队前赴下邳。韩信来到下邳后，发现这里有成堆的棘手问题需要应付。此时，彭越也前往定陶城北赴任，韩王信前往阳翟赴任，臧荼前往燕国赴任。刘贾和卢绾被派往征伐残余的临江王共尉。而刘邦在定陶住了一个多月后，迁都前往洛阳。

韩信自从登坛拜将后，出奇计度陈仓定三秦，奇袭蒲坂掳魏豹，袭夺井陉收服赵歇，攻陷历下临淄擒杀田广，水淹龙且，剿灭项羽于垓下，一幕幕惊心动魄的场景，一次次险恶的战役历历在目。韩信由一个落魄少年，成为几十万大军的统帅，到成为天下最强大的诸侯王，一切的雄心壮志，谋略才华似乎都是为战争而存在的。

现在，战争结束了，韩信今后要以什么为寄托呢？

现在，没有了战争，刘邦去干什么呢？

此时的刘邦比韩信还闹心，几个棘手的问题如果处理不好，这个皇帝时刻都会变成昙花一现的短命皇帝。

首先是定都之争。本来刘邦为了彰显大汉顺天应人的运势，在称帝后没有重新改元纪年，仍然沿用做诸侯王时汉王的纪年。消灭项羽这个巨大的对手后，诸侯并没有全部荡尽，但是刘邦认为除项羽外，余者皆不足道，同时借助消灭项羽之势，一扫几年来的晦气，抓紧机会称帝，坐定天下老大的位置，取得“势”的优越性。刘邦这一招非常高明，天下之事，得位才能得势，得势才可以顺势而为，顺势而为才可势如破竹。所以刘邦深知及早登基称帝的好处，可以名正言顺地号令诸侯，原来的盟友可以自然地变成臣属。但是毕竟称帝显得匆忙了些，准备工作没有做充分，其中最重要的一项就是定都。开始在定陶称帝，定陶是个小地方，作为都城毕竟与法礼不和，不到两个月，刘邦就将定陶让给彭越作为梁国都城，令群臣建议新都城的选址。于是很多人建议刘邦定都洛阳，这是几百年大周朝的都城，是吉祥之地。

主张定都洛阳的多为丰沛集团追随刘邦起兵的人，其理由是，洛阳向东有一夫当关万夫莫开的成皋关隘，向西有崤山天险，背靠黄河，面向伊阙与洛水，城池险固，足以居中制约天下。听起来，这些理由似乎很合理，但是实际上反映了关东文武百官不愿背井离乡的愿望，打算在离自己家较近的地方做官，包括刘邦本人也是这么想的。但是也有人主张要定都长安，其中以张良和齐人刘敬为代表。他们认为，洛阳在地理位置上虽然险固，但是地域狭小，土地贫瘠，周围容易遭受敌人的攻击，不是理想场所。而关中有崤山和函谷关的天险，有陇西巴蜀环绕围拱，土地肥沃，既可以获得米粟的供给，又容易取得胡马战备的供应，三面防守，面向东部一面用兵，可以很容易地制约诸侯。如果诸侯安分守己，那么东部的粮食就可以通过河槽转运顺利抵达关中的京师，如果诸侯挑起变故，朝廷官军顺河东下也很快就能挺进，这是进可攻退可守的资本与依仗。

刘邦被这些人吵得心烦意乱，很久没有拿定主意，经过三四个月的争论，最后还是被张良说服，采纳了定都关中的主张，在洛阳住了两年，决定西迁长安。又经过一年多的营建准备，于汉高祖八年二月中央各衙门部属迁至长安。刘邦之所以能够被定都长安的派系说服，其深层次主要原因是诸侯未附，各路诸侯名义上拥戴了刘邦做皇帝，表示臣服，但实际上鹰瞵虎视，危机四伏。洛阳这个地方已经废弛多年，经营起来基础很薄弱，不易固守，更不用说制约诸侯。而长安则表面上看地处西陲，其实可以霸据一方，防守是不成问题的，如果天下发生变故，可以有充足资源出击诸侯。从这个层面上讲，刘邦当时的称帝也只不过是象征意义大于实际控制力，刘邦实际可控的力量十分有限。各路诸侯各怀鬼胎，在消灭项羽这个共同的宿敌之后的真空中，还没有反应过来，这些军阀处于暂时的休整期。

所以，几千年来，中国历代王朝都城不下十几处，各有各的道理，都是依据当时天下形势而定，并非全部如表面上说的那样是吉祥宝地。长安宝地也不过汉、隋、唐而已，洛阳宝地也不过东汉及几个小国而已，定都不是看吉不吉祥，而是看是否具有重要的经济、地理等战略意义。

其次是分封功臣。由于刘邦起家靠的是最广泛的统一联盟，通过封官许愿笼络了不同派系、不同来源、不同背景，甚至不同理想的势力集团，从开始就欠下了一大堆人情债，现在自己做了皇帝，还债的日子到了，如何封赏这些人就成了最棘手的问题。最先得利的是跟随刘邦从老家起兵造反的萧何、曹参等丰沛集团的核心人物，个个荣居要职，加官晋爵，从平民百姓飞黄腾达，成为朝廷位列班首的重臣。他们是显达了，可是另外一堆人就感觉不是滋味儿了，这些人数量众多，战功卓著，也是在立下汗马功劳的功臣。这些非核心成员议论纷纷，觉得刘邦不公平，厚此薄彼，重赏自己亲近的人，对于其他人用过了就扔一边。这些言论很快就传到了刘邦的耳朵里，刘邦开始没有意识到这个问题，也缺乏统一全盘的规划，听到这些闲言碎语之后，心里一下子像开了锅，刘邦这些年最怕的就是收拢来的这些人因不满而离开。刘邦额头冒汗，不知道该如何是好，赶忙请教大谋士张良。

其实张良早已意识到刘邦亲近老班底而疏远外来户的做法有欠考虑，但张良知道“疏不间亲”，不敢冒然评论刘邦与其亲信的关系。现在问题突显，张良则欲擒故纵地问刘邦：“陛下，您觉得在咱们这些人中，您与谁最不对付？”

对这个问题刘邦根本不用想，谁和刘邦不对路，刘邦记得清清楚楚，天天在心里翻腾。刘邦立即回答：“雍齿，这小子自打我起兵就数次侵扰于我，我早就想宰了他，但是用人之际，多有不便。”

张良笑了笑说："现在，陛下您应该赶紧先给雍齿加官进爵，以向群臣做做姿态，大家见雍齿都能得到封赏，那么其他人都会安定下来，也就不会滋生变乱。"

刘邦点头赞成，于是，刘邦大摆宴席，很隆重地封雍齿为什邡侯。这样，那些屡建功勋的人的情绪才稍稍稳定下来。紧接着，刘邦赶紧确定了封赏原则及等级，催促丞相、御史起草文件，论功行赏，开出了一份长长的封赏单子。一场可能的变乱得以平稳地安抚下去。

最让刘邦煞费脑筋的事情是如何治理天下。秦朝以前，天下为诸侯国分封制，各自为政，秦始皇以排山倒海之势平灭六国，统一海内，将统治国家的政策也以高压集权的方式推向极致，由于操之过劳，最终导致了帝国的覆灭。现在刘邦经过戎马倥偬，征战十年，得以平定天下，如何治理呢？前无古人，颇费思量。重新恢复周朝旧制，分封诸侯王国，显然已经不合乎时代要求，刘邦自己也不乐意。秦始皇的失败教训仍历历在目，不得不警示在心。但秦始皇的政策并非全无道理，只是策略上出了问题。那大汉当前施政的切入点在哪里呢？刘邦翻来覆去睡不着觉，就让文臣策士进言进谏，有人说："当今可以马上取天下，不可马上治天下。暴秦压迫，横征暴敛，严刑峻法，民入水火；后来群雄并起，战火纷飞，民不聊生。当下之计在于给老百姓一个喘息的空间，天下疲敝，需要休息，恢复元气。千万不可操之过急，以免苛求之极，激起民变。"

刘邦起于微末，深知民间疾苦，同时没有诸侯王国的情结，没有贵族遗老遗少的优越感，认同了这些建议。在国体上采取了折中的办法，既保留了局部的诸侯王国，作为过渡以安抚诸侯，同时继承了秦朝的郡县制，以提高治理效率。在治理政策上采取了宽松的策略，废除了秦朝的苛捐杂税、严刑峻法，与民休憩，休养生息，以缓解社会及阶级矛盾。

刘邦忙得睡不着觉，韩信也很烦闷。

战争结束了，韩信感到一下子若有所失，虽然贵为天下最强大的诸侯王，但内心深处隐隐感到茫然与萧瑟。尽管韩信的才华在战争中放射出了绚丽夺目的光华，但韩信不是战争机器，更不是战争狂人。韩信到达楚国都城下邳后，整日无所事事，既没有声色犬马的不良嗜好，也没有业余技艺，终日里除了与身边宫人、侍从模拟战争游戏，就是和梦蝶琴箫合奏，再就是到街上闲逛。韩信如同一个兢兢业业工作多年的专业人士，忽然退休之后，短期内还不能适应这种百无聊赖的生活。不过有一点是不会退休的，那就是韩信的治军能力，韩信当初带着几万名亲军力量来到楚国，没过半年，军队数量又翻了一番，并且天天操练，士兵个个生龙活虎，兵强马壮。但韩信也有危机感，他知道刘邦把他封为楚王的含义，他知道当地人对项羽怀着怎样的感情，他知道他的处境有多么危险。所以，韩信王宫里里外外加强警戒，日夜值守不敢大意，韩信每次出门都是重兵护卫，警卫程度提高到战备级别，既是防范刺客，也为起到威慑作用。

忽然有一天，韩信打算回老家淮阴看看，尽管那里没有自己什么亲人，那里也没有什么美好的回忆，但是回家的冲动促使韩信启程了。韩信的归来立即在淮阴引起了巨大的震动，好似卷起了飓风。韩信刚从下邳出门，消息就已经如闪电般奔向淮阴的大街小巷，淮阴的男女老幼奔走相告，楚王韩信要回家来了！这是爆炸性的新闻。这些年，韩信用兵如神、横扫天下的威名早就妇孺皆知，淮阴人也早已把韩信作为心目中的大英雄传颂。但是，韩信荣归故里的消息仍然具有无比强大的震撼力。

韩信回淮阴，没有乘坐楚王的大车，而是骑着一匹青鬃马，身着褐色便装，腰里挂着一把宝剑。与他并辔而行的是梦蝶，梦蝶仍然是白衣胜雪，衣襟和袖口上绣着粉红色的梅花，骑着一匹枣红马。韩信身后跟随亲兵护卫千人，没有过度铺张的仪仗。韩信走到淮阴城门口，就遥见以三老为首的乡里乡亲夹道欢迎，路边摆设的香案上供奉着三牲果品，旗幡绣带随风飘扬。韩信驻足勒马，翻身离鞍下地，伸手扶着梦蝶下马。韩信徒步向等候的百姓走过去，握住乡亲们的手。三老向韩信敬酒，表达了仰慕荣耀之意。当年为韩信提供饭食的亭长已经老了，也在三老之列。韩信感慨万千，心潮澎湃，向三老询问道："长老，当年给我饭食的洗衣服的关大嫂还在吗？"

三老中的一位上前回答："还在，还在，我们今天请她同来迎接您，可是她说什么也不肯来。"

韩信说："哦，那请您引路，我去看看她。"说着，韩信跟随三老等人沿着淮阴街市，穿街走巷，去看望当年洗衣服的关氏。

对于韩信来说，淮阴街市太熟悉了，他曾走遍这里的每个角落，对这里的一草一木一砖一瓦都记忆犹新。

韩信一行人来到关氏家门口，只见柴门紧闭，侍从要上前叫门，被韩信制止了，韩信拉着梦蝶的手亲自走上前去，轻轻叩门。一会儿，院中脚步声轻启，柴门吱呀呀打开。

开门的是一位妇人，四十岁左右，鬓角却已经斑白，她上下打量着韩信，问道："请问您找谁？"

韩信拱手施礼说道："我是楚王韩信，当年蒙您赠饭食之恩，且受点拨之教，今日特来登门拜谢！"

那妇人表情仍然很平静，并没有因为来者是楚王韩信而惊慌，说道："原来是韩信，请屋里坐。"

韩信来到关氏家厅堂，对关氏说："我韩信本来是个浪子，无父母、缺衣食，幸得您眷顾点拨，我才有今日，特来答谢。"韩信命人取来一个包裹，打开后双手奉上。

关氏一看原来是千两黄金，没有伸手去接，而是平静地说道：

“我知道你已经名扬天下，位高权重，今天三老让我同去迎接你，我没有去，因为我不想让我曾做的那一点点事情成为你的包袱，更不想以此而邀取你的报答。”

韩信见此，眼圈一红，诚恳地说道：“不是韩信浅薄，这确实是我的一点心意，无以为报，聊表感激之情，请您收下。”关氏见状才落落大方地将包裹收下。

韩信与乡亲们攀谈起这些年自己征战沙场的经历。这时，在人群中韩信发现一人，问道：“你可是当年街市上的蔡兴？”

旁边有人说道：“正是他，当年他顽劣无术，曾经欺辱大王。”

这时那人也面色窘迫地走过来，对韩信说：“大王，请恕小人当年之罪，不识大王龙虎之威，多有冒犯。”

韩信拍了拍他的肩膀，说道：“事情都过去了，不必计较。”说完，转过头，又对众人说，“他当年勇猛，也是一名壮士啊！以后到我军中效力，做个步营校尉吧。”众人听罢都称赞楚王的宽宏大度。

韩信又命人送给三老中曾给予自己饭食的亭长百串钱，说：“您也是个长者，只是有些胆小怕事，这也不是你的错，只是好人没有做到底啊。”

这次回乡之行，韩信知恩图报、以德报怨、不计前嫌的名声也迅速传播开来。以韩信的性格，对恩怨情仇看得是比较重的，千金答谢关氏应该是发自内心的。但韩信对于曾经使其受胯下之辱的顽劣少年，不记前嫌反而重用，是有他的政治策略。韩信为了平息楚地百姓对他的猜疑及抵触，需要做以姿态，表现自己宽容的胸襟，也是为了争取获得楚人的认可。

十四、能不能与做不做

韩信等人作为诸侯王，日子过得舒坦闲散，可是问题恰恰就出在这上面。因为诸侯王的权力太大，太自由，甚至在自己的王国中杀伐决断、政令审讼、文教赋税、募兵建防、设衙开府都有极大的自主权，以至于中央政府都触及不到，如此一来，皇帝就成了摆设，没什么人搭理都城里的皇帝，这令刘邦寝食难安。天下初定，各诸侯王战功赫赫，余威仍在，占据的土地在东部连接成片，拥有的人口土地城邑几乎达天下之半，刘邦对他们除了安抚没有什么好办法，只能站在京师城头望东兴叹。各诸侯王可不管皇帝的感受，也没有人揣摩过皇帝的心思，个个扬眉吐气做起了王国之君，而刘邦自始至终都没把诸侯国等同于秦朝之前的诸侯国。在刘邦看来，他分封的诸侯王与其他臣子无异，都是自己的臣民与属下。关于诸侯王身份的认知，在刘邦与诸侯王之间产生了无法调合的矛盾。

历史之所以吸引人，就是因为其“好玩”，“好玩”的含义很大程度上是指意外事件的发生，意外事件的发生往往不以人的好恶为转移。世间事有时候就是变幻莫测，似乎冥冥已有安排，因缘际会，让盼望的人大喜过望，让畏惧的人无力回天。

刘邦的机会来了。

汉高祖五年七月，也就是刚分封完诸侯不久，燕王臧荼反了。这对刘邦来说简直是个天大的好消息。刘邦正为削减诸侯王缺乏借口而发愁，现在臧荼自己送上门来，正中刘邦下怀。

这位臧荼可以说自从占据燕国以来，偏居一隅，没有经历过任何风雨，项羽管不着他，刘邦顾不上他，其他诸侯王对他也没什么兴趣，所以在天下战乱征伐的混乱局面中，他居然稳稳当当地做了好几年国君。刘邦当皇帝之前臧荼做燕王，刘邦做了皇帝之后臧荼还是做燕国的国王，日子应该说还是比较悠闲的。不知道是什么鬼使神差的原因，这位燕王觉得日子不能再这么过下去了，决定做些大改变——造反。这可不是刘、项争霸甚至诸侯混战的时候了，再起兵就是和皇帝过不去，而现在的皇帝可不是曾经谁都能踹上两脚、骂上几句的“土包子”了。刘邦现在富有海内，手握天下之兵，谁敢惹他啊？惹他就意味着摸老虎的屁股。臧荼不会不懂这个道理。

臧荼显然没有患病，他是被刘邦逼上了绝路。臧荼原本为燕国大将，曾随同项羽救赵攻秦，因为有功深得项羽信任，所以项羽入关后封臧荼为燕王，把在燕国称王的韩广排挤走，改封为韩王，最终将其软禁杀掉。臧荼对项羽一直怀有感激之情，只是由于燕国地处偏远，远离刘、项主战场，所以臧荼对项羽也帮不上什么忙，有劲儿使不上。后来，韩信下井陉灭赵，臧荼迫于韩信的威吓，眼见项羽陷入绝境却远水解不了近渴，只好曲意服从了刘邦，其实是保持中立。刘邦消灭项羽后在定陶称帝，分封诸侯王，其中长沙王吴芮和臧荼对刘邦都没有做出什么贡献，而且都是原来项羽分封的诸侯王，刘邦为了安抚笼络他们，都保留了诸侯王的待遇，臧荼仍然做他的燕王。臧荼的封号是保留下来了，而刘邦通过扩大齐王刘肥的地盘变相地剥夺了燕国的很多土地。燕国本来国土狭小，国境缺乏纵深，被刘邦侵夺一部分地盘后，燕国几乎成了一片沙滩，时不时地被匈奴这股潮水“洗刷”一遍。燕国左边是刘邦的大儿子齐王刘肥，右边是刘邦的姑爷赵王张敖，这两位虽然没什么能耐，但虎视眈眈地盯着臧荼，再加上洪水猛兽般的匈奴，这些强手把臧荼挤压得喘不过气来。臧荼和吴芮都很能忍耐，不过臧荼比吴芮的功夫还是差了一大截子，吴芮那是聪明加忍耐，而臧荼只有忍耐，聪明却不太够用。臧荼越想越觉得刘邦不信任自己，大年初一那天刘邦分封诸侯，摆明了是对原诸侯王都进行了明升暗降，是对原来盟约的公然践踏。另外，臧荼越想越觉得自己对不起项羽，不仅没有报答项王，而且在他死后，小小鲁国尚且战斗到最后，我堂堂臧荼竟然可耻地苟且偷生，还有何颜面立足于世？

臧荼反了。

刘邦笑了。

刘邦亲自率军讨伐臧荼，大将樊哙、灌婴、郦商、卢绾随行。刘邦遍告天下说："皇帝施恩于臧荼，臧荼不思报答，狼子野心，反叛朝廷，挑起祸端，人神共愤，朕要御驾亲征，剿灭他。"

战争前后历时不到一个月，臧荼就土崩瓦解了，刘邦虽然对付项羽屡遭败绩，但对付臧荼之类的还是绰绰有余，轻易就生擒活捉了臧荼。其实，刘邦不必亲自讨伐，派一员大将也能歼灭臧荼，但是刘邦需要这个机会，已到了如饥似渴的程度，因为他要借此疏解自己多年吃败仗的积郁，也宣示大汉皇帝的威势。

刘邦击灭臧荼后，没有立即取消燕国的行政地位，而是转手将燕国封给了自己的老朋友、好哥们儿卢绾。这位卢绾可非常人能比，他不仅与刘邦是街坊，从小一起长大，而且两人同年同月同日生，情谊深厚，出入同车，衣服经常换着穿，刘邦有好吃的常念念不忘分给卢绾一份。刘邦向人送衣服送饭是经常的事情，可能刘邦在送这些东西的时候也没想过太多。一件小事在不同的当事人面前观感是不同的，刘邦不太当回事，可是韩信却很当回事，因此对刘邦的恩情总是念念不忘。卢绾与刘邦的关系在丰沛集团里是最亲近的，虽然卢绾没有什么本事，没有立过战功，由于和刘邦这层密切的关系，如一个福气百分百的幸运佬，地位不断蹿升，刘邦做了皇帝后，卢绾就当上了太尉。刘邦本来就打算为卢绾弄个国王干干，一直苦无借口，担心众人不服，只好将军中第一要职太尉封给卢绾。现在剿灭了臧荼，卢绾也在军中立了功，刘邦做大人情的机会来了，随随便便地就把燕国封给了卢绾。而那位灌婴虽然屡建奇功，官位却不见上升，相形之下，刘邦厚此薄彼的心态昭然若揭。自此，大家才真正明白刘邦与卢绾的关系是多么深厚，再没有人敢对卢绾品头论足了。萧何、夏侯婴等人也只好忍气吞声。

臧荼事件启发了刘邦，为刘邦免费做了一次试验，而且实验很成功。刘邦从这个实验中发明出了一个剿灭诸侯王的模式。这个实验出来的模式第一个就用在了韩信头上，因为韩信是最令刘邦不放心的。

刘邦剿灭臧荼后，下定决心除掉韩信，将韩信这个本来已经失去爪牙的老虎调离深山，彻底消除其潜在的威胁和可能迅速成长起来的能量。刘邦下定决心后，剩下的问题就是如何操作，才能确保实施起来万无一失。

削弱诸侯王，为什么刘邦要首先拿韩信开刀呢？臧荼算不得开刀，只能算是刘邦计划实施之前的一次意外事件。韩信才是刘邦主动计划中的第一环。刘邦如果讨伐韩信，即便成功，也将会令其他战功卓著的文臣武将人人自危，天下人将大失所望。如果刘邦讨伐韩信失败，则后果不堪设想，刘邦将会招来灭顶之灾，而且这种可能性非常大。尽管刘邦袭取了韩信兵权、将韩信移镇楚地，但韩信的能力不容怀疑，刘邦与韩信开战的胜算几乎为零。刘邦深刻地明白这些近乎常识的道理，促使刘邦下定决心的因素并不是刘邦背信弃义的小人做派，也不是急功近利的一统之心，其决定性因素有两个方面。

一方面是刘邦疑惧韩信能力的潜在威胁。刘邦本来对韩信就不放心，只不过当初自己手下无大将，只好委曲求全，对韩信百般笼络，使之成为鹰犬，为自己荡平天下。现在天下已定，韩信失去用处了，可是韩信并没有失去能量，它不在这个地方表达出来，就一定会找个别的地方表达出来，刘邦没有好办法管理韩信这个具有核级别的能量源。刘邦极其顽固的疑心病日夜不息地侵扰着他，越想对韩信就越不放心，刘邦认为只有消灭这个能量源，才是最有效、最安全的管理办法。

另一方面是刘邦必须证明皇帝是天命神授予，这在建国初期尤其重要。要证明这些，除了装神弄鬼、假借神灵意志之外，还要具备必要的实力。这一点在封建社会之前的商周时期尚不太明显，那是血统法则优先的时代，血统几乎能够决定一切，哪怕是个弱弱地继承人也能稳稳当当地爬上权力的塔尖，并安然接受万民朝拜，臣子也会忠贞不贰地辅佐其治理国家。到了战国末期已经有所改变，血统的作用虽然没有消失，但实力已经跃升为重要的衡量标尺。刘邦没有优越的血统优势，这一点还不如诸侯王；刘邦更缺乏实力，这对于刘邦可不是个小问题，因为血统与实力是两个重要因素。如果强调血统，那刘邦必定低人一等；如果强调实力，刘邦则乏善可陈，直接由自己指挥的辉煌战绩基本是零。如果既强调血统又强调实力，那项羽是最能集两优势于一体的人，刘邦是最不具备优势的人。这是刘邦最不能接受的结论。血统和实力这两个标尺又不能忽视，放弃了这两个标尺，就等于牧马人失去了长鞭，猎人失去了鹰犬，皇帝就会变为平民，失去对帝国的驾驭筹码。

所以，刘邦作为新帝国的最高统治者，为了建立新秩序，他必须在这两个对自己都不利的因素中抉择。刘邦最终选择了实力，尽管自己的实力有瑕疵，也远比血统好操作。树立实力的价值观，尽量淡化传统的血统观，在改朝换代之际，在帝国初建期，无疑是具有正向积极作用的，对于巩固皇权的统治也是有利的。既然如此，刘邦就要理所当然地修饰自己的实力瑕疵，将自己变成实力上无可争议的天下之主。于是，刘邦亲自讨伐臧荼就成为顺理成章的事，并非杀鸡浪费了宰牛刀，只不过是稳坐天下的牛刀小试而已。

牛刀刚刚举起，血雨腥风的大幕刚刚开启。

很多人认为大半个天下是韩信打下的，那刘邦就从韩信开刀，如果摆平了韩信，皇帝的实力将会迅速得到证明。

刘邦决定对韩信下手。

人人都生有双手，然而如何出手，如何下手，却并非人人都懂。刘邦心里没底，不过刘邦知道谁懂。

刘邦在积极筹备征伐韩信，韩信却一无所知。

自从垓下会战，项羽死后，项羽手下四散奔命，隐姓埋名，低调度日。钟离眛以前与韩信同在项羽麾下效力，与韩信意气相投，很谈得来，是韩信的好朋友好兄弟。后来，韩信归汉，两人疆场对垒，虽然各为其主，两人还是成功地避免了正面的冲突与屠杀。钟离眛从垓下破围逃亡后，在老家楚地四处流落，听说韩信为楚王，定都下邳，钟离眛前来投奔。韩信十分怜惜钟离眛的才能，且念及旧情，热情接纳了钟离眛。韩信为项羽不能重用钟离眛反而一度怀疑他而扼腕叹息，想当年项王手下战将如林，个个名声雷动，骁勇善战。由于项羽不善统御，缺乏领袖之才，致使能征惯战的将佐叛的叛，离的离，死的死。韩信与钟离眛谈及此处，无不黯然伤怀。钟离眛的到来，无疑也为韩信排遣寂寞提供了依托。两人终日纵酒放歌，驰马游猎，切磋排兵布阵之法，议论天下时局，日子倒也过得悠闲自在。

然而，危险如同一个幽灵正悄悄逼近韩信。

刘邦铲除韩信的时机基本成熟了。

韩信不善于交际，更不懂得藏拙露巧，常常傲视众将，还有逼死重要文臣郦食其的记录。文臣武将中对韩信怀有敌意的不在少数。世间事就是这样，同僚关系多数是由于人情世故、待人接物这些日常细节改变的。另外，没有人说你好并不可怕，一旦有几个人说你坏，事情可就真的坏了。不要说文臣武将，连刘邦一想起韩信都酸溜溜的，韩信怎么还能有好日子过呢？必须给他找出些缺点、污点来，搞臭他，搞倒他，如此大家才安生。皇帝有收拾韩信的动力，群臣也有动力，这就是韩信的生存环境。

某一天，有人向刘邦报告说，项羽旧将钟离眛逃亡到楚国，韩信偷偷收留了他，并且两人日夜长谈，看样子是要造反。这还了得，刘邦马上召集会议研究对策。其实，所谓的有人告密，不过是刘邦自编自导的双簧戏而已，刘邦以此为借口，启动讨伐诸侯王的议程。这就是臧荼实验给刘邦的启发，刘邦将其模式化，应用到了他认为属于重点打击的诸侯王身上。既然有人告发，从程序上就应该进行查办。

刘邦召集文武群臣商议对策，一班武将向刘邦请命："请出兵剿灭他。"

刘邦默然不语，他知道他取得了人心的支持，更明白这还只是有勇无谋的匹夫之言，自己不可能像对付臧荼那样亲自带兵征讨，因为自己没有这个实力和能力。

刘邦在等待，等待良策。刘邦用眼角看了看张良，张良面无表情。刘邦又看了看陈平，正好陈平也在观察刘邦的神色，四目交接，陈平会意地走出班列，陈平奏请："陛下，请回避左右。"

刘邦示意其他人退下，陈平问道："陛下，有人告发韩信谋反的事情，韩信自己知道吗？"

刘邦说："他还不知道。"韩信当然不知道，这全是刘邦自己操办的。

陈平又问："陛下，您的精兵数量与楚国相比，谁的多？"

刘邦摇摇头说："不如楚国多。"

陈平追问："陛下，您手下良将哪个能够与韩信匹敌？"

刘邦继续摇头："我部下将佐无人能出韩信之右者。"

陈平说："陛下，您兵将都不如韩信，现在却要出兵征伐，这是逼着韩信造反呀，我真担心陛下此去凶多吉少啊！"

刘邦说："那你说怎么办?"陈平沉吟了一下，说道："自古就有天子巡狩会盟诸侯的惯常做法，陛下您可以假装出游到陈地的云梦，召集诸侯到此会集。陈在楚国西侧，到时候韩信来拜见您，他一定不会戒备，您趁机捉住他，只需要一个壮汉的力量就足够了，不必劳师动众，剩下的事就全凭陛下您处置了。"

刘邦满意地点点头，心想：还是陈平懂得我的心思，这样既能把事情办成，又保全了我的面子。

有人会产生疑问，为什么第一谋士张良没有表态呢？张良之所以没有表态，是因为自刘邦登基称帝之后，张良就已决意离开刘邦。他很清楚刘邦的为人，刘邦此人可以同患难，不可同富贵，疑心甚大，且心狠手辣，日后绝不会容纳功劳巨大的文武群臣。所以，在张良认为自己的历史使命已经完成之后，一直在寻求自保之策，不想做帮助刘邦铲除功臣的事情。而陈平则不同，陈平贪恋富贵，另外功少德浅，很想为刘邦出谋划策，获取信任，以打入刘邦的核心圈子。刘邦清楚陈平的动机，也是故意利用陈平，让这个擒捉功臣的阴谋出自陈平之口，刘邦自己就可以在日后洗脱一些污点。陈平明白富贵险中求的道理，知道刘邦在转嫁风险，以打击韩信这件事来试探考验自己。因此，陈平并没有将这条阴谋说完整，只是谋划到擒住韩信为止，后面的事情就不再往下说了，免得自己在此陷得太深，做坏事不能做得没有了后路。

虽然刘邦假托游云梦的计划周密，但是韩信窝藏项羽余党，图谋不轨的消息还是很快就传到了楚国，韩信知道后显得很焦躁。韩信认为刘邦不会轻易相信这些捕风捉影的小人说辞，而且也不认为自己收留钟离眛有什么过错。可事实是，皇帝刘邦现在的确怀疑上了自己，这可怎么办呢？刘邦推心置腹地与自己交谈、筑台拜将的情景仍然历历在目，他每每想起这些，心里就感到一阵阵的温暖。刘邦虽然一次次地要弄了自己，利用诡计夺取了兵权，但现在天下息兵，四方归附，大格局已定，自己也成为名动天下的楚王，也算是位极人臣，辉煌到了顶点。如果战火一开，将生灵涂炭，谁挑起战火谁将成为历史的罪人。

从另一个角度分析，项羽曾屡屡屠城，刘邦也多次屠城，而韩信几乎没有做过屠城的事情，说明韩信对于生命的态度与刘邦、项羽大相径庭。韩信知道生命的可贵，知道普通百姓和士兵的生命意味着什么。韩信并不认为自己适合当皇帝，不具备做皇帝的条件，也不会为了虚无缥缈的皇帝梦，将自己送上历史的审判台，更不会拿数百万的生命做炮灰。

可惜这只是韩信的想法，一个人的想法表达清楚本就不容易，让别人特别是怀有敌意的人相信就更是难上加难。

十五、成败兴亡瞬间事

韩信意识到了刘邦在怀疑他，这次的怀疑与以往相比有着质的区别。韩信窝藏钟离眜的消息很快就在楚地传播开来，皇帝命韩信捉拿钟离眜的诏令也很快到达了韩信处。

皇帝派使者到达的时候，韩信正与梦蝶在午后休息，两人在楚王宫殿前宽敞的廊檐下弹琴吹箫。

朝廷使臣站在庭院中宣布诏令："朕闻反贼钟离眜匿藏楚地，有人奏报见钟离眜曾出入楚国大臣宅邸，责楚王韩信严加追捕，尽快缉拿钟离眜归案。"

韩信走下台阶，双手接过圣旨，命人安排使者到馆驿休息，好生接待。

韩信背负双手神情严肃地在庭院里踱步，梦蝶走过来挽住韩信的胳膊，问道："皇帝痛恨钟离眜，我们如此明目张胆地收留他，一定是皇帝知道后生气了，现在可怎么办？"

韩信说："项羽死后，皇帝赦免了很多人，包括项羽的家人，曾经数度困辱过他的雍齿都已封侯授爵，这说明皇帝并非不能容忍仇家，我们收留钟离眜本来也没什么大不了的。皇帝这次之所以催迫得这样急，只不过是有人或者皇帝自己在小题大做，另生出了枝节。"

梦蝶疑惑地看着韩信，问道："小题大做？皇帝对你一直不太放心，屡次调取你的兵权，现在你没有了军队，只不过是个清闲的诸侯，皇帝还有什么不放心的？"

韩信摇摇头，说道："我一直低估了皇帝的心思，这次抓捕钟离眛归案只不过是个幌子，后面一定还有其他目的。"

韩信继续说道："钟离眛穷途末路来投奔我，况且他原来是我的好朋友，这些情况天下人尽皆知。现在项羽已死，钟离眛也只不过是一介平民，我绝不能为了邀取皇帝的信任而将钟离眛绑起来送给朝廷，那将会受天下人耻笑。"韩信第一次陷入了焦虑，感到有些无计可施。

韩信一连几天没有见钟离眛，只是派人告诉钟离眛不要出门，千万要小心谨慎。

钟离眛见韩信有意避开他，也听说了朝廷缉拿自己的命令，他明白韩信一定是迫于刘邦的压力，才躲着自己。

到了第四天，终于受不了这种无声的煎熬，钟离眛来找韩信。韩信本来不想见他，但钟离眛直接闯了进来。无奈，韩信命人摆上茶点后屏退左右，请钟离眛就座。

钟离眛开门见山，对韩信说道："大王，我钟离眛连累了你，令你被刘邦怀疑，现在朝廷催迫紧急，不知你有何打算？"见韩信低头不语，继续说道，"大王连年征战，血溅疆场，为刘邦荡平诸侯，扫清海内，建立了不世之功，刘邦不存感念，反而一而再再而三地怀疑大王，这分明是对你毫无信任可言。另外，大王你功高震主，岂不闻木秀于林风必摧之，刘邦包括其左右嫉妒大王才能者不可胜数。大王盖世英才，足可自立，何必委身他人？不如借着楚地造反，我召集亡散，不日即可数万，与之抗衡，以免将来被人鱼肉。"

韩信摇摇头，缓缓说道："老弟有所不知，以前我在齐国时，实力如日中天，尚且不忍有反叛之心，现在皇帝将我移封为楚王，早已在我身侧遍布荆棘。汉王之所以在定陶匆匆称帝，为的就是占据名义上的合法优势，现在天下名分已定，造反不仅不可行，而且徒落千古骂名。”

一边的梦蝶说道：“战火一开，生灵涂炭，不知道又有多少家庭破亡，妻离子散。但皇帝的确不是一个值得信赖的人，楚王处境很危险。”

钟离眜焦急地追问：“那楚王你如何向朝廷交代？”

韩信说道：“我已接到最新通知，皇帝巡狩云梦，明日来陈地大会诸侯，到时候我向皇帝解释，皇帝应当会谅解我的。我韩信无能，庇护不了你，老弟你隐姓埋名远走他乡吧。”

钟离眜失望地摇摇头：“大王你对朋友重情重义，对朝廷忠贞不贰，令我敬佩。然而我钟离眜也是烈性男儿，当年项王身陷绝地，我尚且不背离他，承蒙大王不弃，收留至今，现在罪名如何能让大王你一人承担。”

韩信也很伤感地摆摆手说：“老弟不必多虑，我自有说辞。”

两人痛饮至深夜，大醉方罢，梦蝶一直在侧弹琴陪伴，琴声低沉，窗外枯叶翻飞。

韩信虽然嘴上不认可钟离眜造反的主张，但心里对刘邦的戒备已经提升到了临战状态，修武、定陶两次夺军的教训让韩信痛心疾首，对刘邦这次巡狩之举，韩信并不认为是冲着他来的，但也不能不做好准备，以防不测。韩信早已命令心腹将佐调遣军队以追剿项羽余寇为名进入战备状态，严守重要关隘，并调集精兵布防下邳。如果刘邦来袭，将不得不战。然而刘邦似乎没有用兵的迹象，只是召集诸侯会盟陈地，韩信清楚那将是又一次鸿门宴，一定危机四伏，但如果不去就意味着坐实造反之名，如此则正中刘邦设下的圈套。

第二天清晨，韩信吩咐人准备车驾礼品，调集五百精骑，全部装备铁甲利器，跟随自己去拜见皇帝。韩信打算首先向刘邦做出解释，如果刘邦能够释怀，则皆大欢喜。如果刘邦欺人太甚，则靠这些精骑也能迅速脱身，回到楚地整兵与刘邦开战。

这时，侍卫来报：“启禀大王，钟离眛将军送来一份礼物。”

韩信略惊，问道：“什么礼物？”

侍卫说道：“具体不详，有个锦匣，另附有书信一封。”

韩信轻轻打开锦盒，盒盖开启，韩信大吃一惊，一下跌坐在床上，随即掩面大哭：“好兄弟，你怎么能做这样的傻事？都是愚兄我无能，害得你身首异处。”原来，锦盒里是钟离眛的人头，钟离眛自忖韩信难逃此劫，刘邦分明就是打算陷韩信于不义，后治韩信不忠之罪，自己如果亡命天涯，不仅自己将余生不安，也会害了韩信，到时候韩信更是百口莫辩。

自古士为知己者死，钟离眛决定以死来证明韩信的清白，或许韩信还有可能获得刘邦的谅解，至少能够取得政治上的主动。钟离眛找来贴身弟兄，将自己的想法和打算告诉了他们，交代完后事，提笔给韩信写了一封书信：

“感激楚王收留之恩，钟离眛无以为报，现在大王您被皇帝怀疑，我钟离眛只有以死来证明大王的清白，并且提醒楚王一定要提防皇帝，所谓‘狡兔死，走狗烹，飞鸟尽，良弓藏’，不得不三思啊。”

然后，钟离眛拔剑自刎，手下人见钟离眛赴死之心已决，对其哀叹不已。钟离眛死后，这些与钟离眛同生死共患难的兄弟小心地将他的首级盛敛在一个锦盒中，连同书信一早送到韩信王府。

韩信见钟离眛已死，五内俱焚，一时间各种念头充斥脑海。韩信定了定神，带上钟离眛的首级去见刘邦。手捧盛着钟离眛首级的锦盒，韩信面无表情地坐在车驾中，后面跟随的是仪仗队、五百精骑和十几辆礼品车，队伍出发去拜见刘邦。梦蝶站在楚王府大门口，挥着右手，目送韩信车驾远去，消失在天幕尽头。

陈据楚西境不过三十里，韩信在日近中午时便到达了刘邦行营，皇帝的营地分为皇帝行营、诸侯别营、护卫营及供给营，营地连绵十几里，旗幡招展，号带飘扬，巡逻马队銮铃缭绕，警卫仪仗雄赳赳气昂昂，鼓角之声此起彼伏。

韩信命人向里通报："楚王韩信拜见皇帝。"

一会儿，侍卫官高喊："皇帝有命，宣楚王觐见。"

韩信走下车驾，腰里挂着宝剑，带领一名礼官一名贴身侍卫徒步走进辕门，朝皇帝行营走去。

辕门离行营有两百多步，两侧站立着禁卫军，个个挺胸抬头，盔明甲亮，手持利刃，目不斜视。

韩信走到刘邦营帐门口，见大帐内闹哄哄地站着一堆人，刘邦正在人群中高声说话："朕今天十分开心，出猎半日，亲自猎获麋鹿一只，山鹰一只，狡兔五只，看来朕还没有眼花手软啊，哈哈哈。"原来，刘邦上午刚刚狩猎归来，早接到通知的诸侯已经赶来，陪同皇帝打猎。

韩信朗声喊道："韩信拜见皇帝陛下。"

营帐里的人马上安静下来。

刘邦似乎没有听见，继续说笑，见大家都没有反应，才无趣地转身面向营门，看到韩信不卑不亢地站在那里，刘邦脸色一沉，说道："楚王，你来得正好，朕刚刚狩猎归来，正在谈论其中奥妙。"

韩信说道："韩信想念陛下已久，日夜遥盼陛下到来，特备薄礼供奉陛下。"韩信对礼官使了个眼色，礼官拿出一份长长的礼品单，高声诵读起来。

刚念了不到一半，刘邦就挥手打断了礼官，说道："不必念了，这些东西交给萧何就可以了。"萧何面色沉重，若有所思地看了眼韩信，走过来收下礼品单。

韩信的到来，使原本热热闹闹的气氛一下子冷却下来，大帐内鸦雀无声。刘邦对韩信的这种影响力十分不舒服，干咳了一声，转身走到案几后坐定，一只胳膊撑在桌面上，一手捻着胡须，眼睛诡异地看着韩信，问道："韩信，听说钟离昧在楚国，你可查到了他的下落？"

韩信双手托着锦盒，沉声说道："陛下，韩信深晓圣旨，已经将钟离昧的人头带到。"说着，他将锦盒递上。

宦官接过锦盒放在刘邦面前，刘邦打开盒盖定睛一看，里面正是钟离昧的人头。刘邦心里也是一惊，没想到韩信居然真的把钟离昧杀了。

众大臣交头接耳，窃窃私语，显然是被这突如其来的场景弄得有些不明所以。

如此一来，兴师问罪的借口就没有了，韩信如果无罪，这不等于射箭失去了靶子吗？刘邦心里盘算着下一步的打算，现在已将韩信诱至跟前，绝不能错失良机。刘邦斜眼看了看站在近前的陈平，只见其面无表情，刘邦突然大怒，高声喝问："韩信，有人告你与钟离昧谋反，朕本不相信你谋反，命你捉拿钟离昧，朕是为了亲自审问他，你居然擅自杀死罪犯，朕也无法为你开脱你杀人灭口之嫌。"

韩信一听刘邦如此反咬一口，的确惊出了一身冷汗，立即说道："陛下，我韩信出生入死，为陛下竭忠尽智，绝无二心，日月可鉴，陛下千万不要听信小人谗言！"

刘邦故作为难地说："别人既然告你，自有依据，现在事情变得复杂起来，看来只有你随朕回京，慢慢审理此事。如果确实无罪，朕一定为你平反昭雪。"刘邦手一挥，左右走来四个侍卫，要捆绑韩信。

韩信的贴身侍卫本来就是骁勇力士，见此情景，顿时气得七窍生烟，目眦尽裂，口中大叫，以身挡在韩信身前，徒手拉住一名侍卫的胳膊，飞起一脚踹中其肋下，那名侍卫五脏俱裂，当场毙命。另一人急忙抽出腰刀向韩信侍卫砍来，韩信侍卫侧身躲过，抢起已死的那名侍卫砸向持刀侍卫，持刀侍卫的头被砸进脖子里气绝身亡。另两名侍卫见韩信随从勇猛，就拔刀一起扑上来，韩信贴身侍卫迎着刀光劈身切入，那两人还没反应过来，其中一人的单刀已被夺去，只见刀影一闪，血溅五尺，两名侍卫先后倒下。此时帐中乱作一团，又有几十名侍卫冲进来，将韩信贴身侍卫团团围住，趁机将韩信从贴身侍卫身侧隔开，张弓搭箭，领头的一声令下，乱箭齐发，韩信侍卫身中百箭，血流满身，气息断绝后很长时间仍站立不倒。

这时，韩信已经被双手反剪捆绑起来。诸侯们个个胆战心惊，刚才还高谈阔论的兴致早已荡然无存，背后的冷汗已经湿透了衣衫。

韩信一边被侍卫推着往外走，一边高声大喊："果如人言，'狡兔死，走狗烹，飞鸟尽，良弓藏，敌国破，谋臣亡'，陛下你这是见韩信没有用处了，借故要致韩信于死地！我韩信于心不服，天下人也不会服气！"

韩信的五百精骑在韩信进刘邦行营后，即被灌婴率领的五千人围住，待营帐中擒拿韩信的命令发出后，双方发生了激战，这五百人如果自行突围逃走是不成问题的，但是他们不知道营帐中韩信的情况，要力拼冲进大帐夺回韩信。灌婴见这些楚军战斗力非常，命令搬来强弓硬弩和火器，灌婴一声号令，如椽粗的硬弩射向楚军，还有带着火把的箭雨，顷刻间五百楚军精骑死伤殆尽。

晚上刘邦大宴群臣，刘邦宣布："韩信图谋不轨，现在既然已经捉住了韩信，余者如果服从朝廷安排，一律不予追究。"宴席上，刘邦始终谈笑风生，频频举杯。席间有几个人喝醉了，摇摇晃晃，口中也骂骂咧咧地发泄不满，虽然没有明指刘邦诱擒韩信一事，显然与此有关，刘邦心里骂道："一群匹夫！"

酒宴散去，刘邦回到寝帐，戚夫人早已经酥胸半露地等待多时了。自从刘邦在定陶发现了这个美人儿，就常常带在身边，宠爱异常，直到吕雉从项羽乱军中逃出来，刘邦就不能随意见到这位娇小动人的戚夫人了。吕雉是个醋坛子，刘邦不敢惹她，只好在外出时才将戚夫人带在身边。刘邦低头回帐，边走边想：怎么也没想到韩信这厮竟然对钟离昧下得去手，一下子弄得我很被动，今天的事情有些出乎意料，我是不是操作得生硬了些？大丈夫行大事不拘小节，拿下后看他还怎么蹦跶。刘邦不觉骂出了口，把戚夫人吓了一跳，怯生生地过来为刘邦倒茶。刘邦抬眼见到戚夫人后又来了兴致，刚才的不快一扫而空。

第二天，刘邦銮驾启程回洛阳，韩信被囚禁在囚车中，前后左右都有重兵押解。韩信坐在囚车里，眼睛茫然地看着远方，迤逦的队伍延伸出十几里，苍莽起伏的大地与山峦相接，天空灰蒙蒙的，隆冬的斜风一阵紧似一阵地吹来，卷起枯黄的草叶胡乱地飞舞。走着走着，下起了雨，雨丝夹杂着冰雹，噼里啪啦地打在囚车的栅栏上，一会儿就在韩信的镣锁上、须发上结了厚厚的冰疙瘩。韩信心中凄凉，他想不通这到底是为什么，难道皇帝真认为我会造反吗？难道我韩信连自保都不可以吗？刘邦对我恨之入骨，我的确低估了刘邦的手段，此行看来凶多吉少。韩信想到这里，不禁仰天长叹："我韩信现在竟沦落为阶下囚，都是我自作自受啊！"

那韩信为什么逃不掉刘邦的算计，一而再再而三地上当呢？答案之一是韩信的字典里只有进攻没有防守，韩信不懂得如何以守势来破除刘邦的攻势。

到了洛阳，刘邦并没有提审韩信，更没有杀死韩信的意思，而是治了韩信一个不疼不痒的罪名——同情项羽反贼。刘邦削夺了韩信楚王封爵，降级为淮阴侯，将楚国国君的头衔封给了自己的弟弟刘交。刘邦不杀韩信倒是出乎韩信和很多人的意料，此种玄机只有刘邦自己清楚。

成了淮阴侯的韩信尽管还可以上朝议事，可以走亲访友，但实际上被剥夺了政治权力和人身自由，韩信不仅不能统兵治军，也没有任何实权，天天闲着，所谓的自由活动也只限于在京城，封地是不让去了，基本是徒有虚名的侯爷。在汉高祖八年迁都长安后，刘邦命人将韩信家眷也迁来都城，其实是将韩信置于全面的监控之下。

韩信的生活过得十分枯燥乏味。不仅无所事事，皇帝在政治上抑制打击他，而且京城里的大小官员也对他冷嘲热讽，韩信再也没有了昔日叱咤风云的神采。韩信心里十分憋屈窝火，郁郁寡欢，几乎不和人来往。刘邦升殿议事，韩信也每每请病假不去上朝，韩信不上朝的原因既是不愿意看到刘邦那诡异虚伪的脸色，也是自尊心难以平复，不愿意往人堆儿里站，更是担心自己一时冲动说错话，引来更大的麻烦。韩信的自尊心是十分强的，而且只能高就不可委曲。刚强者易折，政治圈里的游戏规则要求人不能太刚强，也不能一根筋，要伸屈自如，真真假假得心应手，韩信学不会这一套游戏规则，只有远离这个游戏场。

韩信也不是完全没有谈得来的人，樊哙就是最让韩信可心的人。韩信不愿意与绛侯周勃、颍阴侯灌婴这些平级的人在一起。在韩信看来，这些人与井市混混无异，凭借与刘邦的关系或者偶然的小打小闹升官，还有的曾是自己的手下，自己怎能与这些人为伍，更何况灌婴是因在陈地擒拿韩信有功，才被封为侯爵。这些人见韩信失势，对韩信很不恭敬。樊哙在众将中地位很高，一则是因为战功很多，二则是刘邦微时的哥们儿，三则是吕后的妹夫。此人在韩信拜将之初，还带头儿闹事表示不服，但现在他对韩信却最为尊重。樊哙每次见到韩信都以楚王之礼对待，十分恭敬，韩信觉得有情有义，值得交往。于是，樊哙几乎成了韩信在京城唯一的朋友。

刘邦擒拿韩信后，并没有急于进一步打压韩信，只是把他闲置起来。擒拿韩信仅是削夺异姓诸侯王的一个步骤，为了不打草惊蛇，不把其他诸侯王逼反，刘邦采取了软刀子杀人、温水煮青蛙的路数，包括对待彭越和英布等，刘邦在小心地掌握火候。如果四处着火，集中爆发，刘邦将没有能力收拾局面。

刘邦装着什么事都没发生似的，经常召见韩信聊天。

有一次，刘邦与韩信议论诸将的能力优差，韩信保持着谨慎的态度，与刘邦对诸将一一进行点评，基本符合实际，而且与原来登坛拜将后韩信对将佐的看法一致。

刘邦突然话题一转，看着韩信恃才傲物的脸问道："淮阴侯，你说朕最多能指挥多少兵马？"

韩信说："陛下你可以指挥十万人。"

刘邦继续问道："那你最多能指挥多少人马？"

韩信说："越多越好，多少我都能指挥。"

刘邦的脸色稍稍变了变，追问："那既然如此，你怎么还被我擒获了呢？"

韩信心里一惊，知道刚才回答欠妥，刘邦可能不高兴了，韩信灵机一动。说道："陛下您虽然不太擅长领兵，但善于驾驭将领，这是我被陛下擒获的原因。"韩信说完又补充了一句，"况且，陛下是真命天子，智略非人力所能及。"

刘邦知道韩信在迂回奉承自己，话不可当真，但是很受用，说明韩信比以前懂事多了，知道敬畏我这个皇上了。

韩信这次从宫里回到家，将觐见皇帝的情景对梦蝶描述一番，梦蝶劝告韩信："将军你再也不可说这些敏感的话了，我们现在是别人刀俎上的鱼肉，生死祸福危在旦夕，我看你最好不要出门了，对天下时局别发表意见，不议论朝政。"韩信点点头。韩信此后在小心谨慎中度过了几年，低调得几乎被人们忘了。

十六、呜呼，这皇帝真不好干

说实话，刘邦在当皇帝的头几年里的确有些焦头烂额。这在很大程度上形成了刘邦看问题的角度，使得刘邦临死前几年疑神疑鬼，猜忌心十分重，几乎到了病态的地步。这种猜忌心与刘邦谋求统一集权的封建帝国思路交互作用，造成了汉之初的腥风血雨。

刚刚坐了天下的刘邦，龙袍穿上了身，可每次上朝，那些昔日的文臣武将仍然和以前一样没规没矩。刘邦对此腻烦透了，这哪里是皇帝、皇宫啊。一国之君的感觉都找不着。

有个叫叔孙通的儒生窥测到了刘邦的心事，趁机上书进言，对刘邦说："三皇五帝之时崇尚礼仪，所以长幼有序，君臣有别，儒学倡导礼仪，最主张高低贵贱的秩序了。现在我们从其发源地鲁国找些有教养的儒生来，指导一班人操演排练朝廷礼仪，尽快完善各项礼法制度。"

刘邦自己本是草莽出身，哪听说过这些，无从给予理论上的具体指导，只好说："你看着办，去试试吧。"

过了一个月，在叔孙通的指导下，各种朝会、朝贡、宴饮、出行等与皇帝起居行止有关的章法基本具备，让大臣们照此执行。刘邦一见果然大有改观，心里才渐渐舒服了，坐在龙座上也觉得似乎真的高大起来，朝会宴饮似乎也真的有一览众山小的感觉了。

刘邦统一了天下，但是天下的人心却并没有统一，人们的价值观与道德观更是难以统一。刘邦要建立长命的大汉王朝，必须建立新秩序，而且要建立比秦朝更有生命力的新秩序。单单精简秦朝苛法暴政是不够的，一味剪除异姓诸侯王也是不够的，如何收取天下人心、统一教化是一件必须做、迫在眉睫而又十分棘手的事。这对发迹于草莽的刘邦核心集团来说，无疑是对其政治智慧和执政心理的极大挑战与考验。秦汉之际是个价值观与道德观重建的时代，在微观与局部层面，人们的价值观几乎五花八门，既有传统的，也有新的；既有恒久主题，也有短期行为；既有守旧的，也有新要求。例如，有打算回到列国时代做国君的，也有主张天下一统而治的；异姓王靠不住，自己的儿子们居然也靠不住；怀有异志的韩信等人让人不放心，卢绾这铁哥们竟然也反了；先有鲁国为项羽而坚守不下，后有栾布、季布、钟离昧忠于旧主而不归顺；还有田横及齐国五百壮士死活不买刘邦的账；张良执意要学神仙，真让人费解。这些林林总总的事让刘邦很烦。

先说说田横的事。田横被韩信赶出齐国，一路向西狂奔，投奔了彭越，当时彭越是魏的相国。后来彭越做了建成侯，与韩信、英布等人赶赴垓下会战项羽，田横仍然追随彭越。消灭项羽后，刘邦封授彭越为梁王，田横惧怕刘邦衔恨而追究自己，就离开彭越带着五百亲信弟兄逃到大海里的一座孤岛上。

刘邦对田横的来历素有耳闻，知道田横在齐的影响力很大，如果田横游离在外，那迟早是个隐患，一旦作乱，自己的儿子刘肥可不是他的对手。于是刘邦想通过招安的办法把田横掌控起来。招安的步骤没有什么特别，刘邦派一介宣抚使带着皇帝的圣旨，去海岛上赦免田横等人的罪责。

田横对使者说："我田横以前曾经烹杀过汉大夫郦食其，现在郦食其的弟弟郦商在汉朝做了将军，而且战功赫赫，我无法在朝堂与仇人的弟弟并肩称臣，请使者大人回去禀告皇帝，我田横没有做官的愿望，只求做个平民，平平淡淡地在海岛上了此余生。”使者见田横不受招安，只好回来向刘邦复命。

刘邦倒是不急不恼，很痛快地答应了田横的条件，把郦商找来。此时的郦商因屡立战功已经晋升为列侯，官拜太上皇禁卫军都尉。刘邦开导郦商说：“郦商，令兄为国捐躯，现在为了天下大局，朕要招降田横，你和你的人马绝不能为了报私仇动田横毫发，否则，朕将杀了你全族的人，你兄长和你建立的功业将全部化为乌有！”郦商的心里一百个不乐意，无奈只好屈从于皇帝的压力。

刘邦稳住郦商后，又下了一道诏书，派人再去海岛招安田横，信使对田横传达了刘邦的旨意：“田将军如果归顺朝廷，大者可以封王，最低也会封拜列侯。”

田横说：“我已经无意官爵，只想做平民。”

信使见软的不行，就来硬的，说道：“皇帝说，如果田将军拒绝归顺，朝廷将派大军来讨伐，到时候你们将尸骨无存。”

田横闻听此言，眼睛里射出了凶光，但凶光转瞬就消失了，田横点点头说：“好吧，明天我就入朝。”田横之所以答应了刘邦，并非贪生怕死，而是为自己的弟兄们着想，田横不想连累他们。

田横入朝，在走到离洛阳三十里的时候，对使者说：“信使大人，我快要朝拜天子了，应该斋戒沐浴，暂且在此住一宿，明天再走。”

信使信以为真，于是在驿站住下来。

田横私下对随行的两个宾客说：“以前我和刘邦都是诸侯，同辈并列，现在却要低三下四地去朝拜他，这是何等奇耻大辱。另外，我与郦商有仇，虽然郦商迫于刘邦的压力，不会对我下毒手，我将来与他低头不见抬头见，即使人家不敢当面把我怎么样，我难道不感到羞愧吗？刘邦之所以不惜做出重大让步要招安我，目的就是将我本人控制起来，令齐国人群龙无首，我不死，刘邦是不会放心的。况且刘邦小人，根本不值得信任，既然如此，我只有一死才能解决问题，你们将我的人头盛在盒子中，送往洛阳刘邦面前，到达皇宫时我的人头还不会腐坏，可以验明正身。”说完，田横拔剑自刎，田横的两位宾客将田横的人头装殓，跟随朝廷信使面见刘邦。

刘邦见到田横的人头，大吃一惊，半晌才回过神来：“哎呀，世间还有这样的事情吗？田横兄弟三人相继在齐称王自立，素得人心，不是贤能之人如何能做得到啊！”刘邦为之痛哭流涕。刘邦做戏的成分不是没有，但真心动感情的成分也不会少，至少此时的刘邦还没有杀死田横的打算。

刘邦封授田横的两位宾客为都尉，派了两千人的仪仗队为田横按照诸侯王的标准发丧。

两位宾客在送葬时，一边在队伍的前列走，一边为田横唱挽歌：“人生如朝露，其生也，灿烂，其灭也，瞬间；人生如蓬蒿，其生也，繁荣，其灭也，飘零；大王您一路走好。”待田横墓穴建成后，两位宾客在墓穴旁挖掘了个洞，他们从洞口钻入墓中，自杀殉葬。刘邦得到消息后，对田横的这两位宾客的侠义之心赞叹不已。

刘邦忽然想起来，田横还有五百名手下在海岛上，就派人再次去岛上招安他们，众人得知田横的死讯，披麻戴孝西向遥拜之后，全部跳入波涛汹涌的大海，以生命为田横奏响了挽歌，表达了宁为玉碎不为瓦全、忠于田横的赤胆忠心。

消息传到京城，刘邦一连几天为之困扰，他见识了田氏兄弟在受人拥戴方面的凝聚力，这是刘邦万万不及的。同时，刘邦也意识到了并非人人都喜欢高官厚禄。

也有民间力量，为了朋友不惜抵押身家性命的。

季布是项羽的手下悍将，从军之前也曾是个名气很大的侠客，不仅武艺高强，而且侠肝义胆，在江湖中很有声誉。由于季布在做项羽的战将时曾经多次击败刘邦军队，刘邦消灭项羽后，首先就要捉拿季布、钟离昧等人。

季布为了避祸，逃到了濮阳大侠周家，周大侠说："眼下朝廷悬赏千金买你的人头，捕差已经追踪到了你的踪迹，很快就要追来我家了。将军如果能听我的话，我给将军出个活命的计策，如果将军不同意，那我就先自杀，以免落下出卖朋友的恶名。"季布听罢郑重地点点头，同意了周大侠的计策。

周大侠将季布的头发剪了，戴上枷锁，打上烙印，打扮成奴隶的模样，装进大车中，以出殡的名义将季布运出了城。逃出濮阳城后，周大侠一路疾驰到达鲁国。周大侠将季布作为奴隶卖给了当地财势很大的朱家，为了掩人耳目，周大侠还把自家的十几名童仆一并卖给朱家。这位朱富户姓朱，名半城，既是富商巨贾，善于经商理财，也是位豪侠，义薄云天，在江湖上名动四方。朱半城在江湖中的秘密信使，早已探听到周大侠卖出的奴隶其实是季布。朱半城素来仰慕季布，与周大侠一样怀着敬佩之心，想办法搭救季布。朱半城假装对奴隶不知情，把季布买下来之后，将其秘密安顿下来，不仅为他购置了良田，而且让他以耕种田地的名义居住下来，还嘱咐自己的家人，有关这些土地上的事情，都要按季布的意见办。朱半城明白季布这样躲藏也不是长久之计，而且日子长了会露馅，就决定到朝廷里想办法为季布开脱。

这一天，朱半城带上金银珠宝驾车前往洛阳，花钱托人拜见了滕公夏侯婴，夏侯婴是刘邦跟前的红人，对刘邦深为了解。朱半城送给夏侯婴很多珍稀财宝，不动声色地问夏侯婴对于季布这个人的看法，夏侯婴说："季布是个很有能力、很有名节的人。"

朱半城见夏侯婴同情季布，就趁机游说夏侯婴："做臣子的都是各为其主，以前季布为项羽效力，那是他的职责所在，无可厚非。现在皇帝要捉拿他，难道项羽的余党都要赶尽杀绝吗？况且季布是天下闻名的勇士，如果皇帝以私人恩怨揪住季布不放，那怎么能够收取天下人心啊。况且以季布的能力，如果不能容于汉，就可能逃亡到敌国，这不是把人才推给外敌吗？这是在重演伍子胥的悲剧啊！汝阴侯您是皇帝的近臣，皇帝最相信您的话了，您应该提醒皇帝避免做这样的事情。”夏侯婴知道朱半城也是名满天下，且是在江湖中声望很高的侠客，而夏侯婴自己也很重义气，就答应朱半城择机向皇帝进言，开导皇帝不要再计较季布之事了。

刘邦果然听进了夏侯婴的话，不仅赦免季布的罪过，还封季布担任了军中郎将的职务。这件事在江湖中、朝野上下引起很大轰动，很多人敬佩季布能够忍辱委曲，敬佩朱半城不顾个人安危，为朋友散财相助，奔走搭救。

从这里也可以看出，刘邦不是不能赦免项羽手下，只是因由不同，所以季布可以活，钟离眜只有死。

一天早上，刘邦刚吃罢早饭，在御花园里散步，当值宦官来报，留侯张良求见。刘邦这几天心烦，正要找人聊聊天，于是命人宣张良进来。

张良步履匆匆地进来，边走边咳嗽，刘邦关切地问：“子房，近来身体怎么样？”

张良说：“陛下，臣本病弱之躯，幸蒙陛下重用，得以效力帷幕，无奈军旅疲劳，积弊已久。近来虽按陛下教诲，擅自奉养，然而犹觉力不从心，不胜案牍。前日，臣遇道人指点，需清净修行，方可调理身心，否则，寿将不长。”

刘邦听张良这么一说，微微一惊，问道：“为之奈何？”

张良答道：“臣特向陛下告假退休，回家修行养老，乞望陛下恩准。”

刘邦心想：我这里一肚子烦心事还没说出来呢，你倒是想要退休了。刘邦又看了看张良憔悴的模样，知道张良一向身体不太好，看来他这些年东奔西走的确劳累过度了，只好说道："子房，既然这样，那你回家好好休养，朕一般不会安排政务扰你，若有急事再专程请你商议。"

张良跪拜谢恩，辞别刘邦回家闭门修行去了。

刘邦心里很清楚，张良休假是借口，避开朝中政治漩涡才是真正的目的。有一段时间，刘邦因为特别喜欢戚夫人及戚夫人生的儿子如意，就产生了废长立幼的打算，想让如意做太子。吕后察觉到刘邦态度的变化后，非常恐惧，因为自己的儿子当不成太子，意味着自己也将做不成未来的太后，将从此远离皇朝权力的核心，吕后日思夜想，束手无策，后来问计于张良，张良给吕后出主意，让她为太子选择几位特别有名望的老者陪伴起居学习。果然，在一次宴会上，刘邦见太子周围陪坐的都是德高望重的长者，认为太子深得人望，羽翼已经丰满，如意不是太子的对手，如果轻易废黜太子，很可能会重蹈秦始皇的覆辙，在皇朝立足未稳的时候引发宫廷政变。张良的计策是成功了，但张良也意识到自己很可能就此卷入一场无法预测未来的政治大斗争中。而对于刘邦这种人，只可以同患难，不可以共富贵，自己应该及时脱身避祸为好。

其实，张良一直视刘邦为实现政治理想的工具。

张良和韩信对于刘邦都没有依附心理，他们有独立的理想与人格，这与萧何、曹参等人依附刘邦追求荣华富贵是有区别的。特别是张良的政治理想几经变化，从开始的复国理想，到后来已知复国无望大一统才是历史发展的大势所趋，并努力推动着这一进程。但同时，张良也意识到刘邦这个伙伴也只能合作到统一天下为止，不可再继续与之为伍。张良的政治抱负也就以此为界，只能有限地得到实施，这也是汉初内政乏善可陈的原因之一。张良很聪明，以前只出谋划策，自己不亲自典兵，为的就是避免权势过于集中。萧何也很聪明，自己总揽后方政务，为刘邦前线作战供输不绝，还把儿子派到刘邦军中效力，主动送上人质，也是担心刘邦怀疑他。只有韩信不知道收敛，一味张扬进取，还屡次将个人意志强加于刘邦，刘邦对这三位开国元勋的态度自然有所区别。

话说张良回家后闭门修炼，还真的建造了修炼道观，穿上羽衣仙服，天天焚香吃斋，诵经炼丹。一年后，外界传说张良都能不吃饭，达到辟谷的境界了，在闭关时还能与神仙讲话。所以说张良是楚汉时期的第一高人，凭一己之力高调出世，运筹帷幄决胜千里，纵横捭阖定天下大局，审时度势功成身退，所谓“出则济世，入则保身”，张良都游刃有余地做到了。

张良走了，刘邦知道自己老班底的几个，如萧何、夏侯婴、曹参等人虽然可靠，但才能有限，智略权谋都与张良差一大截子。现在张良不在跟前，还有很多事情要做，谁来填补这个空缺呢？刘邦将注意力锁定在了陈平身上，看来陈平可以替补一下。陈平这小子求取利益的劲头儿很大，脑子也很活络，经过几件事的考验，看来陈平的忠心还是令人放心的。

十七、斩尽杀绝，一了百了

刘邦要建立王朝新秩序，面对着纷繁复杂的大量难题。在这些令人头疼的难题中，令他念念不忘的头等大事还是消灭诸侯王，他认为这是影响帝国安危的最大隐患，一定要在自己的有生之年解决掉。削除隐患的最好办法，就是将隐患连根拔起，斩尽杀绝，才能一了百了。刘邦下定了决心。

汉初，分封诸侯王国与中央郡县制同时存在，是刘邦集团初设时的安排。而在分封之后再逐步赶尽杀绝，这也是刘邦那个有限的脑袋所能想出来的唯一办法。杀掉开国重臣，消除手握重兵的军事强人，剪除与中央近乎平起平坐的异姓诸侯王国。事后来看，那样做仅仅是满足了刘邦的短暂安全感，看不出刘邦因此而采取了什么行之有效的新策略、新体制。封异姓王与杀异姓王都是刘邦为了维护权力安全做出的短期行为，这只是他诸多施政举措中的一部分而已，其他的施政举措虽然没有如此血腥，但也的确看不出具有长效机制。这是由刘邦及丰沛集团的局限性决定的。剪除异姓诸侯王，并没有同时消灭诸侯国这种体制，只不过换上了年幼的刘氏子孙，可见，刘邦对于诸侯国的体制并非全盘否定，他幻想通过刘氏子孙出任实力强大的诸侯国国君，达到强干弱枝、拱卫中央皇帝、排挤异端势力的目的，这更说明刘邦见识的局限性。刘邦对帝国稳固的基础寄托在血缘关系上，从这个意义上讲，刘邦并不比战国遗族高明多少。因此，在汉之后两千年的封建帝国历程中，几乎没有哪个开国皇帝再次效仿刘邦的模式。不过有一点却在后世发扬光大，那就是帝王心术。

在封建帝制的时代，缺乏科学有效的制度保障，王朝及皇帝的安危极大程度上依赖于皇帝个人的掌控能力，正所谓家国天下系于一身，生死存亡全赖一人，所以皇帝们个个练就了一身玩弄权术的“硬”功夫。每个有大作为的皇帝也几乎都是所谓阴谋与阳谋、善良与邪恶、仁爱与残忍、远识与短视、道与术、黑与白、明与暗的集大成者，并将其发展到登峰造极的程度。在这些错综复杂、纵横交织的品质和手段中，首要的一条就是确保皇帝自身的安全，而且是不惜成本地维护这一法则。

灭掉臧荼、囚禁韩信，看来没有引发一连串的不良反应，说明刘邦温水煮青蛙的策略是见效的，其他诸侯王并没有受此影响，也没有人跳出来表示异议，更没有人敢以身试法。

刘邦要排除一切干扰，继续实施剪除诸侯王的计划。

下一个对象是谁呢？

刘邦的目光扫描上了另一个韩信，就是那位比韩信做诸侯王早的韩王信。这个韩王信是韩襄王非嫡传孙子，刘邦东征项羽时由张良发现了他。韩王信身材高大，勇武有才略，在韩王成被项羽杀死后，刘邦封授韩王信做了韩王。刘邦称帝分封诸侯王时，考虑到韩王信能征惯战，就将其徙封到北边的代地，目的是让其守御匈奴。尽管韩王信没有得到肥美的地盘，但为了御敌之便，韩王信主动请求将都城从晋阳向北移到马邑，说明此时的韩王信对朝廷还是尽责的。可这位韩王信时运不济，遇到的对手是大名鼎鼎的冒顿可汗。

秦时，匈奴被秦始皇打击得衰弱，多年不敢南下牧马。后来冒顿成为匈奴可汗，此人凶狠坚韧有头脑，凶狠是指他杀死了自己的爱马、爱妻和老爹，坚韧是指他在大月氏当人质时忍气吞声，有头脑是指为了争取强盛的时间和空间，他与东部诸胡斗智斗勇。冒顿上台后整军练兵，势力大盛，在汉初年，数度侵扰内地，剽掠人财物。

韩王信知道冒顿勇猛，匈奴骑兵军团来去瞬忽之间，犀利善战，自忖不可正面与之较量，只好采取缓兵之计，派人与匈奴讲和。这下可惹恼了刘邦，刘邦认为韩王信不仅畏懦怯战，还私自通敌，于是严厉责备了他，并以派兵援助为名督促韩王信限期击破匈奴。韩王信意识到刘邦开始对他产生了猜疑，心里十分害怕。在云梦，刘邦擒拿楚王韩信的场面如闪电般出现在眼前，韩王信觉得自己很有可能会蹈韩信覆辙。韩王信做出了一个大胆而刺激的决定——投降匈奴。

汉高祖七年秋，韩王信投降了匈奴。韩王信降胡的消息传到长安，长安城内人心惶惶，刘邦当即气炸了肺。汉高祖七年冬，也就是擒获楚王韩信一年后，刘邦亲自率军征伐韩王信，韩王信不敢恋战，刘邦在铜鞮一带打败韩王信。韩王信携带一家老小向北逃跑，在逃跑的路上不仅韩王信生了个儿子，而且韩王信的儿子也生了个儿子，这可是韩王信的意外收获。韩王信跑到上郡名为白土的地方，遇到几个原赵国的后裔，他们一起拥戴了一个名叫赵利的人做了代王。

韩王信与匈奴冒顿勾结，此后与汉朝展开了长达三四年的拉锯战，双方互有胜负。期间，刘邦曾有过一次十分凶险的经历。由于刘邦率军轻兵冒进，被冒顿率主力部队围困在平城。那时，匈奴尚没有对汉用兵的计划，对汉朝内地与对待月氏、楼烦等邻国一样，每次用兵不过是掳掠人口与牲畜，所以，通过陈平的赂遗之计才得以成功帮助刘邦脱围。自擒楚王韩信后，刘邦用兵大多带着陈平，陈平在一定程度上填补了张良休假后的空缺。刘邦采用陈平出的计策，通过重金贿赂匈奴的阏氏，据说是冒顿的母亲，阏氏帮助汉使游说冒顿，说既然达到了掳掠的目的，没有必要围困敌国君主，最好能放刘邦一条生路。冒顿动摇了，稍稍放松了戒备。正巧，此日大雾弥漫，陈平陪同刘邦趁机逃出重围。以前刘邦对匈奴基本没有概念，也不知道匈奴到底有多难对付，这次困辱使刘邦见识了匈奴的实力，领教了匈奴的战斗力，而且此后一直苦无良策，成为遗恨。

直到汉高祖十一年春，韩王信又带领匈奴骑兵入寇代地参合，刘邦派出柴奇为将抵挡匈奴，这位柴奇就是当年随韩信围剿项羽的那位。柴奇首先向韩王信宣布了刘邦的宽大政策，表示如果韩王信回归汉室，不仅既往不咎，而且爵位如旧。韩王信倒是很清醒，知道自己罪责难逃，即使刘邦放过自己一时，也不会放过自己一世。虽然楚王韩信在长安仍然享有侯位爵禄，但那是刘邦做样子给诸侯王看的，目的是麻痹诸侯王，明眼人一下就能看穿。刘邦的信用已经彻底失效，这也是刘邦的悲哀，可以说是自作自受。既然谈不拢，只有两军开战，最后汉军获胜，柴奇对参合进行了屠城，并当场斩杀了韩王信。可见在出征前刘邦一定向柴奇交代过，如果招抚不成，可以斩杀韩王信，否则柴奇是不敢擅杀诸侯王的。

话说刘邦在平城脱困后，回京途中路过赵国。赵国国王是他的大姑爷张敖，也就是张耳的儿子。刘邦虽然当了皇帝，对文武群臣立下了规矩，要站有站相坐有坐相，可是他自己那种草莽做派依然如故，再加上平城受辱而窝火，所以心情不太好。下榻赵国后，刘邦看谁都不顺眼，天天对赵王张敖骂骂咧咧，吆五喝六。张敖倒是没什么，自始至终尽心尽力地做好接待工作，处处谨慎周到，唯恐奉迎不及。不过张敖手下的人看不过眼了，他们原来就是张耳的门客，张耳死后，这些人继续做赵王的门客，张敖待他们如父亲在世时一样。这些门客感到自己的主人遭受了奇耻大辱，作为宾客不应该坐视不管，所谓养士千日用在一时，必须为赵王做点什么，出一出这口恶气。门客中以贯高为首的人劝说张敖不要受刘邦的窝囊气，现在是成王败寇的时代，不如造反自立。张敖继承了他爹张耳的性格，敦厚懦弱，认为先父及自己受刘邦关照，位至诸侯王，到现在自己还娶了长公主，这是莫大的恩遇，不能做出背叛皇帝的事情。贯高、孟舒等门客被张敖知恩图报的态度感动，决定不再鼓动张敖造反，他们自己单干，背着张敖密谋刺杀刘邦。这就是那个时候的士，根本没有什么神圣皇权，他们视为比生命还宝贵的是自己对恩人的信义承诺。

机会终于来了，第二年，即汉高祖八年，刘邦再次从东垣西归，路过赵国，在名叫柏人的地方住下。贯高、孟舒等人准备夜里行刺刘邦，此时的刘邦已经患上了严重的疑心病，不过这次疑心病救了他的命，刘邦觉察到情形不对头，决定不在此地留宿，继续西归赶路。最终贯高的刺杀行动没有成功。

到了汉高祖九年，贯高的仇人揭发了贯高曾谋刺皇帝的秘密，并告发到了刘邦那里。刘邦立即下令，将张敖及其门客一并逮捕，押送至京师。有很多赵王门客得知朝廷要来抓捕他们，纷纷争着自杀为张敖顶罪。

贯高此时比较清醒，说道："死没什么，可是我们都死了，那谁来证明赵王是被冤枉的呢？"于是贯高与孟舒等十多人作为张敖的家奴，一同披枷戴锁进长安受审。

在审讯时，贯高等人把全部罪责包揽下来，并说赵王张敖没有谋反之意，是门客们的自发行动。朝廷根本不信贯高的话，关键是刘邦不相信，下令严办。有了皇帝的命令，狱吏们争着卖力气，各种酷刑无不用其极，以至于后来贯高等人全身上下没有下刑具的好地方了，即便如此贯高等仍不肯诬服。刘邦又找来以前与贯高友善的人进行诱供，贯高仍然不推罪于张敖。这时候，吕后也出来为张敖求情。刘邦见此情景，只好赦免张敖死罪，夺国削爵，降为宣平侯，封戚夫人的儿子如意为赵王。刘邦听闻贯高这些人如此重然诺、讲义气，就打算收服他们，以招揽天下人心。谁知道贯高不吃这一套，认为既然张敖解脱了，自己当初赴京请罪的任务已经完成，目的已经达到，这时候应该去死以成仁取义，况且如果接受了刘邦的恩惠，自己一生清誉洁行将毁于一旦，于是在大牢里撞断脖子自杀了。

季布、栾布、贯高这些人的故事之所以被《史记》绘声绘色地记录下来，至少说明一点，当时世人对于他们这种轻生死重义气的行为和道德表示认同，经过世代传颂才成为后世著史的基本资料。

刘邦把自己的女婿都收拾了，这可超出了一般人的理解范畴，况且张敖素来懦弱自守，谁也不会相信他会造反，造反这种事对于张敖来说是非常不划算的，无论是在行动上还是在心理上，眼前的荣华富贵已经使张敖尊崇无比，造反这么大的一顶帽子压在张敖脆弱的神经上，无疑会将其压断。张敖并没有被压垮，也没有做徒劳的申辩和反抗，而是俯首帖耳地接受了现实，这就是张敖的生存之道和高明之处，在那个弱肉强食的时代，对于张敖这种没有能力和实力的弱者来说，忍气吞声是最安全的。

刘邦这一年不仅削夺了赵王张敖的爵位，而且将原来名动天下、称霸一时的齐、楚这两大实力强国的贵族统统迁徙到关中。齐国与楚国雄才之士遍地都是，其中任何一个人振臂一呼，响应者云集。田横、季布、贯高事件更是给刘邦上了生动的一课，刘邦突然对这些重量级的在野人士高度重视起来，左思右想，想不出安抚良策，只有将这些具有影响力的人物安置在自己眼皮底下，将他们与各自的老巢隔离，才有可能避免他们主动或被动地引发事端。这些人虽然没有什么军事实力了，但其呼风唤雨的潜能绝不可低估，一旦刘邦的防范出现裂隙，这些潜伏的僵虫瞬间就有可能变成兴风作浪的蛟龙。

刘邦在削夺赵国张敖之权的过程中得到了一个重要启发——告密的作用。刘邦意识到一个问题，自己一味地将诸侯王安上谋反派的罪名，直接出手做坏人，这样将会直接与各实力派敌对起来，不仅身处危险，而且长此以往，暴君的恶名将会遗臭万年。如果有人告密揭发，最好是自己正准备下手对付的人，不管理由是否充分，手段是否捕风捉影，只要有那么一点点迹象和口实，刘邦就可借机小题大做，启动讨伐诛杀的程序。

这就是刘邦的可怕之处，他能够从任何细微的事件中得到启发，转变成行动模式。刘邦很快就将刚刚发现的新模式，应用到了剿灭诸侯王的后续计划中。

汉高祖十年是平静的一年，这是十分珍贵的短暂美好的时光。刘邦这一年忽然有了心情，在十月份召开了盛大的集会，接受各诸侯王的朝拜，这次包括淮南王英布、梁王彭越、燕王卢绾在内的外地藩王都来进贡朝贺，这短短的庆祝活动变成了很多人美好的回忆，甚至是终生的回忆。

刘邦新模式的第一个实验对象是陈豨。陈豨本来也没什么赫赫战功，甚至是籍籍无名，出乎很多人意料，刘邦在消灭了韩王信和张敖的势力后，将陈豨封为列侯，以赵国相国的职务统率赵、代两国的精兵，镇守代地。

代地的重要性非比寻常，在天下统一后，最危险的地方就是代地了，那是汉朝与匈奴接境的地方，匈奴屡屡入寇，驻防代地者非皇帝亲信之臣不可以胜任。在封授陈豨的时候，刘邦是这样评价陈豨的："陈豨早年经常作为朕的信使奔波于诸侯之间，总能圆满完成任务，朕很信任他。"

此时，赵国国君是刘邦喜欢的儿子如意，派陈豨辅佐如意，可见刘邦对陈豨之器重，甚至用心之深远。可偏偏是这位原本和刘邦关系很好的陈豨，不小心刺激了刘邦那根脆弱的神经，使刘邦有机会试验一下自己新发明的杀人模式。

看上陈豨的可不只刘邦，还有另外一个人，韩信。

十八、与其坐以待毙，不如铤而走险

擒杀韩王信、削夺张敖的爵位、迁徙齐楚贵族，这一连串的大事件，促使韩信很快明白了刘邦的真实意图和终极目的。韩信想清楚这一层之后，不禁倒吸口凉气，此时他才意识到刘邦削平诸侯王的决心有多大，手段有多果决。同时，韩信也明白了自己之所以还能保全性命到现在，也并非刘邦仁慈。

在长安城里，人们几乎忘记了韩信，但长安城外没有人忘记他，也没有人敢忘记他，因为忘记韩信就意味着自杀。韩信被刘邦生擒、夺爵、软禁，但迟迟不被处死的原因，只有刘邦自己清楚，现在韩信也想清楚了。刘邦不能急着把韩信杀死，否则会使其他实力强大的诸侯王物伤其类，心生疑惧，会因此把那些手握重兵的大老粗们逼急而造反。所以，刘邦还要时不时地抚慰韩信，让各诸侯王以为刘邦不会赶尽杀绝，仍会念一些旧情，或许还有宽大仁慈之心。利用诸侯王对刘邦的幻想，刘邦争取到个个击破诸侯王的宝贵时间。刘邦不杀韩信还有一个更加隐秘的原因，刘邦要将韩信作为威慑力量操控在自己手中，威慑住诸侯王不敢轻易造次。因为任何人都知道，只要韩信还活着，只要刘邦授予韩信一支人马，韩信随时都有可能荡平任何一个诸侯国。而刘邦的心思没有人能懂，刘邦重新启用韩信就成为可能，他成为悬在诸侯王头上的一把利剑。因此失去了威势的韩信，仍然是刘邦手里一张可以毁灭万物的王牌，只不过，对这张牌刘邦能不用就尽可能不用，因为刘邦不清楚自己一旦打出这张牌，是否还有能力继续掌控他，他是否会反咬自己一口。韩信还揣测到刘邦在十年十月搞大集会的意图，就是想把云梦的旧戏重演，但各诸侯王都怀有戒心，防范严密，况且大将灌婴在那个时间点上病倒了，刘邦集中擒拿彭越、英布等人的计划因此而失败。

韩信此时才确信，刘邦必欲将自己置之死地，必将置异姓诸侯王于死地。

韩信绝望了。

不想在绝望中毁灭，就必须在绝望前爆发。

韩信决定反击。

反击需要智慧，韩信不缺乏智慧。

反击还需要力量，韩信的确缺乏力量，缺乏值得使用的力量，更缺乏值得信赖的力量。

遍观朝中，韩信感到没有同盟力量可以借助。萧何、曹参皆为刘邦的忠实鹰犬，对刘邦的支持与依附坚如磐石。绛灌虽不是寇仇，也早与韩信绝交，更无独立典兵之权。樊哙尽管对韩信礼遇有加，但若伙同他造反，他万万不会从命。朝廷以外，英布、彭越与自己命运最为相似，以前三人并肩称王，这两个大老粗绝不愿屈居韩信之下，与韩信之间缺乏信任关系，况且这两人勇猛有余，智谋不足，极有可能将事情败露。韩信在静静地寻找合适的人选与合适的机会。

机会终于来了。

这一天，韩信正在家中下棋，门房来报："陈相国求见！"韩信先是一愣，难道是陈豨？韩信知道陈豨此人，而且早年与之有过交往，陈豨经常代表刘邦来韩信军中送信，送信可不是简单地揣着信件往来传递，还需要介绍很多前线后方的情况，了解军中需求和主帅意图等，其实发挥了重要的沟通与侦查作用。陈豨此人重义轻财，所以人脉广泛，消息灵通。陈豨也很佩服韩信的将帅之才，深为韩信的奇谋智计所折服。因此两人彼此印象良好，只不过韩信被软禁后，出于自保的考虑，韩信和陈豨的来往也很少。韩信猜不透陈豨此时来访意欲何为。韩信告诉门房：“有请陈相国，引至正厅说话。”

韩信站在正厅门口迎接，陈豨身后跟着几个随从，几人健步从府门穿过庭院向韩信走来。

韩信迎上去，说道：“陈相国，今日如何得闲，来寒舍赐教？”

陈豨深施一礼，爽朗地哈哈大笑：“将军，莫要取笑，我是特地来辞行的。”

韩信命人上茶，陈豨则命人将礼品奉上，韩信连说：“客气，客气。”两人落座，韩信问道，“不知陈相国此行何往？”

陈豨说道：“将军有所不知，自韩王信叛汉之后，北地边警频传，战事吃紧，皇上命我以赵国相国名义，监领赵、代两地精兵，前去驻防代边，明日启程，因此特来向将军辞别。”韩信一听这番话才明白原委。

韩信向陈豨使了个眼色，对自己仆人吩咐道：“这里没什么事了，你们先下去吧。”

陈豨知道韩信有重要话讲，也命自己的随从退出厅堂等候。

韩信问陈豨：“不知相国此去有何打算？”

陈豨答道：“现在天下战事未息之地只有北地，举国精兵也多在赵、代，我深知负担很重，匈奴强悍难制，我唯有尽心职守，勠力而为，以报圣恩。”

韩信摇摇头，说道：“匈奴者剽掠之族，来去瞬乎之间，虽然善骑射，但并非无法制服。”

陈豨抬头看向韩信，问道：“请将军明示。”

韩信喝了口茶，说道：“昔年，匈奴诸胡侵扰北地由来已久，逐水草而居，游牧而猎，间或进入内地，大肆掳掠人口以为奴，抢夺牲畜以为食，并非觊觎良田土地。故赵国以李牧为将镇守北地，多年驻防，熟悉边情，匈奴来犯之前既已筑城，驱人畜入城以自保，趁敌离去时出兵尾随而击之，是以敌疲敝，劳而无获。后，秦始皇北击匈奴，胡虏不敢南下而牧马十年，庸人常言乃长城之力，实则谬矣。长城，乃烽烟警示而已，未必需要劳民伤财如此之巨，其督修不已，都因六国新灭，行伍兵丁降服者不知几百万，虽遣散使归田里，未必不生盗贼叛乱之祸。于是秦始皇收天下之兵铸为金人十二，以消除刀枪器械之患。奴役民夫修筑长城，实乃消解六国兵丁之借口，与坑之无异。秦始皇使大将蒙恬父兄戍守北边，常年据城以自守，攻防策略世代积累相传，乘便以进击，故匈奴衰竭。秦赵之道，在于委派亲信大将赋以专征之权，常年拒敌，与敌周旋，时日持久，破敌之策自得其便，非一朝一夕之功。”

陈豨听罢韩信这番宏论，顿觉茅塞大开，原来匈奴并非不可战胜的神话，匈奴也没有那么可怕。

这时，韩信话锋一转，问陈豨：“相国，自谓为良将否？”

“臣非良将，然有心力。”

“相国，自谓为皇帝可持久信赖之股肱否？”

“与皇上素善，当为朝廷尽忠。”

“尽心尽力，尽善尽忠，皆良臣之职分，然则世事未必皆如人愿，福祸旦夕可致焉。”

陈豨一惊，疑惑地望着韩信。

韩信又问道：“相国自谓才能忠信比蒙恬如何？比李牧如何？”

陈豨默然。

韩信说道：“况蒙恬、李牧尚且见疑，禄寿不终，何也？人言可畏也。一人向皇帝进言相国不轨，皇帝必不信，人再言于皇帝，皇帝亦未必信，然则人进言于皇帝数次，皇帝必不信于相国。相国又手握天下精兵，韩王信岂非不欲报德于皇帝乎？猜疑始于皇帝，即使不反已不可为，皇帝若不信于相国，相国危矣。”

陈豨听到这里，额头上渗出了一层细汗。陈豨虽然与刘邦关系不错，但也深知刘邦生性狡诈多疑的性情，而且赵、代的两个前任王韩王信与张敖的下场也摆在面前。看来这高官厚禄不是那么舒舒服服就能享受得了的。

陈豨急忙站起身向韩信拜下，急切而诚恳地问道：“将军，为之奈何？请将军救我。”

韩信扶起陈豨，说道：“皇帝多疑，诛杀诸侯之意已决，只不过或迟或早而已。相国赴任，循规蹈矩，灾祸犹难避免，此为下策。若早做打算，自强实力，一旦生变，闭关据险以自全，此为中策。”

陈豨急迫地追问：“那上策为何？”

韩信说道：“昔者，秦始皇雄视天下，驱诸侯如猪狗，不过秦二世而亡，故天下不属谁姓，唯有德能者据之。相国仁义，接贤纳士，众人属意，素有名望。今又据天下要塞，手握精兵，此霸王之资，可蓄意待机以图之。届时，韩信不才，在京城以为内应，助相国一臂之力，功业可成。”

陈豨郑重地点点头。陈豨自认为自己属于雄杰人物，只不过没有展示的机会罢了。现在身处险境，唯有一搏或许能够谋取天大之功，况且有英才盖世的韩信相助，还缺什么呢？还怕什么呢？故此，陈韩联盟秘密缔结。

陈豨赴代地上任不到半年，刘邦派了一个叫周昌的人出任赵国相国，让陈豨改任巨鹿太守，专职统兵驻守防御匈奴。实际是对相国的权势进行了分割，在一定程度上削弱了陈豨的权力，让周昌专心辅佐教导赵王。陈豨暗自赞叹韩信的见识，刘邦的心思果然如六月的天气，阴晴云雨难以揣测，自己才上任不到半年，皇帝就开始疑虑自己权势过于集中，担心对小赵王如意产生威胁。陈豨性本好结交，喜延揽宾客，很快门下就聚集了几千名宾客，陈豨天天与这些人宴饮讲论，气势纵横，名噪北方。陈豨对于军事也极其用心，操演队伍，修筑工事，厉兵秣马，几次与匈奴交战，都没有受到太大损失。由于前线消耗太大，而且陈豨有意囤积粮草，所以向赵王及朝廷求索供给不绝。

赵相国周昌对赵王尽职尽忠，却十分忌恨陈豨，一是陈豨虽不兼任相国职务，可实际上仍握着一部分相国的权力不放，还经常向赵王施加压力，索要钱粮。周昌心胸狭窄，性格执拗，对陈豨揽着权力不放感觉很不舒服。二是陈豨每次回赵国府第，都会带着盛大的宾客队伍，排场搞得很大，以至于邯郸城里的客栈全都客满了还住不下，赵国人都知道名气很大的陈豨相国，不知道还有个周昌相国。忌恨也是一根毒草，能够令人做出发狂的事情。满怀忌恨的周昌秘密向皇帝刘邦上书，控诉陈豨私自豢养宾客，图谋不轨。刘邦开始并没在意，招养宾客是那个时代司空见惯的事情，不值得大惊小怪，况且是自己的嫡系陈豨。刘邦对于陈豨巨大的供给消耗也有些怀疑，就派人前往赵国，以查验府库出入为名调查陈豨军需取向。查来查去，有几件挪用军需、贪污腐败之事与陈豨扯上了关系。

消息很快传到了陈豨那里，这下陈豨有些害怕了，他断定皇帝已经开始怀疑自己，这是在暗中搜集证据，不日就会惩办自己。陈豨越想越觉得凶多吉少，看来事情正按照韩信的预言在发展，等着被救不如自救，求人不如求己，陈豨决定趁刘邦部署未定之时，先发制人，在代地举兵造反。

汉高祖十一年九月，陈豨自称代王，反于巨鹿。陈豨挑起造反的旗帜后，派人给长安城中的韩信送信。韩信也认为时机很好，就向陈豨提出用兵建议，写信告诉陈豨："南据中原重镇邯郸，坚守勿战以待变。北结匈奴，邀匈奴从河套入侵汉中，分散朝廷兵力。传檄天下，历数刘邦不仁，猜疑诸侯，必欲剿灭之而后快，邀诸侯同反。”然而信使中途遇到强盗被杀，没有将信件送达陈豨手里，陈豨与韩信失去了联系。箭已在弦上不得不发，陈豨等不来韩信的回音，决定主动出击，趁机略地。但是，陈豨低估了刘邦的反应能力。

为了提升士气，刘邦再次御驾亲征，昭告天下，谴责陈豨辜负圣恩，以下犯上。并调集燕王卢绾、梁王彭越从东北和东南会剿陈豨。形势的发展表明，刘邦对陈豨的征讨是近几年最为艰难的战役，形势也是最错综复杂的，各诸侯王的矛盾交织在一起，标志着刘邦与诸侯王的对立关系升级到了白热化的程度。

刘邦率领周勃、灌婴、樊哙等大将，亲自督师征伐陈豨。刘邦知道赵代精兵素来善战，这一战非同小可，只许胜不许败，陈豨不灭，将会引发诸侯王的连串反应。为此，刘邦最初曾想把韩信带上一同作战，威慑叛军，韩信却称病闭门不出。

刘邦派出哨探查看陈豨布兵策略，哨探回来后报告刘邦，说陈豨正分遣侯敞进攻曲逆，张春进攻聊城，赵利守东垣，自己据守巨鹿指挥。刘邦听罢哈哈大笑，说道：“赵代燕魏四国之中，邯郸为要，占据北方都会，乃四战之地，城坚粮足，况且南有漳河天险，易守难攻，陈豨不南下取邯郸以自守，而据代地四面出击，这是用兵无知啊，必败无疑！”可是，刘邦进军并不顺利，赵、代边兵毕竟与匈奴周旋多年，久历战阵，能征善战，处处对刘邦形成强烈抵抗。

刘邦作战艰苦，诸侯援兵偏偏迟迟不来。最让他痛恨的是彭越，刘邦召集彭越亲自统兵来助阵讨伐陈豨，彭越也称病不能出战，只是派了一员偏将带领一万人赴邯郸援助刘邦。

自从韩信被擒之后，彭越、英布等人几乎成了惊弓之鸟，不敢轻易离开封地半步，即使在去年朝贺时也只是露了一下面，第二天就匆匆赶回了封地。

刘邦见彭越不来，既急又怒，派人责骂彭越。被刘邦一通训斥，彭越有些害怕了，打算去前敌向刘邦赔不是，手下人劝说：“大王，你先前不亲自率军救援，现在皇帝责备你，你迫于压力要亲自去前敌，这不是明摆着故意为难皇帝吗？如果您去了，就很可能与韩信一样被皇帝擒捉，再也回不来了。”彭越听了手下人的话，又打消了去见刘邦的念头，仍然向刘邦推说自己病得不轻，把刘邦派来的人打发了回去。彭越手下人又向他进言：“大王，现在皇帝猜疑诸侯，必欲剪除而后快，先有淮阴，后有韩王信，连他的老实姑爷都不放过，今又逼反了陈豨，如此下去，我们也亡无日矣，不如就此造反，与陈豨联手，或可免难。”彭越却未同意，他认为陈豨如此用兵，也不会成功。

不仅彭越不来支持刘邦，卢绾也有自己的小算盘。开始的时候，燕王卢绾还亲自率军前去相助刘邦，在东北部燕代边境攻击陈豨。卢绾还派手下张胜出使匈奴，离间匈奴与陈豨的关系，释放烟幕弹，告诉匈奴说陈豨已经被朝廷剿灭了。巧合的是，陈豨也派王黄出使匈奴求救，王黄就是前年鼓动韩王信造反的那个人，韩王信失败后，王黄等人在赵利的带领下又投靠了陈豨。

王黄等人可以说是匈奴通，这些年频繁活跃在匈奴与汉的边境线上，到处游说以获支持，其中就串联了臧荼逃亡的儿子臧衍。

张胜在匈奴也遇到了臧衍，臧衍是在臧荼被刘邦剿灭后流亡到匈奴的。臧衍对张胜说：“先生你之所以在燕国得到重用，是因为你熟悉边防和匈奴等诸胡的情形。而燕国得已存在的原因，是朝廷征讨诸侯，连年用兵，顾不上消灭燕国，燕国还有用处。现在你们想让匈奴尽快消灭陈豨，如果陈豨失败，下一个就轮到燕国了，这是唇亡齿寒的道理，先生你和燕王到时候也会成为阶下囚。先生你为什么不劝说燕王延缓攻击陈豨，同时与匈奴讲和，如此战事拖延下去，你们就可以争取到存活的空间，至少可以自保啊。”张胜被臧衍说动了，就顺势游说匈奴帮助陈豨攻击燕国。

卢绾此时尚不知情，本来派张胜出使匈奴是离间匈奴与陈豨的，怎么匈奴反倒加紧了对燕国的攻势？卢绾这边的压力顿时增加了不少，并开始怀疑张胜私通匈奴，于是上书皇帝刘邦，要求治张胜的罪。可卢绾刚把张胜的家人抓起来关进大牢，张胜就从匈奴回来了，向卢绾复命时，张胜把臧衍的话原原本本地对卢绾一说，卢绾才恍然大悟，这才知道张胜这是为燕国为自己好啊。卢绾赶紧找了个替死鬼冒充张胜，草草结案了事。从此，卢绾以匈奴战事吃紧为由，互为表里对陈豨放松了攻击，并派人与陈豨暗中通信，保持不战不和的胶着状态，拖延战局，卢绾和陈豨在东北边境热热闹闹地唱起了双簧。

一年后，卢绾吃不住劲儿，终于也反了。

刘邦这个气啊，自己这不成了孤家寡人了吗？这种事还不能张扬，打掉牙只有往肚里咽，否则势必动摇军心。

刘邦把周昌找来了解当地情况，问道：“邯郸城里有什么壮士可以襄助我军？”

周昌立即回答说：“有，有四个人素来在城里有勇猛之名，可以使用。”

刘邦说：“去把他们招来，我当面一试。”

不一会儿，四个大汉在周昌引领下来拜见刘邦，四人进来之后俯身下拜，刘邦说：“平身。”四人垂手站立。刘邦斜着眼睛盯着他们，见这四人也就二十岁刚出头儿的样子，刘邦嘴里骂骂咧咧地说：“就你们四个乳臭未干的小子，也能领军作战？能成什么事！”这四个小伙子被刘邦一吓唬，立即不敢正视刘邦，大气儿不敢出，手心有些冒汗，不知道皇帝会怎样发落他们。

刘邦又说道："不过，你们虽然年少，但勇气可嘉，朕封你们为骑都尉，食享千户爵禄，为朕充当先锋，务必要奋勇杀敌。"

四个人以为自己耳朵听错了，傻愣愣地站着不言语。周昌喝道："你们四人还不赶快谢主隆恩！"四人这才反应过来，再次跪拜谢恩。

四人走后，樊哙嘟嘟囔囔地问刘邦："陛下，为什么如此轻率地分授这几个毛孩子为将军？"

刘邦扭过头，缓缓说道："现在征伐陈豨战事不利，朕传檄天下征兵，可是彭越就是按兵不动，卢绾那边也有劲儿使不上，其他人更是隔岸观火，我现在能用的只有亲军和邯郸城内的赵军，如果不超拔奖励，谁会拼命助我破敌呢？"樊哙点头称是，连说："陛下英明，用策高深，非我等所能理解。"

刘邦接着下了第二道圣旨，赦免赵、代的官吏和老百姓，受陈豨胁从的一律不予追究，对因力量不足而被迫投降陈豨的城守、军尉官复原职，允许戴罪立功。刘邦又花重金收买陈豨部将中商贾出身者，这些人见财忘义，纷纷投降汉军，刘邦策略颇多见效。

刘邦兵分几路对陈豨实施围追堵截，派郭蒙率齐军与张春大战于聊城，并击败了他。派周勃绕道太原北略代地，马邑坚城不下，周勃调集重兵围得水泄不通，日夜轮番攻打，打了一个多月，最终攻克了马邑这个边防要塞。

周勃攻下马邑后屠城剿灭陈豨守兵。

刘邦率主力迎击陈豨，替陈豨防守巨鹿重镇东垣的是赵利，这个赵利就是在韩王信逃亡匈奴时，被流亡的赵国士族拥立为代王的那个赵利，韩王信失败后，赵利仍然在北边打游击。

陈豨出任巨鹿太守后，曾与赵利见过几次阵仗。后来，赵利部下谋士王黄到陈豨处游说，王黄向陈豨陈明利害，劝说陈豨不要信任刘邦，所谓拥重兵在外不受朝廷怀疑者寥寥无几，当今皇帝刘邦更是豺狼之心，大臣旦夕获罪，防不胜防，请陈豨吸取韩王信的教训，早做保全之策。

此时，陈豨已经对刘邦产生了戒心，经王黄一番游说，陈豨决定先与赵利缔结联盟，以招抚名义将赵利纳入帐下，并委以防守巨鹿门户东垣的重任。

赵利善于治兵，并深得人心，因此才在胡汉之间驰骋数年。赵利更是个防守的厉害角色，不仅将东垣防守得如铁桶一般，而且还站在城头上辱骂刘邦，刘邦气得七窍生烟。

自刘邦做皇帝以来，哪里受过这种侮辱，下令不惜一切代价强攻东垣。

东垣城墙几次被汉军击破，赵利衣不卸甲日夜坚守在城头，激励士兵士气，组织人员及时将缺口修补起来。时日一多，城内粮草用尽，赵利与士兵一起煮树皮捉老鼠吃，伴随军队伤亡减员，东垣城防守力量出现捉襟见肘，终于无力维持。

直到年底，汉军才将东垣攻破。

破城之后，赵利不愿被俘受辱，带领家小自焚，其他曾经站在城头辱骂过刘邦的人全部被刘邦坑杀。

陈豨与韩信失去了联系，心里又急又怕，初期急于求战的锐气渐渐消磨殆尽。

到了汉高祖十二年春，刘邦总算遏制住了陈豨的攻势，并逐渐扭转战局，占据了主动。

刘邦册封自己的儿子刘恒为代王，定都中都（今山西平遥古城西南），作为汉军核心，留下樊哙等人辅佐他继续追剿陈豨，自己则回后方休整一下。

刘恒就是后来的汉文帝。刘恒能够脱颖而出坐上皇帝宝座，也是由于有一个颇具韬略的母亲薄太后。

陈豨的扩张气焰虽然被遏制住，并不表明陈豨已经战败，事实上后续的战争旷日持久且艰苦，直到汉高祖十二年冬，樊哙才击溃陈豨部队，斩杀陈豨。

由此可见陈豨力最之强，不是诸侯王的陈豨却敢于造反，其资本之雄厚也非等闲之辈。

在冬春之交，陈豨与刘邦打得不可开交的时候，韩信得到消息，知道了陈豨没有按自己的军事主张布局，如此下去，陈豨很快就会被刘邦击。而随着外地诸侯被消灭得越多，韩信的处境将会更加艰难，生存空间将会越来越窄，剩下可用的残余价值将会越来越小，长安城里将会越来越危险。

韩信焦躁的神情被梦蝶看出来了，梦蝶关切地问韩信："将军，你这些年来，遭受不白之冤，身体健康状况也受到很大损害，这样下去，你会垮掉的。"

韩信握着梦蝶的手咳了一声说："我韩信，当年驰骋疆场，战无不取，攻无不克，现在被软禁起来，连出门上街都有人跟踪，这叫什么日子！"

梦蝶眼中噙着泪水，低声劝慰韩信："将军，你是盖世英雄，皇帝嫉妒你这一点才将你软禁起来，现在我们已经无力回天，你更不要自己折磨自己啊。"

韩信叹了口气："唉，皇帝现在紧锣密鼓地诛杀诸侯王，看来是必欲赶尽杀绝，之所以迟迟不杀我是因为我还有一点点用处，并非要让我终老府第。"

梦蝶听后全身一震，握着韩信的双手更用力了。韩信继续说道："皇帝已经老了，太子及诸皇子尚且年幼，皇帝不会让这些权倾朝野的诸侯王活到太子登基那天。皇帝起于草莽，还未来得及建立储君制度，太子又软弱无能，东宫的实力难以威服诸侯。所以，皇帝一定会在有生之年剪除诸侯。”

梦蝶眼泪汪汪地咬着下唇说道：“将军，你现在身处险境，皇帝随时都有可能加害于你，不如你趁皇帝不在京城，自己逃出长安，或许能够幸免。”

韩信摇摇头，更加剧烈地咳嗽起来，脸涨得通红，喘了一阵子气之后，才说：“那怎么行？我不能留下你们母子不管，况且逃出长安岂是易事？我本来与陈豨约定共同起事，但是陈豨没有按照我的计策行事，看来这最后的机会也没有了。”

梦蝶用手帕擦了擦眼泪，抬头决然地对韩信说：“将军，看你在此受委屈，过着生不如死的日子，我也是天天心如刀绞。我虽是一个弱女子，帮不了将军，但也不会成为将军的拖累。过几天就是正月十五，城内将结灯集会，到时四城大开，你可改扮之后出城。”

韩信眉头紧锁地看着梦蝶：“那你们怎么办？”

梦蝶说：“我们虽然不免遭罪，但依刘邦的性格，也不至于加害我们母子家眷。”韩信眼圈一红，两行英雄泪潸然滑落。

按照梦蝶的劝说，韩信决定逃出长安城。逃出长安城虽不能说难比登天，至少不是很容易的事情，这时候的韩信还不如一个普通老百姓进出城门自由，只要韩信离开府门半步就有人跟踪监控。

韩信秘密地召集亲信侍卫商议筹划，准备趁正月十五灯会开城之际，蒙混出城。

韩信几天来起居活动不似平日，这些异常动静早就被刘邦安插在韩信府中的密探察觉到。

这密探的公开身份是韩信的舍人，名叫李忠，自从韩信伐齐时就跟随韩信，至今也有六七年了，此人庸庸碌碌没什么才能，倒很勤快，办事很卖力气，所以韩信一直将其养在府中。其实李忠并不叫李忠，真实姓名叫周立业，受刘邦派遣，潜伏在韩信身边，负责监视韩信，其隐藏的官阶也逐步提升，至今已经被刘邦封为县侯，父母兄弟也都食朝廷俸禄。

周立业马上进宫给吕后报信，说韩信这两天有些不对劲儿，关着门与家臣商议事情，不知道在密谋什么计划。

吕雉自从第一次见到韩信，就对韩信心存芥蒂，总觉得韩信这个人让人不舒服，一天到晚端着一副恃才傲物、眼高于顶的样子。吕后骨子里性格刚烈，再加之吕后是汉阵营里的头号女人，而韩信无疑是汉阵营中的头号军事强人，与刘邦那种多棱镜式的性格相比，韩信在形象上更加突出鲜明。但偏偏这位头号男人对这位头号女人连多看一眼的心情都没有，更不用说主动献殷勤，在这一点上，韩信与陈平形成了强烈的反差。其实韩信并非蔑视吕后，他对谁都不屑，也不善于交际，几乎和文武群臣没有任何来往。可吕后不这么想，她认为韩信就是故意蔑视她。吕后知道刘邦忌惮诸侯王，可是刘邦把韩信软禁在长安城里之后，吕后屡次劝说刘邦把韩信杀掉，以了却心病，却不知为什么刘邦鬼迷心窍地愣是听不进吕后的话。

其实，吕后不只恨韩信，他恨所有诸侯王，恨一切与刘邦一起打天下的重臣。

刘邦这几年一心剪除异姓诸侯王，每剪除一个就代之以自己的一个儿子，刘邦儿子那么多，可不全是吕后的儿子。这些王子们渐渐长大成人，都慢慢发展了自己的势力，这对吕后的儿子刘盈来说可不是好事，而是潜在的威胁，一分一分地正在增加的威胁，而威胁到太子也就意味着威胁到吕雉的未来地位。

吕雉是一个权力欲极强的女人，她若要获得朝中的发言权，所忌惮的人除了刘邦就是那些具有开国之功的文臣武将。在开国元勋中只有少数几个对吕雉款附，陈平、樊哙最听话，张良也还不错，其他人表面上客客气气，其实骨子里根本不买吕雉的账。吕雉要想走到台前来，必须先扳倒那些开国重臣。所以，在刘邦打击诸侯王的初期，吕雉不遗余力地帮助刘邦，刘邦御驾亲征，吕雉就在后方掌控朝局。

吕雉还掌握着一个天大的秘密，刘邦的身体状况近来非常不好。刘邦自己也知道这一点，这也是促使刘邦马不停蹄地要在有生之年消灭异姓诸侯王，以便为自己的儿孙排除隐患，留下一片坦途的主要原因。而吕雉最清楚刘邦的身体状况，就加紧了夺权的准备活动。

话说吕雉得到周立业的密报，虽然没有什么证据，事实上这已经足够，否则吕雉还想不起这茬儿，这是剪除韩信的天赐良机。怎么对韩信下手呢？尽管韩信已被软禁在长安，毕竟不是囚犯，要捉拿韩信谈何容易，况且诸侯豢养家臣乃是常事，淮阴侯府中少说也有几百家兵。前往韩信府中抓朝廷重臣，且不说伐罪无名，即便舍此不顾，也未必有完全的胜算。因为吕后虽然坐镇京都，其实是与太尉、丞相、御史大夫等重要大臣共同商讨政务，她没有日常议事的决策权，更没有调兵之权。吕雉心里清楚，若要对付韩信，必须想一个万全之策，一旦捉住韩信，给他编织罪名就不是难事了。

想清楚这些后，吕后命人连夜找来丞相萧何。萧何年事已高，身体也不太好，颤颤巍巍地由奴仆搀扶着匆匆进宫。

萧何见到吕后欲跪拜施礼，吕后示意他："丞相年迈，免了这些俗礼吧。"并命人给萧何看座。萧何慢慢坐定，满腹狐疑地等着吕雉发话。

吕后单刀直入地问萧何："丞相，如何能够抓捕韩信?"萧何屁股刚坐下，一听吕后这话，如被蝎子蜇了马上站起来，一双老眼疑惑地看着吕雉，等待她的下文。

吕雉一边把弄着自己手指上那颗硕大的明珠戒指，一边紧盯着萧何继续说道："有人密报，韩信要趁皇帝不在都城时造反，我们宁可信其有，不可信其无，为防微杜渐，我们要尽快抓捕韩信。"

萧何虽然行动迟缓，可是脑子一点儿都不迟缓，在这一刹那，萧何脑筋已经转了不知多少回。萧何之所以能够位极人臣，除了尽心为刘邦办差之外，就是明白哪头儿轻哪头儿重，在政治上始终与刘邦保持一致。萧何也早已察觉吕后扩张权势的意图，对吕后的行径虽然心怀不满，但时刻揣着一个自保的法宝，这个法宝就是听话，听老大的话，老大不在的时候，老大的老婆就相当于老大，特别是在老大还没有放弃这个老婆时。现在自己年事已高，子孙宗族在朝中任职者不下百人，自己死后，皇帝百年之后，朝廷事务一定将掌握在面前这个身强力壮的女人手中，自己家族后人的命运还要仰仗这个女人的怜惜。

萧何在心里默默念叨着已经重复过几千遍的那句话："万万不能得罪吕后。"不过萧何也不愿意做加害韩信的事情，毕竟韩信这个旷世奇才是由自己发现并推荐给刘邦的。韩信前军作战，萧何后方供给，两人相互尊重，惺惺相惜之情默契已久。萧何向来谨慎，不赞成韩信张扬的做法。萧何明白韩信有大功于汉，尽管韩信棱角不敛，还不至于谋反。皇帝猜忌重臣，采用了陈平的阴谋，假托游云梦，诱擒韩信，事情至此也该适可而止了，无奈皇帝心胸狭窄，看来一定要置韩信于死地。

萧何以为吕后是得到刘邦的授意后才要捉拿韩信的。既然韩信难以活命，也不要亡在我萧何手上啊，如此我萧何岂不落得千古骂名?!可萧何转念又一想，眼前这个女人可不是好惹的，她正盯着自己表态呢。萧何没有马上回答吕雉，而是请示道："不知皇后想如何处置韩信?"

吕雉眼睛里闪过一丝异样的光芒，心里暗骂：老滑头，你不想做坏人，把球给我踢了回来。不过没关系，你只要能把韩信抓住就行。吕雉说道："韩信位列诸侯，应待皇上回京后再行发落。"

萧何心里稍稍松了一口气，用手捻着花白的胡须，说道："皇后，我有一策，可以假称皇帝前敌已破陈豨，喜讯战报刚刚送达，邀请在京王公大臣来拜贺，到时韩信也要来贺，在宫内逮捕他应该不难。”吕雉点点头，暗自叹服：“萧何果然见多广识，足智多谋。”

吕雉问萧何：“依相国之见，派谁去召韩信合适呢?”

萧何说：“这个人必须是皇后信赖的人，同时也能让韩信相信。”

吕后盯着萧何，说道：“我看此人非你莫属了，相国与韩信交情深厚，天下尽人皆知。”萧何心里一惊，本想推脱，但看到了吕雉犀利的目光，萧何低声说道：“臣遵命。”

这时候天色已晚，到了掌灯时分，夜空漆黑，阴云密布，乍暖还寒的风在空旷的大街上吹过，行人十分稀少，路面上冷冷清清，怎么也不像正月十五前夕的境况。由于连年战乱，百废待兴，物资极度匮乏，丞相以下的文官都没有马匹乘用。萧何坐着牛车，向淮阴侯府驶去。

韩信此时正与亲信商议明日一早出城的细节。忽然家人在门外急促地叩门，韩信沉声问道：“何事?”

下人说：“老爷，萧相国求见!”

韩信一惊，众人也都惊愕地互相看着。韩信到长安后曾去拜访过萧何，可是萧何只在府门口与韩信寒暄了几句，没有让韩信进门。韩信兴味索然地离开了相国府，此后就再也没有搭理过萧何。

韩信定了定心神，对门外的家人吩咐道：“请萧相国到我卧室内。”韩信屏退众人，匆匆回到卧室，解衣半卧在床榻。

片刻后，萧何来到韩信卧室门口，萧何进门后闻到满屋子浓浓的药味，微微皱了皱眉，向韩信施礼，缓缓说道：“将军，一向可好?”韩信咳嗽了几声，说道：“韩信近来身体染疾，行动不便，有失远迎，请相国恕罪。不知相国深夜到寒舍有何要事?”这时候，服侍韩信吃完药的梦蝶，用枕头垫在韩信背后，端着空碗低头退出房间。

萧何的眼睛在梦蝶背影上顿了顿，目送她离去，这才转头对着韩信说道：“将军有所不知，皇上已经平定陈豨，捷报刚刚传到宫中，吕后正在摆宴，请群臣朝贺呢。”

韩信一听，心里又是一惊，难道陈豨失败得会如此之快吗？如果陈豨失败，那么自己与陈豨之事是否已经泄露？韩信有些将信将疑。

萧何看出了韩信狐疑的神情，继续说道：“皇后也知道将军你在病中，为了表示诚意，特地派老夫前来接将军进宫。”

韩信顾虑重重，推辞道：“相国，你看我已经病了一个冬天，只能卧床吃药，这次朝贺我就免了吧，请你代我向皇后致谢。”

萧何见韩信有所戒备，只好耐下心来继续劝说：“将军你多年在外征战，对后宫多有不知，这吕后非比常人，自视甚高，性情果决。现在她设宴款待群臣，谁敢不去？将军如果驳了她的面子，恐非将军之福。况且这种朝贺不过是形式过场而已，将军勉强抱病去露个面，到时候，老夫我替你周旋一下，不会为难于你。”

韩信见萧何执意要自己进宫，虽然事情未必如萧何说的那么严重，如果自己坚持不肯去，恐怕会引起萧何与吕后的疑心，不如进宫露一下面，快去快回，不耽误明早出城。韩信同意随萧何进宫，萧何这才将一颗悬着的心放下一半。

韩信在更衣时吩咐亲信侍从：“一切按原计划行事。”韩信走出卧室，听到梦蝶的琴声传来，曲子是《伤别离》，曲声在寒风中时断时续。韩信不禁停下脚步，回头望了望梦蝶的房间，在灯光照射下，梦蝶的影子映衬在窗户上，若隐若现。

萧何的心头也被这琴声震颤了，加快了脚步走出淮阴侯府。

萧何的马车在前，韩信的马车在后，沿着长安城宽阔的街道急匆匆地向未央宫驰去。韩信坐在车中，思绪复杂，一会儿是与陈豨的谋划浮上心头，一会儿是当年仗剑从军的艰难坎坷，一会儿又是在做汉军粟吏时险些被杀的场景，一会儿又想起在赵王宫遇到梦蝶时的情景。寒风吹动车窗的窗帘拂在韩信的脸上，挥之不去。不知从什么时候起，下起了小雨，雨滴打在车篷顶上噼啪作响，如漏壶计时之声。韩信打了个寒噤，又剧烈地咳嗽起来。

车夫一声吆喝，车停下，侍从掀开车帘，禀报道："大人，未央宫到了。"韩信探身走下车，萧何已在前面五步之外等候，示意他一同走。

韩信见四处寂静，不像有大喜事的样子，便问萧何："相国，怎么如此安静？"

萧何干咳了一声，答道："将军，我们多谈了一会儿，耽搁了些时间，其他人早已到达，且皇后吩咐勿要惊扰城中百姓，待明日再将战报公布于众。"韩信随萧何进入未央宫。

宫殿是萧何负责修建的，巍峨壮观，华丽辉煌，深得刘邦欢心。这是韩信第一次踏入未央宫，地理情况不熟悉，只有跟在萧何后面，七转八转之后来到一处殿堂前，韩信抬头，借着摇曳的灯光见殿前匾额写着"长乐钟室"四个字。韩信怀疑地问萧何："相国，这是何处？因何带我至此？"萧何没有回答韩信的话，说道："皇后在此等候将军。"

这时候门开了，里面有人喊道："淮阴侯请进！"韩信迈步进入殿堂，殿内被左右两根如小儿臂粗的蜡烛照得通亮，一口一丈多高的大钟位于殿堂右侧，这是长乐钟，巨大的钟体象征刘邦底定天下的丰功伟绩。正对殿门摆放一张几案，韩信见几案之后坐着一人，身后站着四名宫女，手持如意、遮扇等器物，此人正是吕后。韩信见过吕后前后不过五次，不过印象深刻。

吕后沉声说道："你就是淮阴侯韩信？"

韩信说道："正是。"

吕后瞬间勃然大怒，手指韩信喝问：“韩信，你可知罪？”

韩信脑袋轰的一声，心想：难道事情败露啦？韩信扭头看萧何，不知什么时候萧何已不见了，韩信一下就明白了，自己被萧何诓骗至此，看来今天是我韩信的死期啊！韩信冷峻地站着，没有回答吕雉的质问。

这时，吕雉又厉声喝道：“韩信，有人告你趁皇帝离京之际，蓄养死士，加害我与储君，意图谋反！”

韩信听罢，轻蔑地仰头哈哈大笑：“我韩信本乃威震天下的良将，欲为天下苍生而驱驰，不想却陷于刘邦泼皮与你这奸诈女人之手，尔等不容我鲲鹏之身，我后悔当初不用蒯通之谋，以至于被小人暗算，害得我一世英名毁于一旦。你说得不错，我正与陈豨联络天下诸侯，共同奋起征讨，揭穿刘邦，伐灭汉室。刘邦反复小人，屡屡失信于诸侯，逼迫于股肱，方今刘邦信义尽毁，已失信于天下，亡无日矣！”

吕雉听韩信这么一说，先是一惊，后是一喜，惊的是韩信居然还真有如此大的阴谋，喜的是韩信不打自招了，预先给他捏造的加害储君母子的罪名也不为过了。吕雉阴森地冷笑了两声，说道：“拿下！”

这时从暗处窜出十几名彪形大汉，欲上前捆住韩信。

韩信没有做任何抵抗，站立在大殿中央，泰然而立，任其捆绑。

吕雉起身离去，消失在烛光的阴影里，抛下一连串鬼魅般的阴冷笑声。

一个彪形大汉挥起鬼头大砍刀，手起刀落，一道鲜血喷出胸腔，韩信人头被刀势挟裹着飞出，撞在了殿内的长乐钟上，随着一声低沉的钟鸣，韩信人头落地。

萧何在带韩信走到长乐钟室门口时，故意走得慢些，让韩信走在前面。在韩信与吕后问答的时候，他则悄悄退出来，躲在长乐钟室外的屋檐下。萧何在退出门口，转头的一瞬间，看到韩信腰里系着一块玉玦，发出幽光，萧何心里顿时感到一阵异样，这块玉玦怎么有些眼熟呢？可是萧何一时想不起来了。

站在滴水的屋檐下，萧何听到了那声低沉的钟声，钟声仿佛重锤击中萧何的心脏，他知道吕后下手了，吕后不仅骗了萧何，而且背着刘邦下了第一次重手。萧何老弱的身躯剧烈地颤抖了一下，脖颈无力地挂着那颗白发苍苍的头颅，两行眼泪混合着雨水滴向了足尖。这时候萧何猛然想起来，那块玉玦是自己在韩信官拜大将军时送给他的。萧萧的雨声如千军万马的奔驰与嘶鸣，响彻萧何的耳畔，淹没了萧何所有清晰的和模糊的思绪。

十九、人情本来薄如纸，相逢何必要如此

刘邦之所以要在征伐陈豨的敌前抽身而回，并非如他向诸将宣布的为休整需要，而是另有其故。

其一，吕后派人密信给刘邦韩信已除的消息。吕后在信中说："陛下亲冒矢石，征伐陈豨逆贼，臣妾佐太子小心主政京师，深知责任重大，日夜警惕，怕有任何闪失。正月十四，臣妾获密报，韩信图谋不轨，串通陈豨，意欲假传圣旨，释放囚徒，作乱逼宫，谋害我与太子。因情势间不容发，臣妾与萧相国周密设计，诱捕韩信反贼于未央宫，经当面审讯，韩信承认一切罪状。臣妾为防万一，决定斩草除根，当场诛杀韩信，并夷灭三族，以绝后患。"

刘邦读完信，惊出一身冷汗，一屁股坐在床榻上，心想：如果韩信与陈豨密谋成功，无异于纵虎归山，蛟龙入海，我亡无日矣，幸亏皇后当机立断，诛杀韩信，消除隐患。可刘邦转念一想，吕雉的做法也未免太草率了，这等于先斩后奏啊，她居然敢擅权专断。况且韩信名动天下，就这么草草杀了，将来公之于天下，似乎多有不妥。唉，可惜了韩信这个人才，他就是不太听我的话，自以为是！管不了那么多了，韩信一直是我的一块心病，这样也好，让那个有名无实的老婆将他杀掉，总比我亲自动手要便当得多。

其二，梁王彭越称病躲着刘邦，显然是对刘邦产生了戒心。尽管剪除彭越在刘邦的计划之内，毕竟目前还没有提上日程，既然如此，刘邦就要加速对彭越的防范与动手的进程。现在韩信已死，很可能形

势逼迫彭越铤而走险。若前有陈豨后有彭越，腹背受敌，后果不堪设想。于是刘邦令吕后暂不将诛杀韩信的事情公告天下，等一两个月再说。于是，在扭转对陈豨的战局后，刘邦决定留下皇子刘恒主持前敌事务，自己则退守洛阳，占据要塞以防不测。

刘邦在向西撤退的路上发了一道诏书，将韩信的死讯昭告天下，萧何辅助皇后诛灭韩信反贼，立下大功，乃国之柱石，益封三千户重奖萧何。同时，召吕后来洛阳，留萧何辅助太子监国。

刘邦觉得吕雉留在长安并不是最理想的安排，一旦关东局势有变，吕雉可以信赖吗？如果有个闪失，岂非自己处于被动局面？还是将她弄到自己身边放心。

刘邦做的第二件事是奇袭彭越。先下手为强，即便刘邦控扼洛阳，遥制关东，一旦彭越起兵，自己虽未必会败，但肯定会付出巨大代价。先发制人的策略需要罪名，这个难不住刘邦，如法炮制即可。

刘邦暗中派遣自己的密探搜集彭越的活动情况，不到一个月，密探就从彭越仇人那里收集了几条“罪证”，说是彭越对皇帝诛杀韩信十分不满，并且怕危及自身，正在秘密准备谋反。

刘邦随即派出监察御史，以调查证据为名前往定陶捉拿彭越。

而此时，彭越一点准备都没有，既无防御准备，也无思想准备。他自从知道韩信被杀的消息后，隔三岔五就要念叨一遍。彭越自己也不清楚为什么对韩信如此记挂，一提起韩信自己就收不住话头。五月的一天，吃罢中午饭，彭越又讲起了韩信。彭越对家里人及身边大将扈辄说：“韩信就是自高自大，自以为除了他天下无人会打仗，我行我素，放着荣华富贵不享，造什么反？现在好了，身首异处，身败名裂，可惜啊！但也活该！”

彭越话音刚落，仆人来报：“大王，皇上派人来了。”

彭越一惊，问道：“什么人？”

仆人说："不清楚，人已到府门外。"

说话间，监察御史带人已经进入府中，站在院子里高声喊道："梁王彭越接旨！"

彭越先是一愣，既而缓过神儿来，赶紧迎出厅堂，率领家人跪拜接旨。监察御史宣读道："梁王彭越，朕之股肱，战功赫赫，现有人密报梁王谋反，朕本不信，为正视听，朕特派专使前去调查，钦此！"

彭越额头上豆大的汗珠渗了出来，低着头不吭声，也不伸手接旨。

跪在彭越身后的大将扈辄突然站起来，跨步上前，一把抓住了监察御史的胸前衣襟，骂道："你胡说什么，我家梁王对朝廷忠心耿耿，皇帝老儿听信谗言连续诛杀大臣，这是把人往绝路上逼。来人！将这伙王八蛋给我砍了！"

梁王府中家兵呼啦一下将监察御史团团围住，明晃晃的钢刀架上了脖子，监察御史等人立即吓得屎尿失禁，体如筛糠。

扈辄转身对彭越说："大王，这忠臣是没法做了，不如我们反了，您做皇帝！"

彭越连连摇头，说道："我相信皇上会辨明忠奸，我要进京面圣，向皇上解释清楚。"

扈辄紧紧拉着彭越的手说："大王，淮阴侯的前车之鉴不可不察啊，此去凶多吉少！"

彭越仰天长叹："我们本是山贼，为避秦祸，啸聚山林，幸赖你等信赖，这些年随我一起出生入死，才争得这些功名利禄和家国太平。现在我也老了，人不能在年轻时做反贼，老了还要做反贼，皇帝岂是随便做的？即便做了皇帝还不是一天到晚地不得安生？我死不要紧，可我不想因我一人累及你等及家人。人固有一死，如若此去无回，我也无悔。"彭越伸出双手让监察御史戴上枷锁镣铐，与家人及众将洒泪而别。

在入关定都之后，刘邦一直念念不忘洛阳，经常来此小住，所以洛阳行宫一应俱全，比长安条件不差分毫。刘邦的原则是即时行乐，这种人生信条也是支撑他这些年风波诡谲的煎熬的原因之一。与陈豨这一仗打得艰苦，冬去春来，几乎打了大半年，刘邦觉得十分疲乏，确实需要好好休息休息。

此时，陈平正跑前跑后地为刘邦张罗，山珍海味，丝竹笙歌，美女如云，美酒飘香。

戚夫人更是如万花丛中的仙子，伴随吴楚歌声，翩翩起舞。看到此时楚楚动人的戚夫人，谁也不会联想到日后她惨不忍睹的结局。

话说这一日，刘邦正在饮酒作乐，有人来报："皇后已奉召来到了洛阳。"

刘邦一听吕雉来了，急忙摆摆手，让戚夫人和歌舞伎退下，吩咐人请皇后觐见。

随着宦官一声高喊："请皇后娘娘觐见。"吕后在宫女的簇拥下缓步走入大殿。来到近前，吕雉下拜施礼，口中颂道："臣妾恭请陛下圣安。"

时值六月初，入夏的天气炎热，刘邦宽衣解带，露着半边膀子，斜靠在床上。见吕雉进来，刘邦不禁坐起来，拢了拢衣襟，说道："皇后平身，一路辛苦，来来来，过来与朕饮几杯。"

吕雉拾衣摆走到刘邦跟前挨着刘邦坐下，刘邦拿了颗荔枝放入吕雉口中，拉着吕雉的手说："皇后可是做了一件大事啊，为朝廷铲除了韩信这个反贼，挽救国家于险境。"

吕雉矜持地一笑，说道："诛杀韩信全都是托陛下洪福。不过臣妾还有一件要事禀报陛下。"刘邦见吕雉目带凶光，知道有大事，就示意吕雉讲下去。吕雉说："臣妾在来的路上，在洛阳以北遇到了彭越，他正被监察御史押解着去长安，我问其故，彭越说是被小人诬告谋反，他要入京见陛下解释。”

刘邦说道：“嗯，是有这么回事，他们尚不知道我在洛阳。”

吕雉说：“原来如此，那陛下打算如何处置他？”

刘邦也斜了一眼旁边的吕雉，一边剔牙一边说：“他手下人鼓动他造反，不过他还没来得及起兵就被我捉住了，罪责未定，将他削职为民得了，发配到蜀中，永不回还。”

吕雉说：“我看此事没有那么简单，如果放过彭越，他手下人还会打着他的旗号，谋反作乱。”

刘邦问道：“那你说怎么办？”

吕雉摸了摸手指上那颗硕大的明珠戒指，说道：“陛下，我担心生出其他事端，就将彭越从半路上截了下来，带到这儿来了，不如就地正法，杀了他！”

刘邦眯着眼睛半天没说话，扭头看了看陈平，问道：“陈平，你觉得如何？”

陈平用眼角看了一眼吕雉，对刘邦说道：“臣以为，皇后思虑深远周全。”

刘邦一拍大腿，骂道：“彭越不感念我，见我与陈豨打得艰苦，不仅装病不派兵援助，竟然在家里密谋造反，是可忍孰不可忍，把彭越带上来！”

过了不久，武士将戴着镣铐枷锁的彭越推上殿来。彭越披头散发，进来后见吕后和刘邦都在座上，扑通一声跪倒，口中高喊：“皇后娘娘，您不是答应帮助老臣向陛下解释申冤的吗？请陛下听老臣的解释。”

刘邦走下床，来到彭越近前，围着他转了一圈，问道：“彭越，你的病好啦？”

彭越连连叩头："陛下，臣一时糊涂，怜惜身体，没能亲率部兵援助陛下，臣愿领罪，但臣绝无谋反之心，请陛下明鉴!"

刘邦冷哼了一声："彭越啊彭越，坏人做就做到底吧，这算什么？难道你仅仅是这一次对朕见死不救吗？在垓下你不也是见死不救吗？让你活到现在是便宜你了。"

彭越大惊，争辩道："陛下，你和诸侯王是歃血为盟、剖符为信的，誓言铁券还在我这里呢。"

刘邦凑近了彭越的耳朵低声说："彭越，这些东西你也相信，太天真了吧?"

彭越听罢，怒火攻心，一口恶气顶上心头，双眼一翻，昏了过去。

刘邦命令："将罪犯彭越推出去斩首!"几个武士架起已经昏死的彭越，向殿外走去。

吕雉在刘邦身后又补充了一句："这等恶人，应当碎尸万段，做成腌肉，分赐给诸侯，让他们引以为戒!"站在一边的陈平闻言身体震了一下。

刘邦背负双手，看着彭越的背影，心想：彭越啊，你和韩信不同，你是大老粗一个，我本来打算留你一条生路，无奈吕雉比我心狠手辣。今天，我若不给她这个面子，恐怕我的日子也不会好过。

这时候，坐在龙床上的吕雉嘴角泛起一丝不易察觉的微笑。

刘邦及吕后的信用透支为文景之治留下了祸根，影响之一，就是在很长时间里没有治世能臣主动出来做深谋远虑的大事，孝惠、吕后两朝几乎是无所作为。

杀了彭越，危机解除，刘邦了却了一大块心病，但享乐的兴致荡然无存，因为吕雉天天缠着刘邦，不让戚夫人靠近半步，刘邦也只好虚与委蛇。在洛阳再住下去实在没什么意思，刘邦决定回长安。

刘邦离长安城东二十里时，萧何陪太子率领文武大臣，早已经在城外等候多时。

长安城，东门外，柳荫下，蝉鸣中。

皇帝仪仗队伍停驻，分列两侧，露出皇帝车辇。

侍从举过来黄罗伞盖，有宦官将车帘挑起，刘邦探身走出车外接受太子迎拜，文武群臣及民众山呼万岁。

太子刘盈趋步上前，向刘邦跪拜行礼，口中说道："父皇披坚执刃，亲赴高寒之地，荡平反贼，饱受风霜之苦，儿臣每夜念及父皇辛劳，夙夜难眠。儿臣不能为父皇分担一二，五内俱焚，实为大不孝。"

刘邦看了看眼前这个原本不太喜欢的儿子，此子过于懦弱厚道，不像自己，将来如何能制约这些阴险狡诈、桀骜不驯的群臣？但刘盈的一番话的确触动了刘邦的内心，让刘邦不禁也感慨万千，毕竟太子孝顺之心无可挑剔，并且深得一些文儒长老的拥戴。

刘邦示意太子平身，父子执手同车进城。经过城门的一瞬间，刘邦脑海里闪过一个奇怪而可怕的念头，他想起了十几年前自己在咸阳城东门接受秦王子婴投降时的情景，刘邦心里默念："太子千万别变成第二个子婴啊！"

第二天，刘邦上朝，听取群臣对这大半年内的大小政务进行汇报。萧何作为丞相，第一个汇报工作，萧何首先汇报了关内去年的收成情况，以及今年春耕夏播的情况。萧何汇报的第二件事是擒拿韩信，夷灭其三族之事。这第二件事其实用不着萧何汇报，自从两个月前朝廷将韩信谋反被诛的消息公之于世后，天下已人尽皆知了。

萧何协助吕后诛杀韩信的事实，顿时冲击了各级官员平静且脆弱的内心。引发了他们对韩信、对萧何、对吕后的重新认识，脑子活络的人迅速在寻找新的参照物，确定自己在朝廷政局中的定位。

萧何最后向刘邦奏请："陛下，现在长安城人口增加，农民勤于耕种，但土地需求存在缺口。上林苑杂草丛生，林木荒废，臣请将上林苑的土地，加以利用，这样也好增加粮食收入。”

没想到刘邦听后勃然大怒，骂道：“萧何，大胆！你沽名钓誉，这些年关中之人只知有丞相，不知有皇帝，现在你居然打起了我皇家上林苑的主意，借此向老百姓送人情，居心叵测！来人，给我拿下，关进天牢！”

萧何一下子懵了，颤抖着双唇不知道说什么好，拿在手里的笏板咣当一声掉在地上。众大臣面面相觑。

禁军侍卫进来将萧何押出大殿。刘邦如同什么事也没发生，继续听取王陵、周勃、叔孙通等人的工作汇报。

散朝时，刘邦对站在下手的太子刘盈嘟囔了一句：“萧老头儿，居然敢背着我干那么大的事情，哼！”刘盈摸不着头脑，只有跟在刘邦身后朝后宫走去。刘邦若有所思地扭头对太子说：“你也该到军中历练历练啦。”刘盈对这句话听明白了，心里一阵狂跳，手心冒汗，他知道父皇这是要为他的军旅履历增色，以便于统御众武将。

刘盈对打仗一点兴趣都没有，自从刘邦兵败彭城西逃的路上将刘盈及鲁元公主一而再地踹下车的时候起，刘盈就对战争产生了极度恐惧的心理障碍，甚至听到战马嘶鸣都会紧张头晕。刘盈不敢抵触刘邦的决定，只有低着头默默走路。等送走刘邦，刘盈回到自己的太子宫，急忙让人把师傅叔孙通找来，将刚才刘邦的决定告诉了叔孙通。

叔孙通也大吃一惊，说道：“太子，以你现在的处境，绝不能去统兵打仗，如果获得战功，对你也不会增加什么，若是打了败仗，事情可就麻烦了，很多人就会趁机攻击你，你的地位将受到威胁和动摇！”

刘盈同意叔孙通的看法，脑袋像啄木鸟一样连连点头称是。“不去打仗就等于抗旨啊，需要尽快想个办法。”刘盈来回踱步搓着手说道。

叔孙通说：“太子殿下，不要着急，我择日找吕后娘娘商议商议。”

二十、英布的怒吼："皇帝算个什么东西!"

韩信的死讯和彭越的腌肉一个也不落地送到了淮南王英布的面前。英布命人将先期到达的朝廷布告和刚刚到达的彭越腌肉摆放在一起，设案焚香，斋戒沐浴，亲自拜祭了一番。英布盯着眼前这两样东西，自言自语地说："楚王、梁王与我，三人一体同功，你们都走了，我怎么办？刘邦小人，容不得我等，现在不是我要做什么，也不是朝廷要我做什么，事实是无论我做什么都是错的，结果都和你们差不多。我英布不怕死，但大丈夫纵横人世间，要死得其所，死得值得。皇帝算个什么东西，我就是要让他知道一个人的生命意味着什么，不仅为我自己，也为了你们两位!"

英布在汉高祖十一年七月反了。

英布调兵遣将，紧锣密鼓地筹备，征兵征粮，修城筑防，这一切都是以缉拿盗贼的名义进行的。尽管朝中除了韩信和彭越能够与英布匹敌之外，其他人根本不是英布的对手，但英布不打算打无把握之仗，在做好充分准备之前不会贸然行动。

似乎冥冥之中老天总是在眷顾刘邦，英布谋反的消息很快就传到了朝廷，在英布积极准备的同时，刘邦也开始研究应对之策。那消息是如何走漏的呢？事情源自一顶绿帽子。

英布被戴了绿帽子。

话说早年，项羽听说英布投靠了刘邦，一怒之下杀害了英布的一家老小，英布变成了愤怒的光棍儿，发誓要找项羽算账，不灭项羽誓不为人，誓不娶妻。别看英布是江洋大盗出身，对家里人有深厚的感情，对外很要面子。直到消灭项羽，自己做了淮南王之后，英布才又续娶了家室，可是这个夫人体弱多病，几年无子。英布又娶了一个小妾，这小妾名叫玲珑，人如其名，颇有姿色，嘴甜人娇，深得英布喜欢。为了给大夫人治病，玲珑按照英布的安排经常到王府同街的药铺抓药，这抓药偏偏就抓出了插曲。

皇帝派到淮南王国的中大夫叫贲赫，家住在淮南王府同街附近，药铺在贲赫家对门。有一天，贲赫也到这家药铺抓药，一进门见玲珑等待取药。贲赫性本好色，见玲珑生得姿容娇媚，身材窈窕，顾盼之间眉目含情，贲赫动了坏心思，就挪步上前搭讪。玲珑被贲赫吓了一跳，并不搭话，一会儿取了药就走了。

玲珑走后，贲赫问药铺老板："这是谁家女子？"

药铺老板也不是正路人，故意撺掇贲赫："大人，这小女子您可惹不起，别想了。"

贲赫有些恼怒，手一拍柜台，骂道："浑小子，别吓唬你老爷我，老爷我偏偏就喜欢她。"

药铺老板面带邪笑，神秘兮兮地凑过来，伏在贲赫耳根子上说道："她是淮南王府里的，隔两天就来抓一次药。"淮南王府这四个字没有吓住贲赫，喜好腥味的猫是不在乎鱼在鱼缸里还是在水池里的。贲赫给药铺老板扔下钱走了。

隔了一天，玲珑照例到药铺抓药，贲赫这次可不是凑巧而是算好了时间来等人的。贲赫是情场中的高手，继续对玲珑发起攻势，玲珑哪里受过这样的性骚扰，不禁有些脸红心跳，就对贲赫害羞地笑了笑。贲赫则深知火候如何掌握，趁机以帮助递药包为名捏了捏玲珑的手。如此隔两天这两人就在药铺见一面，一个多月的工夫，玲珑就被贲赫钓上了钩，两人很快就将这偷情推向了最高潮。此时贲赫才知道，玲珑原来是英布的人，开始时心里还有些害怕，但已经尝到甜头的诱惑岂是那么容易放弃的？两人就昏天黑地地鬼混。

日子长了，纸里包不住火，英布发觉了玲珑与贲赫的奸情。这下可把英布气炸了肺，堂堂一国之君竟然在自己眼皮底下被人戴了绿帽子，这口恶气不出怎么做男人?！英布当即一剑穿胸把玲珑杀了，命人去捉拿贲赫，贲赫恰巧不在家，逃过一劫。英布没有抓到贲赫，怒气无处消，一不做二不休，命人抄杀了贲赫全家。

贲赫在外得到消息后，夺路狂奔，跑着跑着，贲赫不跑了，他需要想一想要跑向何处才安全。最后，贲赫将几件事联系到了一起，自己杀身之危，灭门之仇，还有英布最近调兵遣将的异常举动。贲赫迅速勾画出了逃命路线图，直奔长安。贲赫弄明白了一件事，只有到长安向皇帝告发英布谋反之罪，才能保全自己的性命，才有可能报仇雪恨。

贲赫匆忙逃命，身上没有带多少钱，淮南离长安几千里路远，在出淮南王国边境前，他根本不敢在白天赶路，晚上也不敢住店。饿了靠乞讨，困了睡草堆。走了一个多月才到达长安，贲赫早已没有了人形，整个人与乞丐没有什么分别。

贲赫几次要进宫面见皇帝，都被门卫赶走了。终于有一天，贲赫遇到一个认识的官员，才在其带领下见到了刘邦。贲赫一把鼻涕一把泪地揭发英布谋反，并说自己对英布百般劝解无效，反而被英布怀疑而杀掉了全家。自己侥幸逃亡，历尽千辛万苦来向朝廷报告，以便陛下早做准备。

刘邦召集众大臣开会商议，刘邦觉得此事有些蹊跷，就让大家发表一下看法。

萧何此时已经获释并官复原职。萧何在天牢里想了几天，终于想明白，刘邦忌恨自己与吕后过从太密切，才找碴给自己点颜色，所谓擅动上林苑田产纯属找碴。萧何主动向刘邦认了错，在牢里蹲了一个月后重又获得了刘邦的信任。萧何说："此事很可能是贲赫因怨生恨，英布非比常人，未必肯反，请陛下慎重，可以派人前去调查，摸摸底。"

刘邦心想：他不反我我都想收拾他，只不过眼前贲赫这个色鬼的话缺乏号召力，等派人再去一趟淮南后，出师就有了理由。刘邦也有所顾忌，英布曾经号称卿子冠军，英勇无敌，非曹参、灌婴可比，只有韩信能够胜过他。刘邦需要进一步了解情况，所谓"知己知彼，百战不殆"。

这时候夏侯婴向刘邦推荐了一个人，说此人了解英布。

刘邦命夏侯婴将他带来，这人以前是楚霸王项羽在楚地的令尹，姓薛，号薛公，现在是夏侯婴的门客。

刘邦问薛公对英布的看法，薛公说道："英布谋反的可能性很大，因为韩信、彭越相继被杀，这对英布是个很大的刺激，物伤其类，他会感到皇帝下一个对付的就是他。"

刘邦没有接薛公的话，继续问道："你认为英布会怎么做？"

薛公说："天下好比大棋局，英布有三种选择，上策是向东伐吴向西伐楚，之后攻取齐鲁，传檄天下，挑动诸侯，自守不急战，这样一来，关东都会纷纷造反；中策是向东伐吴向西伐楚，向西北伐魏，切入中原腹地，占据敖仓成皋要塞；下策是向东伐吴，向南取长沙，偏居南越。"

刘邦问道："你觉得，英布会采取哪种战略？"

薛公说："下策。"

刘邦诧异地看着薛公问道："何以见得？"

薛公微微一笑，说道："英布本来乃是骊山囚徒，逃脱后做了江洋大盗，以打家劫舍为生，先投靠项羽后又投靠陛下，历经征战才得有富贵，位列诸侯王。他这一生追求的是个人的利害得失，从未以天下苍生为念，更不知天下为何物，所以，臣断定英布将会舍弃天下而偏居一隅。”

刘邦听完后哈哈大笑：“薛公所言果然切中要害，英布竖子，易与尔。”刘邦顿了顿，又问道，“不过，若韩信在世，你觉得他会做何选择？”

薛公心里咯噔一下，脑筋一转，摇摇头说：“未可知也。”

为了感谢薛公的建议分析，刘邦宣布封赐薛公为三千户关内侯。对出主意的人都能封侯，征剿英布时谁还不争先恐后地杀敌立功，刘邦在用人之时是大气的，什么都舍得给，这是刘邦屡试不爽的法宝。他捏住了普通人的人性弱点，或者说他透彻地了解了人之常情。

英布在筹划谋反之际，遇到贲赫这么个丧门星，感到像吃了个苍蝇。

八月底的一天，刘邦的特使到达了淮南王的都城六城，特使一来就要求英布协助调查贲赫的事情，同时暗自查访军队的调遣动向。英布一看这分明是刘邦来调查自己的，心想来得正好。英布传令：“校军场点兵！请朝廷特使出席。”

在猎猎的秋风中，宽阔的校军场上站满了骑兵、步兵、战车兵等方阵。英布威严地坐在高高的点将台上，身边坐着刘邦的特使。

特使问英布：“淮南王，今日为何点兵？”

英布摸着腮下蓬卷的胡须，面无表情地回答：“按本地风俗，今天是会猎的日子，会猎是大事，一般需要杀牲畜祭旗。”说着，英布站起身高声断喝，“刘邦无道，滥杀忠臣，以淮阴侯、梁王之功尚不能幸免，现又派人调查我英布及诸位将军，燕雀虫蚋尚且偷生，我等身披百创，为汉室江山立下汗马功劳，却被刘邦猜疑忌恨，我英布咽不下这口气，更为淮阴侯、梁王而不平！”

刘邦特使一听这话，当场惊呆了。

这时候校军场上群情激愤，要求英布造反之声动彻云霄。

英布决然地挥了一下手臂，继续说：“想当年，我们在长江之上大碗喝酒、大秤分金，何等快活！这个鸟皇帝，我看也是纸糊的，我等反了他，不受这份窝囊气啦！”

底下军兵高举长矛盾牌，有节奏地高喊：“反啦！反啦！”

英布传令：“今天鸟皇帝的特使在此，将他脑袋砍下来祭我军旗！”

刘邦特使早已面如土色，瘫软在座位上动弹不得。

两个军兵过来架起特使，摁倒在断头台上，光膀子刽子手举起大刀，血光崩现，特使人头落地。随即有人将特使的人头用挠钩挂上百尺高杆。

英布命令手下大将即刻启程，以闪电战术掩击东南的荆王刘贾。刘贾根本没有任何提防，这几年享清福享得骨头软了，肥肉长了，精神萎靡了。不到两天，荆南一带重要城池都被英布大军占领，刘贾在富陵兵败被杀。

英布调动了刘贾的五万兵马，连同自己的十万人马，共计十五万人向西奔袭。西边是楚国，国王是刘邦的弟弟刘交。刘交命令部队分为三个阵营成掎角之势摆在彭城与下邳一带，有人劝阻刘交，说这样是在分散兵力，英布锐不可当，破楚一军，其他两军必定溃败。刘交固执己见，认为自己是按兵法上的鼎足布局，互为救援之势，一定能够阻挡英布。

英布以三万铁骑在前，两万战车在后，以迅雷不及掩耳之势全力突袭下邳一军，英布铁骑强悍无比，横冲直撞，汉军根本抵挡不了，溃败逃亡，一发不可收拾。汉军一军既破，其他两军根本不敢来救援，连坚守的决心都没有，望风而逃。

那位刘交王爷此时也顾不上卖弄兵法了，带头儿往长安方向跑。跑到沛郡蕲城之西刘交不跑了，不用跑了，因为刘邦来了，而且是风驰电掣地赶来了。

本来刘邦不打算亲自来伐英布，原想把这个最后的礼物送给自己的儿子刘盈，利用歼灭诸侯王最后一役的珍贵机会来磨练一下太子，扶持太子在军中的威望。

那时候，刘邦没想到卢绾也会反，当时在他的心中，英布是最后一颗需要拔掉的钉子。但没想到这位太子、未来的皇帝竟然如此不争气，压根儿就不想打仗。吕后也不想让自己的这个宝贝软蛋儿子去冒险，就和太子师傅叔孙通密谋，向刘邦诈称太子生病，卧床不起，难以统兵野战。刘邦无奈，只得以六十二岁老迈之躯亲自披挂出征，同时为了壮军威，出征前封授儿子刘长为淮南王，提前在声势上宣判英布的死刑。这位刘长当时还是个十四五岁的孩子，但智商极高，此后远避宫廷祸端，享乐终生。

由于北边陈豨还在挣扎，英布没有想到刘邦会亲自督师来战，更没想到刘邦进兵如此迅速，显然是有备而来。刘邦筹备迅速，多赖贲赫通风报信。英布原只惧怕战神韩信一人，根本不把朝中众将放在眼里，认为自己通过闪电战很快就能打到洛阳，即使不能一举拿下长安，向东南撤回老家也不会有多大障碍。

刘邦与英布两军相遇，对峙列阵，英布军容整齐，骑兵在前，盾牌居侧，步兵居中，各兵种自成阵列，非常像当年西楚霸王的队形。

刘邦一见英布这架势，气儿就不打一处来，马鞭一指英布就破口大骂：“英布狗贼，因何造反？”

英布冷笑道：“刘三别来无恙，你坐上皇帝宝座就对韩信等诸侯王大开杀戒，过河拆桥，厚颜无耻。我看你这皇帝也没什么了不起，英布今天也要做一做！”

刘邦见没什么好说的，命令手下嗓门大的军尉喊话："皇帝有旨，英布军中诸人听好，能临阵倒戈者皆官升一级，执迷不悟者格杀勿论！"喊罢，刘邦命令灌婴以铁甲骑兵正面冲击，曹参以战车从左翼同时掩杀。

英布自誓师起兵以来一直对部下宣讲，刘邦老迈难以统兵，凶暴残忍，已近疯狂。现在突然遇到刘邦大军，刘邦临阵又抛出重磅糖衣炮弹，英布军心有些受挫，原来的锐气受到一定削弱。

两军交战，一场恶战直杀得天昏地暗，血流成河。

混战中，刘邦左肩被英布流矢射中，一头栽落马下，多亏夏侯婴行动迅速，将刘邦抢救下来。汉军气势受到些影响，这时候英布也有些扛不住了。

长沙王吴芮的孙子吴固与英布有姻亲关系，此时也在英布军中，吴固怕自己家人被牵连，就撺掇英布身边的人向英布建议，暂时避一避刘邦的锐气。正在打得难分难解的危急时刻，所谓狭路相逢勇者胜，谁先扛不住就意味着失败。在吴固的引诱下，英布向鄱阳湖撤退，这一撤可不要紧，随之是一败涂地，不可收拾。英布带着几个亲随莽莽撞撞地跑入了沼泽地，后来更与随从失散了。

英布骑马来到一处村庄前，村庄不大，破壁残垣，茅草丛生，由于连年战乱几乎荒废。英布下马手挽缰绳走进村庄内，来到一处房屋门口，举手拍打门板，过了好一阵子才出来一个老头儿，老头见来人满身是血、蓬头垢面，吓了一跳，急忙要关门。英布用手推着门板，客气地对老头儿说："老人家，不要害怕，我乃淮南王英布，征战间隙，来此讨碗水喝。"

老头似乎听懂了，说道："你等着，我去拿水。"那老头儿返身回屋，赶忙叫过来老太太说道："外面有个打仗的军人来要水，看样子是打了败仗，这些年我们遭受战乱之苦，两个儿子先后死在了战场上，大家对这些打打杀杀的人恨之入骨。你去告诉村子里的其他人，来收拾掉这些败寇盗贼。”老太太从后门跑出去找人，老头儿端着一碗水出来递给英布，英布嘴唇早已干裂，仰头咕嘟咕嘟将水一口气喝完。

喝完水后，英布稍稍感到轻松些，但不一会儿头晕目眩，接着看到很多人举着草叉、锄头围过来，英布无力反抗，转眼间已是血肉模糊，栽倒在地。不可一世的英布，唯一一位宣称自己要坐坐皇位的诸侯王，竟然死得如此不堪。英布的坟墓在饶州鄱阳县北百五十里，掩映在荒草中。

刘邦胜利了，刘邦从未感到如此轻松。压在头顶上五六年的乌云终于散去，从韩信到张敖形形色色的诸侯王被他逐一剪除。带着一帮俯首帖耳的臣属，带着小人得志的骄傲，刘邦回了一趟老家，唱出了名动千古的《大风歌》。

人老不走回头路，刘邦这次回乡成了他最后的远行。

二十一、黄雀到底是谁?

韩信死了，与韩信并重的诸侯王也都死了。

刘邦胜利了，刘邦解脱了，刘邦安心了。

消除了京师之外的独立王国，刘邦派出自己的六七个儿子做诸侯王，并且将疆界重新划设得呈锯齿状，犬牙交错，各王国你中有我，我中有你，一国动摇，牵动八方，互相制约勾连。关东似乎是没事了，可以高枕无忧了。站在长安城头，刘邦不禁打了个冷战，长安城中、皇宫之内、眼皮底下、卧枕之侧仍危机四起、杀机四伏。刘邦重又陷入了无底的忧虑之中。

有一件令刘邦睡不着觉的事情。匈奴骑兵直奔河套杀来，有一次险些渡过黄河杀到长安城下。更糟糕的是刘邦的身体状况每况愈下，病倒了。汉高祖十二年冬，躺在病床上的刘邦，手拍着床板大骂：“怎么都是一帮酒囊饭袋！一仗不见打就望风而逃，丢尽我大汉的脸面！”

正巧几个小宦官在身侧值班，听刘邦发脾气，他们窃窃私语：“要是战神韩信在就好了，一定能将匈奴人打得落花流水！”

没想到这些话被刘邦听到，刘邦这个气，真是哪壶不开提哪壶，气急败坏地大叫道：“来人，把这几个混账东西拉出去乱棍打死。”

可怜了这几个小太监，在一片哀号声中稀里糊涂地送了性命。可是匈奴来袭的战报并没有随这几个小太监性命的终止而结束，仍然接二连三地往刘邦这里送，刘邦都快被这些战报冲击得崩溃了，从此严重失眠，神经也越发敏感，以至于疑神疑鬼，对谁都不放心。

这几年，吕雉打着太子的旗号，或明或暗地扩张自己的势力，对此刘邦早已察觉，但忙于剿灭诸侯王，一时无暇顾及，甚至有时候还要利用纵容他们。但现在她的势力已经遍布长安，刘邦曾试图遏制、削减她的势力，但没有成功，这才感到了自己的无能为力，感到了自己的孤立无援，感到了自己的迟暮衰弱。刘邦的猜疑之心随着病情的加重而加重，对身边的人都不相信，总感到疑影重重，终日如芒刺在背。躺在病床上的刘邦，有一天忽然怀疑樊哙不忠，莫名其妙地派陈平斩杀了樊哙，刘邦终于对自己的老班底、丰沛集团的核心成员也下手了。刘邦的病情日益加重，吕后为他请来了大夫，但刘邦怀疑吕后会借机下毒谋害自己，拒绝治疗，并宣称自己乃真命天子，福祸在天，非人力可以左右。刘邦是想以此在心理上镇住吕雉，可见吕雉对刘邦的威胁已经令刘邦无计可施了。

吕雉还将戚夫人、薄夫人等刘邦的妃子一一借故调开，将她们与刘邦隔离。吕雉和太子承担起了全部的服侍任务，特别是太子，在吕后的指导下，发挥了细心仁孝的特长，对刘邦百般周到地伺候起居饮食，每饭必先尝过才给刘邦进食。人在病危时很脆弱，需要关爱，太子此时的表现在很大程度上弥补了性格中缺少刚毅的不足，也很顺利地得到了刘邦的欢心。

在刘邦重病期间，吕雉曾装作可怜柔弱状，握着刘邦的手问："陛下若有不虞，萧何之后谁来接替丞相？"

刘邦眯着眼睛过了半晌回答："萧何之后曹参。"

吕雉又追问："那曹参之后呢？"

刘邦答道："那就王陵和陈平吧。"

通过遗诏的形式，吕雉把与自己同患难过的陈平推上了丞相之位，终于长舒了口气。刘邦死后，吕雉随便找了些理由，便让曹参和王陵先后退离所任，以陈平出任了丞相之职。

尾　声

四月，刘邦的身体终于撑不下去了，生命走到了尽头。在一个月黑风高的夜晚，刘邦死了。身边没有人陪着。

黎明时分，吕雉接到宦官报告说刘邦驾崩了。吕后匆匆赶到刘邦的寝宫，晨风吹动帷幔轻轻摇曳，刘邦捏着战报的一只手无力地垂在床沿。

吕雉嘴角浮现出了一丝微笑，摸着手指上那颗硕大的明珠戒指吩咐道："传陈平进宫料理后事。"

所谓"蝉鸣枝头，螳螂蹑之，黄雀在后，间而乘之"，谁知道黄雀何时为黄雀？

韩信死了。

刘邦死了。

最后的赢家是吕雉。

或许吧。